「我的意中人是个盖世英雄，

有一天他会踩着七色云彩来娶我，

我猜中了开头，

可我猜不着这结局。」

——紫霞仙子，《大话西游》

我说 今晚月色真美

周维格——著

时代文艺出版社

图书在版编目（CIP）数据

我说今晚月色真美 / 周维格著. — 长春 : 时代文艺出版社, 2017.10

ISBN 978-7-5387-5533-6

Ⅰ. ①我… Ⅱ. ①周… Ⅲ. ①故事 – 作品集 – 中国 – 当代 Ⅳ. ①I247.81

中国版本图书馆CIP数据核字(2017)第207155号

出 品 人　陈　琛
产品总监　郭力家
出版监制　刘　峰
产品经理　刘　璇
责任编辑　杨　迪
装帧设计　沐希设计
排版制作　新兴工作室

我说今晚月色真美

周维格 著

出版发行 / 时代文艺出版社
地址 / 长春市泰来街1825号　时代文艺出版社　邮编 / 130011
总编办 / 0431-86012927　发行部 / 0431-86012957　北京开发部 / 010-63108163
官方微博 / weibo.com / tlapress　天猫旗舰店 / sdwycbsgf.tmall.com
印刷 / 北京中科印刷有限公司
开本 / 880mm × 1230mm　1 / 32　字数 / 212千字　印张 / 10
版次 / 2017年10月第1版　印次 / 2017年10月第1次印刷　定价 / 39.80元

图书如有印装错误　请寄回印厂调换

推荐序

凡人的勇敢，是最真实地活着

“若我们不曾经历相同的悲伤，就不会在相同的欢笑里重逢。假如不能相拥而泣，那就悲伤地坐在彼此身旁吧。”

以前看过一本书，这句话让我印象特别深刻，刚好也恰当地概括总结了周维格写故事的状态。

作为一个写作人，没有任何人能百分之百地保证，他写出来的东西一定能帮你解决生活上的麻烦。每一个独立有思想的人，其生活的烦恼和悲伤都不同得千奇百怪，大多时候，不能单单凭借几行文字就渡过难关。我始终觉得，这世上唯一能拯救我们的只有我们自己。

写作的本意从来不是创作出无所不能的文字，而是尽可能让那些普通的文字变得不那么无力，在我们笔下变成一把锋利的刀、一件坚固的铠甲或一碗暖心的茶，让每个看到这些文字的人，获得一丝心灵的慰藉和鼓励，那就够了。

我不知道你生活中遇到过什么，不清楚你当下正在经历什么，也不懂你现在有什么烦恼，但是就在这里，从进入这些故事开始，我希望你能短暂地忘记所有的不开心。“众生皆苦，而我只愿从你这里取一点儿甜”，生活里仍然有那么一点儿甜，就足够支撑我们继续走下去。这就是周维格的故事想要带给你的东西。

周维格是我在圈内的第一个好朋友，所以从某种程度上来说，我们见证了彼此这一路的成长。而我在脑海里搜刮了很久，除了“温暖”我找不到另外更合适的词形容这个大男孩。正如他文字所传递的，他是一个特别温暖且对朋友特别慷慨的家伙，不吝啬自己的心，而这份诚意和温暖，你可以从他的文字里慢慢去感受。

这么久以来，我也一直是周维格最忠实的读者。这家伙爱折腾，在写作这条路上却一直在进步。我看着他写的文章，会突然被接下来蹦出的一句话逗笑。

凡人的勇敢，是最真实地活着，希望大格的文字可以带给你们一些温暖和勇气，不管发生什么，我们都要好好生活，奔向自己想要的东西，保护自己爱的人，让自己变得强大，幸福且摇曳生姿地活着。

希望未来的某一天，我们能够说，生而为人，我很庆幸。

文长长

自序

我的意中人，成了别人的盖世英雄

以前，我不懂如何爱一个人。

那时候，我写东西，她反对，我不写，她觉得我无所事事。她不止一次地甩门出去，我跟在后面看着她的背影。她穿过人群，我绕过熙攘，她低着头不顾一切地往前走，我小心地维持着能看到她的距离，她若是回头，就能穿过人群看到我，我便上前拉她的手。

直到她走累了，趴在我肩膀上哭，我拍着她的后背说：“你看，今晚的月色真美。”

那晚的月光，时隔多年，仍然清澈美丽。可是，那轰轰烈烈的爱情，却在时间的长河里如流沙一般冲散了。

我不是一个温暖的人，在我眼里，有太多的故事到最后都走向了偏执的另一端，就像世界上大多数的爱情，从无话不说到相对无言，从美好沦落到斑驳。

紫霞仙子说：“我的意中人是个盖世英雄，有一天他会踩着七色云彩来娶我，我猜中了开头，可我猜不着这结局。”

说好的七彩祥云也会遇到暴风雨，说好相伴一生的你，最后却成了别人的盖世英雄。

说给朋友听的时候，他说：“你又写了一段埋藏了不知多少年无疾而终的爱情。”

青春没能给我们留下太多的东西，唯一懂得，真正合适的两个人，是我很简单，恰好你也不复杂。

爱是金风玉露一相逢，便胜人间无数，是久处不厌，是以陪伴为终点；爱是舒服的沉默，是相对无言也能心有灵犀，是原来你也在这里。

直到，她有了更好的归宿，而我也遇到了相守一生的人。

即使分开，我们也应该变得更加优秀，更漂亮，更坚强，不再需要依赖，可以肆无忌惮，能够轻而易举地忘记过去，也能够毫不费力地开始新的旅程。

这一路，感谢时间够漫长，让我们做过彼此的英雄，也学会珍惜身边的人。

现在，我高傲地前行着，藏在细微的角落，和这个世界保持着固定的距离，就算不会相交，也能这么永远地平行走下去。

从你好到再见，一直都是这样，猖狂，且自我成长。只是，我遇到过很多在生活中熠熠生辉的主角，却再也没机会扮演自己的角色。在后来诸多剧本里，一个回忆变成一部戏，一个背影拉扯成距离，就像我与你，天与地。

付出不是爱一个人的筹码，甘愿是爱一个人的前提，汹涌的过去就像多年不见的旧人，屈膝而坐，斟两杯酒。

我干了，你随意。

周维格，写于丁酉年七月初七

目　录

Contents

CHAPTER 1　晚点遇到你，余生都是你

CHAPTER 2 相互羁绊，不如各奔天涯

CHA
PTER

1

晚点遇到你，余生都是你

戏子出将

江湖是圆的，总会有圆回来的一天。

·1·

苏立生是一个戏子，这件事是他成年之后才懂得的，打从唱了头一出戏长戏，便再也找不回自己了。

苏立生没什么朋友，童年的陪伴只有四面高墙和红缨花枪。和《红楼梦》里被困在大观园里的小姐一样，他五岁被父亲强行削了发，涂上一脸白，中间开道红，点了月牙，认了一个传道的胖师父，小小年纪跪在祠堂端茶敬酒拜师父，稚嫩的声音将他送上了一条戏子的路。

苏立生的父亲本是戏班子的台柱子，四十岁老来得子，自此便很少担马走花腔，一心经营起唱戏的行当。他年轻的时候红脸唱得好，莫说是豫东高调，就连一人担三角在整个豫剧行当里都有名，比过几场擂台赛连续夺魁，靠着年轻气盛吃了几碗青春饭。有了苏立生以后就再无心唱戏了，大家开始都不信，说一个唱戏戎马一生的人不可能放弃舞台，可是苏父真的一句未再唱，发誓此生不开腔。

苏立生出生的时候家里的戏班子正在舞台上唱着《打金枝》，驸马跪在万岁爷的脚下，眉头紧皱，满脸惊恐，身后立着黄龙大袍的万岁爷和青龙盘尾的郭千岁，两边站着手持弯刀的守卫，赤目圆浑，全靠额头上的那点红。后来锣鼓声密集，笙乐响起，随着千岁爷郭子仪的一声长腔："侍——卫——"两边响起"有！"的阵势，将台下观众的心瞬间提了上来。

郭子仪怒目拍桌："拖出去斩了！"半跪的驸马脸上惊恐加剧，似乎每一块肌肉都在动，驸马被侍卫拖到了门外要斩首，万岁爷长袖挥动："说声亲翁郭子仪，为此事怎么够斩首级……"平缓有力的声音随着锣鼓点子娓娓道来，那声音穿透了观众的耳膜，掌声阵阵。

再后来万岁爷求了情，郭子仪消了气，还意外加封了官，夫妻重归于好，轮到驸马谢恩的时候，他头磕到一半就惊慌地跑下台去，留下一大片惊愕的观众，包括唱台上的万岁爷。听师兄说，当时跑下台的驸马就是苏立生的父亲，那天苏夫人临盆，难产大出血，上台的时候产婆刚进去，谁知出来的时候只剩下了哭声，哭声很大，还打了雷，外面的戏班临时解散，才使得台上的尴尬得以化解。

苏立生是立着生的，害死了母亲。

苏父看着她走，一滴泪都没掉，说走了一个来了一个，不赚不赔。毕竟这不是做买卖，送夫人出葬的时候，苏父把唢呐和锣鼓全都给埋了。等众人走后，一个人在房间里坐了一整夜，班里的兄弟在门外等，直至深夜，苏父才开始哭起来，哭声越来越大，几乎用整个生命在哭，院子里灯光通明，众人依旧在等。苏父悲喊："湘沁，是我害了你，不该在你临盆的那天去唱戏，你说得对，我是一个戏子，我是一个戏子，我是一个戏子……"

第二天早晨出来后，苏父头发半白，整个人瞬间苍老，看上去像六十岁的老头，所以苏立生的出生不是喜事，而是丧事。

苏立生有一个奶娘，是帮戏班子做饭洗衣服的，喊作鲁姨。鲁姨四十岁，没结婚，年轻的时候还是十里八村的大美女，听说鲁姨会唱戏，但是自从来了戏班子之后就一直做着做饭洗衣的活，没人听她唱过一句。她看着苏立生长大，苏立生从小无母，也知道鲁姨不是自己的生母，但是感情深厚，苏父说："鲁姨以后就是你的母亲，以后生老病死都是你的债，得还。"苏立生点头，也明白。

·2·

外面的世界很精彩，也很诱人。苏立生没上过学，所学的道理都是班里的师兄们所教，所以苏立生从小就染上了一股江湖气，可这种江湖气和他们不一样，他们讲："义字当头，杀身成仁。"八岁的苏立生就反驳："情字当头，先情后义才是人间正道。"师兄拍桌子："情乃身外之物，在外面混，先讲一个义，保家卫国，情能杀人怎的？"

“情不能杀人，但是能救人。”

苏立生说完这句话，师兄沉默了。这句话的后续苏立生说了一半，就没再说下去了。他后来举例养母鲁姨，问师兄：“养母养我一命，你说是为情还是为义？”

师兄沉默。

既然不是为义，那就是为情了。

当时戏班子里有一个规矩，从小入班学艺的要在过了十岁的年纪的时候选一个角色，苏立生选了苏父最熟的红脸，苏父说：“红脸好，能激能平，能屈能伸，还能随心所欲。”苏父对苏立生的要求极为严格，开始立章法，树家教，开嗓、基本功、化妆一样不少，要是少一样或者偷了懒都是耳光伺候。

苏立生有一次偷偷跑出去玩，晚上才回来，家里找遍了每个角落，鲁姨在一旁哭，苏父准备好了耳光，那顿打苏立生一辈子也忘不了，屁股都开了花。后来他不仅没有改，反而一有机会就往外跑，有时候被打，打完还笑，整个人像傻了一样。

后来戏班子搬迁，要离开这个小城，苏立生去求父亲留下来，可是唱戏就是流浪的活儿，哪里有生意就往哪里去，要不然待在这里饿死啊。苏立生差点跪下，说：“台下每天也有很多人在听啊。”

师兄说：“没有一个唱戏的能在一个地方待很久。”

“为什么？”

“因为我们是戏子。老祖宗说，有三行当最低贱，看林的，刻墓的，唱戏的。所以不能留太久，人家也不愿留。”苏立生第一次听到这句话，特别伤心，跑出去很久才回来。

后来在山东的一个小县城落了脚，扎了一个台子，四十平不到。父亲给当地的地头龙和地头蛇送了礼，这是多年来的规矩，出来混，讲义气，收了礼就要帮到底。当然也碰到过不讲义气的地头蛇，砸了戏台子还打伤了人。

在山东漂泊了六年，苏立生过了十六岁生日，父亲问他："你后悔吗？"苏立生第一次登台，苏父在下面坐着，看着台上的苏立生的扮相，笑了半天，脸上的月牙白画在了眉毛中间，三道青花杠开错了方向，还好苏立生生得白皙，面容姣好，如若换上一身女装，真以为是唱青衣的。苏父在苏立生身上看到了自己的影子，青涩的面容，一举一动、一颦一笑似青衣。

苏立生说不后悔。

其实还有一个秘密苏立生不知道，青衣是鲁姨的名字，至于为什么改名，什么时候改的名，估计只有苏父知道了，反正苏父和湘沁结婚后，青衣就改了名。

苏父十八岁登台，比苏立生晚两年，当时还是一个武生，舞台上各种翻跟头，台词少，很少有出彩的机会。当时戏班子捧了两朵金花，湘沁和青衣，打着她们的名号在全国捞了不少银子，场场爆满。湘沁扮相好，青衣长得漂亮，所以追求者众多，其中不乏名家公子，不过大都是出钱买一笑，或者只是想共度良宵，哪敢想真爱，要是真娶一个戏子还不被逐出家门。所以近水楼台先得月，苏父在苦学红脸之后，慢慢成了戏班的顶梁柱，还得到了两位美人的青睐，换到现在来说就是三角恋，还是两女恋一男。

苏父和湘沁搭戏的次数多，所以日久生情，成了被人祝福的那一对。不过多出来的那个人便是悲剧了。据说当年结婚的时候青衣还不死心，众客离场后还跑到门口站了一夜，第二天一早就从戏班消失了，去了哪里不知道，总之消失了好几年。

等到再见面的时候，苏父的红脸夺魁，青衣那晚来访，整个人已经看不出当年的气质，不过风韵犹在，她说这辈子不再登台，不为什么，就为自己，不想回到过去，只想重新开始。

果然，是为情。

·3·

苏立生台风渐稳，有了自己的拿手曲目，也在十八岁时喜欢上一个女孩。

女孩是看客，苏立生唱《界牌关》，跟头翻得好，花枪耍得好，两人一见钟情。一个台上，一个台下，自始至终隔着空气看到底，当时苏立生最后一个跟头翻过了半个身子，一声闷响栽在舞台上，胸口突然闷了一下，板子上激起了一层灰，随即打了一个回旋腿站起来，当时看起来挺酷的。可下台之后就觉得喘不过气，师兄送他去了医院，一连三天都是女孩陪的。女孩是护士，多高雅的工作，又有充足的理由为荒唐的故事作开端。那年苏立生十八，生日奔在了前头，比女孩大两个月，第一次拥有想为一个人放弃所有的冲动，这一点和苏父不同，一个是想到了放弃，一个是想到了拥有。

这件事被师兄压了下来，每次来医院送饭，看到护士和苏立生交流的眼神，傻子都能看出猫腻。师兄劝他了断要趁早，免得夜长梦多。苏立生问：“为什么？”师兄说：“我们是戏子，过两天就搬家了，离开这儿，走的时候啥都能留，别留情。”苏立生坚决地答道：“我不管，我要留在这儿。”师兄瞪大了眼睛，苏立生这种事显然是司空见惯的，这么多年走南闯北看到的说到的听到的，人总要放弃些东西，叫舍得，仿佛这就是江湖吧，谁也逃不了。

苏立生骨子里随父亲，执着。认定的事会用一辈子来坚持，最后一次唱《界牌关》，苏立生本着人生最后一次去唱的，女孩坐在下面，看着两侧的曲牌问：“你明天要走了吗？”

“我还会回来的，父亲说，江湖是圆的，总会有圆回来的一天。”

可这一天圆了十年，戏班子走到河北廊坊的时候苏立生已经成了正宗的老红脸，怒目真的是怒目，神色真的是神色，苏父说他“像是有团火聚在眉头间”。这是豫剧的精髓，当年就靠这红脸吃开了场子，可是豫剧越来越火，台下的观众却越来越少。再也没有当初十八岁的小姑娘，如今喜欢看戏的已经随着他们的流浪而成长为六十岁的老头了。

后来，戏班子换了一批人，师兄也不再唱了，成了宣传跑腿的市场专员。以前跑场子是挣钱，现在跑场子也是挣钱，只是现在挣的钱有了铜臭味，少了那份纯粹的喜欢。

苏立生的声音已经没当初那般稚嫩，红脸讲究的就是雄厚，奸臣有奸臣的狡诈，忠臣有忠臣的厚实，每天六点起床的练声已经成了生活必不可少的一部分。师兄问："你后悔过吗？"苏立生叹气加摇头："后悔过。还记得我十岁的时候经常往外跑吗？我遇到一个漂亮的女孩，我们待在一起就很开心，分开就很难过，戏班搬迁，我才告诉她我是唱戏的，她沉默了一会，问我：'戏子？'我说：'戏子。'

"她没再跟我做朋友，她家里做官，从小喜欢听戏，在她的思想里我们不是一类人，我们是艺人，卖艺的人和卖身的差不多。比如现在，哪个店开门，哪家大户结婚，甚至哪家死了人，都是我们接的活，过起了无饭不吃的生活，父亲也明白，可是不接活，日子一天不如一天。"

苏立生十八岁那年想过接触新生活，不再登台，可是在临近搬家的那几天，苏立生想到了父亲的坚持，虽然早已经不再开腔，可是这并不能阻碍他对戏剧的忠诚。那时他想，一定要让父亲开腔，唱一辈子，唱给母亲听。

·4·

鲁姨五十八岁病逝，苏立生哭了一星期，父亲没心思安慰他。师兄说："鲁姨不容易，常年奔波染上一身疾，为情为义都说得过去。"鲁姨有情有义，可父亲无情无义，鲁姨临终的那一天，只有父亲和鲁姨在房间里，其他人在外侯着。鲁姨问他："当年你为什么不等我？"可苏父始终没说话，只是握着她的手等着她闭眼，鲁姨最后说了一句："我明白了。"然后撒手西去。

后来听师兄说，鲁姨本是苏父的未婚妻，那年鲁姨去了苏北学艺，一去三年，听说鲁姨结了婚又离了，所以苏父才娶了湘沁。但是这条消息是师兄从外界传来的，不可靠。总之，苏父对湘沁是情，对鲁姨是义。

鲁姨出殡的那天，苏父以丈夫的身份举行了丧礼。在二里外的土地上，前两天刚下过一场雨，苏父拖着鞋，鞋上沾满了泥，苏立生穿着白衣趴在坟前，哭到最后唱起了曲子，师兄们也吹起了唢呐，锣鼓声在空旷的地里回荡悠扬。苏父立在中央，背后燃烧着花轿和鲁姨生前的布衣，嘴唇微动，喉咙哽咽。

那是苏父十年里第一次开腔，为湘沁不再唱戏，为鲁姨再度开腔，用这十年来弄明白一个自己认为对的真理。

"下位去劝一劝詹妃娘娘，撩龙袍上前去好话多讲，叫一声贵妃娘娘，王与你商量商量，小秦英打死了皇亲国丈，孤王与贤贵妃一样痛伤，长江水焉有那回头之浪……"

苏父唱得越来越大声，等背后的遗物全部烧尽，和泥土混成了一把灰才停下，师兄说那是苏父唱得最动人的一次，把这些年的憋屈和想不通的道理都唱了出来。鲁姨走后，世界恢复了平静，戏班一月不接戏，苏父说回到从前，练功、开腔、化妆，从头来，从头打拼。

·5·

隔了这些年，苏立生再次碰到当年的护士女孩，对方已经结了婚，有了孩子，又离了婚。苏立生和女孩去茶馆喝茶，仿佛只有在这里才能找到过去的味道，茶馆唱起了京剧，哦，到廊坊了，近京城，京剧响起来。原先的黑白红脸变成了生旦净末丑，主次分得更明，唱台上镇场子的叫爷，唱台下看响的也叫爷，不过此爷不如彼爷有威风，背后的五将旗走起路来虎虎生风。

女孩说："这里唱戏的爷比戏里的万岁爷还值钱，不信你试试。"

苏立生哪有闲心去试，问她："最近生活得怎样？"女孩低头看着三岁的小娃，流露出无奈。

苏立生见母女可怜，接回戏班做了鲁姨生前的活，孩子继续带着。直到某天孩子学说话，对着苏立生叫了一声爹，苏父高兴地认了一个干孙子，那是一家人最开心的一天。

再后来，戏曲界讲究文化融合，举个简单的例子，京剧的曲子拿来用豫剧唱，豫剧的故事用京剧来改编，老戏迷又重新打起了精神，还新添了几样乐器，现代大鼓和电子琴，起初那些老传统极力反对，可是创新自有创新的意义。苏立生自然被推崇，在京城一带被人称了爷，每次下场妆还没卸，想见的人已经排到了门外。

爷的称号不能轻易叫，叫了就要出风头，没有风头的爷那不叫爷，叫鹦鹉。京城人爱遛鸟，大部分都是鹦鹉，鹦鹉会叫爷，叫开心了主人会赏块肉，这就是鹦鹉存在的意义。当时有个富家女爱上一红脸，每次"梨园"搭台都是第一排，后两排被随从和保镖包了圆，红脸在"出将"的帘子后面，鼓声未响，声音就吼了一阵，这段吼不能停，全靠一口气撑着。要是这口气断了，此人的戏路也就断了。

富家女爱听《打金枝》，每次赏得比茶水钱还多，下台后，随从跑来请苏爷："苏爷，我家小姐有请，在楼下包间。"

依照苏立生的性格，就算是天王老子来请，也得看心情，那次却去了，因为富家女是真爱听戏，每次都不会中途离场，掌声给得到位，大致听得出是行家。

苏立生刚刚落座，富家女就亮出了底牌，白花花的底牌，闪瞎了眼。她说要学戏，豫剧，什么条件都答应，学定了。苏立生似乎没有理由拒绝，但还是拒绝了，红脸传男不传女，这是规矩，就算创新融合也不能胡来，女人气短，喘不来红脸的气，少了那份劲，会砸了招牌。

但是盛情难却，在京城混，还得靠他们罩着生意，一个都不能惹。后来和苏父商量，得到的更是坚定的拒绝，那天晚上富家女派人来听信，先给了一打钞票，再好声好气地说和。本以为成事了，还是被苏立生婉言谢绝。

富家女也没再追究，但是没过多久，京城多种戏种闹矛盾，京剧是东家，请了一场鸿门宴，各种爷在宴厅上演了一场三十六计，最后谈崩，各自为家，苏立生带戏班回山东，路过即墨搭了台子。

中途又碰到了富家女，这次干脆入了行，认了苏立生为师傅，从旦角学起。正旦青衣讲究小碎步和情绪拿捏，哭腔多，比如《三哭殿》，全程都是哭着唱完，比如《孟姜女哭长城》，哭得且悲且凄惨。富家女很少哭，哭不出情感，有时被师兄骂，越骂越惨，心里难受了就哭，青衣就是这么练的。富家女苦练了三年，哭戏成了一绝，演遍青衣各角色，自成一派，在豫剧里面成了大家，门生遍南北。

·6·

苏立生立在门头，对着镜子化眉蝶翅，印堂一点儿朱红点，两鬓青丝绾在耳后，咿咿呀呀开着嗓，那已经是十年后，如今家喻户晓。

苏立生头上有了白发，膝下有了孩童，老婆是十八岁一见钟情的护士女孩，离婚后和苏立生结婚，两个人从十八到三十八，没说一句喜欢，把一场爱情活成了历史。

苏父年近八十，班里的戏子大都改了行，连师兄都舍弃家当做了厨师，剩下的几个也物色着别的生计。

苏立生立在门口拆着“出将”的帷幕，遇到一个男人，男人说：“我从小爱听戏，可是机会少，后来家里有了收音机，每次甭管在做啥，都得先听戏。再后来家里有了电视机，偶尔听听戏，现在我孩子六岁，根本不知道啥是真正的戏。”

苏立生看着男人的背影远去，卯足了劲，一把扯下了“出将”的牌子，自此再不营生。

亲爱的大丫头

七分醉，刚好能糊涂一些事情，也能记得一些事情。

·1·

我刚下地铁，在出站口第四次忽略了阿 K 的电话，人太多听不到铃声，任由手机在我口袋里震动，手里的环保袋被挤变了形，衣服也皱成一团。

我知道阿 K 的臭脾气，为了过人生第二十五个生日，她提前半个月就列好了愿望清单，两张 A4 纸对排从页眉写到页脚。她给我的最充分的购买理由就是：这是她人生最重要的生日，因为这次有我。明知道在诺大的上海就我一个能容得下她臭脾气的朋友，除了我，没人能给她送礼物。为了弥补这个缺憾，她特意在清单上写上老爸、老妈、老弟、前男友的名字，还在后面划上破折号，包括爱丽丝芭比、德芙礼盒、牛仔短裙，甚至卫生纸、牙刷都一并列在其中。

其他的东西楼下超市就可以搞定，可指定的那份德芙礼盒我找遍了中环才找到，德芙周年庆的限量版，简直费了九牛二虎之力。这姑奶奶抱着爆米花在家里痴迷穿越剧，像傻子一样笑得没有心智。

·2·

阿K是个东北大丫头，在我眼里就是一个二货。我在麻将桌上认识了她，她输钱输得特别爽快，骂人骂得特别溜，我便忍不住要了电话。

为了这次生日，她连续一周在半夜十二点打来骚扰电话：“清单给你了，千万别忘了啊，要是少一个，看我咋削你。”

我也学她的口气回复：“臭丫头，我知道了。”

阿K说：“知道就行，少一个就削你。”

在靠近自动电梯的长椅上放下手里零碎，我给阿K回了一个电话，一接电话我就对她喊：“别催了，弄不错，到了到了……”

阿K的声音很小，盈盈绕绕地说：“我知道了，你现在过来看我一眼吧，我得病了，脑袋疼。”

“啥病啊，真的假的，昨天不还要削我呢么？”我在电话里对她吼。

阿K在电话里干咳了两声，骂人的口气抬了一半就蔫了：“在康城医院三楼306室，最后一眼，爱来不来。”索性挂断了电话，再打过去就是关机的机械女音，虽然愚人节还没到，这也很可能是阿 K 的恶作剧，装病算什么，装死才叫牛。

去年年初，阿 K 装了一回死，见了一次阎王爷，审判官问她在人间犯了什么罪，是怎么死的。阿 K 说她是别人死的时候拉来垫背的，冤枉啊，于是又回来了。

当时我疯子一样在马路上拦车，疯狂打“120”。阿 K 被一辆本田小跑撞倒在地，正喘着粗气，就像撞到我心脏一样，全身细胞都在打颤，手机都拿不稳。后来救护车来了，车上下来几个白大卦，刚卸下担架，阿 K 就醒了。

在我强烈的建议下，阿 K 去了医院检查，趁我出去买水的空儿，她一个人走完了全程，出来的时候拉我走，告诉我医生说撞坏了脑子，以后需要静养。我没有理由地信了，好吃好喝地养了她一个月，她才说好转了。

此时，我虽然怀疑电话里咳声的真伪，还是拎起两袋子零食，拦了一辆出租车，中途不断催促师傅快点，再快点。

·3·

我算是阿 K 在上海唯一的朋友了。半年前从沈阳大学毕业，阿 K 放弃了留在沈阳的男友，随我浩浩荡荡地南下，用她的话说就是奔梦想去了。可当时不熟的朋友都以为阿 K 跟我私奔了，当时的室友还一度怀疑我的审美。阿 K 说，等我们三年后有车有房光荣凯旋，堵上所有人的嘴，我说光荣可以，凯旋太假。

阿K第一份工作是推销某不知名的化妆品，压根没化过几次妆的她哪懂女人的东西，加上东北口音太浓，动不动就要削别人，最后工作半个月，老板扔了一千块钱给她，光荣下岗了。

后来她做过前台秘书、会计、电话销售、服务员，最长的三个月，最短的三天，最后一次辞职是抹泪回家的。那天阿K喊我出来喝酒，点了一桌子菜趴在桌子上抽泣了半小时，我说："算了，以后我养你。"阿K突然爬了起来，眼睛都绿了，再后来阿K就搬到我家附近，准备坐吃山空，就像山头上的压寨夫人。

东北人口味重得像泰山，葱姜蒜辣椒，别人做菜的配料是阿K的最爱，所以好养活，平时下班晚了我就顺手在楼下菜市场买几个馒头、一瓶酱外加几根大葱，阿K就能吃得津津有味。

去年陈年大婚，那小子高中就跟我铁，上厕所都要比赛谁尿得高，年轻气盛的时候还因为一个姑娘打过几场架，我俩被十几个人围在中间，那场面此生难忘，刚交上手就看到姑娘从后面跑过来，还以为女孩都怜悯弱者，这阵势十比二，我们明显处于弱势，可她偏偏从容地迈着步子从我俩跟前飘过，回头瞥了我一眼，就走到了强者的身边。

我从此一蹶不振，陈年没受过这种屈辱，他除了和我成绩一样差之外，家里有钱，老爸在山西有煤矿，听说老赚钱了，陈年在我面前环抱着大树跟我形容，这么大的纸箱子装着钱存银行。

陈年结婚，我自然请假去参加，阿K说，交了份子钱带她去吃，稳赚不亏！那天阿K翻到柜底，找到一身白色连衣裙，还破天荒地穿了高跟鞋，又瘦又高就像根棍子一样。

婚宴上，阿 K 吃了很多，从头到尾手不离筷，走的时候吃得太饱，肚子疼得厉害，还死活不去医院。我骗她去医院附近看电影，顺便带她检查，她拽着路边的栏杆不松手，声情并茂地喊非礼，还引来了警察，算老子倒了八辈子霉。

·4·

我坐着出租车奔驰在去康城医院的路上，全程挺着后背，生怕弯下腰来会影响车速，那是一种什么心情，神经病吧！车子停在江北大道上，车表显示着“四十七”，我大方扔了五十块，甭找了。

我下了车跑向三楼，看到“306”的时候，阿 K 躺在病床上，身边围了很多人，有几个阿姨眼熟，是同小区的朋友，和阿 K 是老乡。

江姨打心眼里喜欢阿 K 这个姑娘，说她实在，没心眼，劝我好好把握。我说：“是的，她比较缺心眼，以后还是让她男朋友来给她补吧。”江姨瞪着我：“你不是她男朋友？那你稀罕她不？你俩……”

江姨神神叨叨地拉着我出了门，神神秘秘地说了几句悄悄话，后面的人还捎带关上了门。这气氛紧张得要命，心跳一百八都不嫌多，我问：“阿 K 没事吧。”江姨说：“这段时间好好照顾她，这丫头倔得很，肚子疼得在地上打滚，就不去医院。”

阿 K 脸色苍白，长发散在枕头上，嘴角扬起一个弧度。看到我走进来，也眼睛直勾勾地盯着我手里的东西：“东西买好了？”

我举起手里的袋子："你的礼物清单，一个不少，跑遍了整个上海，累断了腿。"看到脸色苍白的阿K，我问道："阿K你没事吧，昨天不是还好好的吗？"

阿K从被子里伸出手，有气无力地对我做了个手势，示意我坐下："我得癌症了，不过没事，医生说我死不了。"她还笑出了酒窝。

我从床上弹起来，看了看阿K床头的诊断单，胃病，我取笑她："逮到好吃的就不舍得松嘴，吃出病来了吧！"阿K伸手想削我，抬到一半就放下了，把头扭向一边，我以为阿K生气了，凑过去哄她，谁知她一巴掌甩过来，脸上火辣辣的。

就像昨天阿K为了吃冰激凌和我比打手心，谁输了谁买。我一连被她抽了十多下，心甘情愿给她买了冰激凌。

这病来得太突然了，就像一场猝不及防的雷阵雨，一刮风就稀里哗啦下一阵，随后就晴天。

这时推门进来两名护士，戴着口罩，其中一个说："先生请您出去一下，我们要输液了。"

我看着阿K躺在床上，蹑手蹑脚地出门，江姨说："这丫头肚子疼的时候就喊你的名字。"我点头："比较倔。"

江姨问："你不是她男朋友？"

我干笑两声："不是啊，阿K男朋友在沈阳，开酒吧，有钱！"说的时候我双眼充满嫉妒。

江姨放大了瞳孔："就是穿破烂跳迪斯科的那种？"

"是啊，阿K以前也会跳，来上海之后就没再跳过。"我说。

江姨长叹了一声：“好人谁跳那个，我看阿K就是被那小子惯坏的，真不是好人。”

·5·

我表面顺着江姨，可心里一直认为他们之间是真爱，谁都代替不了。

阿K和男朋友在一起的时候高中还没毕业，属于早恋。在沈阳的冬天，大雪纷飞，零下十几度的天气里，阿K和男朋友在路上骑着摩托狂奔，脸被风吹得像被刀子割一样。这样的场景是二人平凡的浪漫，他们停在一个东北饭馆门口，脱下棉袄，点一个火锅，辣得不可开交，这成了他们整个青春的回忆。

高考前，阿K喝醉了酒，穿着毛衣就往外跑，蹲在路边的雪娃娃上痛哭，最后结了一脸冰，她说：“大黑，我不想跟你分开，我喜欢你开着摩托车带我喝西北风，我喜欢你从来不嫌弃我吃相难看，我喜欢看着你想揍我又不舍得下手的样子。”

大黑在一旁拎着酒瓶子：“冷不？”

“冷。”

“来，再整点！”

两人蹲在雪娃娃上喝白酒，热得直冒汗，还顺便商讨了一下人生规划。阿K和男朋友认定，将来就算天塌了也要在一起，阿K的成绩在班里前三名，大黑也是，不过是倒数的。所以商量的结果是阿K好好考试完成梦想，大黑在家做点生意，无论在外在内都有点出路。

后来阿K顺利考上了沈阳大学，而大黑在老家和朋友合伙开了家酒吧。阿K过年回家，带了一帮朋友去大黑的酒吧蹭酒喝，看到大黑和几个妖艳的女人围在一起跳舞，那香艳程度能媲美肉蒲团。

依阿K的性格，哪管得了那么多，冲过去拎着酒瓶子就往头上盖，玻璃碴子迸了一地，还割伤了手，血淋淋的，想想就怕。这一酒瓶子也打碎了两人的青春，大黑捂着头坐上一辆电蹦子飞奔去了医院，临走前留下一句："我们完了！"

阿K呆在那里半晌，剩下半截瓶把握在手里，割破的手和心碎相比一点儿也不疼。

阿K闷在家里一星期，哭了一星期，嗓子都哑了，最后还是给大黑发了一条短信，大概意思是："对不起，我脑子笨，冲动了。"

大黑立马回了一条："没关系，老子就等你这句话。"大黑保证以后不近女色，阿K保证往后的日子做一个温柔的好姑娘。

· 6 ·

病房里的护士走进来，摘下口罩对我说："今天晚上好好准备一下，明天正式开始治疗。"然后上下打量了下我，"家属来签字。"

一口正宗的东北话，和阿K如出一辙。

江姨推了我一把："这是家属，带他签字。"

我愣了一下，随护士来到门诊室，打印机里出来一张抬头为"化疗确认单"的单子，我颤颤巍巍地签字画押，老子第一次写自己的名字打颤的。

我不懂正式治疗是什么意思，也不知道治疗和化疗有什么区别，我想起某个电视画面，一个花季少女做了几次化疗，掉光了头发，戴着帽子在病床上看着励志书，脸色苍白却总爱笑。

那几天阿K在医院里憋坏了，我有时蹲在外面长椅上看书，能透过玻璃看到她。她早已经和护士打成一片，经常猫在一起讨论娱乐八卦，有次护士姑娘说外面的臭豆腐特好吃，臭得特正宗。所以阿K偷偷跑出去吃臭豆腐，医生说过，刺激的食物尽量少吃，我因此和阿K生了一场气，护士也跟着受罚。

那天中午没给她送饭，我觉得她肯定能记住这个教训，下午三点我拎着煮好的排骨汤去找她时，刚推开门，就看到阿K吃了护士小姐的一整盒核桃酥。

看到我，她立即用被子遮住空盒，然后抹嘴傻笑，我不忍心说她，端着排骨汤在她面前晃了晃，她那模样就像馋嘴的猫。不过她只喝了两口，排骨全被我吃了。

·7·

2015年9月12日

我们正式开始了治疗，晚上也没有什么好准备的，我给阿K的父母打了个电话，一边安慰二老，一边给阿K削苹果。

阿K说："你把皮削断了，该死！"

我瞬间不乐意了，朝着苹果大咬了一口："你爱吃不吃，要不，你吃皮？”

阿K伸手把苹果抢了回去，紧接着喘了一口气，贴在床头上，好像很累。

“没想到，力气还挺大嘛！”我笑着说。

“那是，行了，我没事了，你滚回去吧。”阿K说话的时候眼睛盯着苹果，似乎在支配一个佣人。我从头到脚看了一遍阿K，把被子鼓起的地方给拍下去，说：“行，我滚了。”

刚走出房门，我就慢下了脚步，直到听到房间里踢被子的声音结束才离开，我知道阿K躺下睡了。

让一个人宽心最好的办法也许不是安慰，而且像平时一样与她嬉闹，与她开玩笑，让她笑起来。

第二天早晨，阿K饿着肚子进了化疗室，我答应她出来以后带她吃好吃的。阿K来了劲儿，指着医院门口的方向：“那儿，太好吃了，给我整点。”我刚想反驳，阿K接着说：“多放辣，香菜不要，还是以前那种份量，多拿两个叉子，总会掉。”

我在门外踱步，拿起手机不知道打给谁，后来想起了大兔，阿K的好闺蜜，搂着睡觉的那种，还搂了四年，和阿K一个德性，说话做事不过脑子。我刚接通，大兔就叫起来：“哎呦，想起给我打电话了，你俩过得咋样，当年私奔的时候走得可是够决绝的啊！”

“滚滚滚，私奔个球，差点奔地狱去了。”

“不错啊，同生共死啊！”

“我找你有事，那个，打点钱。”

“缺钱花？不可能啊，阿K好养活，不挑食。”

“她病了，还差点钱，你看……”

“微信支付宝现金转账哪个方便？”

“真爱！”

阿K被推出来的时候，臭豆腐已经凉了一半，而且被我吃了一半，剩下的都是歪瓜裂枣。我看着阿K戴着条纹帽睡得正香，就把剩下的歪瓜裂枣全部吃完，其实没放辣，医生说忌辣。

阿K醒来的时候已经是下午了，三瓶药水也全部打完，还是我咬牙拔下针头的，要是阿K清醒肯定会削我一顿，然后把得病的原因也归罪于我。

“我臭豆腐呢？”这是阿K刚刚睁开眼的第一句话，同时四处踅摸着臭豆腐的影子。

“吃完了，医生说忌辣忌油忌酸……”

“行了行了，不吃就不吃。”

阿K落寞的眼睛又闭上了，嘴里咂巴着：“扶我起来。”

阿K下了床，颤颤巍巍地，在窗户边上停了下来，也不知道在看哪里，帽子下的发丝被风吹起了几缕。

我虽然担心她受凉，可是看着她静静地呆在那里，又不忍心打扰她。

入秋的天气总让人感觉伤感，窗外是医院的小公园，有几棵大叶子树，零零碎碎地落下几片叶子。

我在后面帮阿 K 拿着药，护士早就送来了，不忍心打扰她睡觉就没吃，我按照医生的要求把药片掰成两半，一次给她吃一半。

阿 K 在窗户旁站了一会儿，扶着墙壁回到床上的时候已经出了一身冷汗，回头让我把空调再调低点。

隔了一会儿，她突然问我："人为啥活着？"

我愣住了，按阿 K 以往的性格，对人生啊，哲理啊，是最排斥的，最常说的一句话就是"过一天算一天，过得开心就行"。我不知道怎么回答她，也不知道怎么安慰一个神经衰弱的病人。我说："为了钱啊，你打麻将还欠我五十块钱呢。"

她笑了："妈蛋，还记得呢。"

·8·

2015 年 9 月 19 日

按照医生的吩咐，药量加到了一片半，副作用也多了一些，她每天吃过饭之后就犯困，一睡就是一下午。没人陪我说话，削了苹果也没人吃。

江姨有时会送来炖好的鸡汤，大多入了我的口。

阿 K 的父母一直没来，她父亲在电话里说："家里的老人突然生病住了院，走不开，可苦了在外的姑娘了，过两天就去接她，回老家接受治疗。"

我说："阿 K 没事，好多了，有我照顾就行了。"

我似乎听到了他眼泪落在地上的声音，哽咽地谢了我好一阵子。

等到阿K下午睡了以后，我接了一个电话，出去了一趟。

朋友打电话为我庆生，在附近的一家餐馆。我去的时候他们都已经到齐了，二东还特意订了一个蛋糕，上面写着我的名字。

二东说："哥呀，那丫头咋样了？"

"没事，挺好，对我态度好多了，不凶了。"我说。

二东问："不凶了？真不凶了？"

我违心地点点头。

我没喝太多酒，怕回去的时候呛到阿K，而且阿K爱喝酒，我最怕她犯了酒瘾逼我犯错误。

我许愿道："希望阿K早点站起来削我。"

切蛋糕的时候我抹了两把眼泪，还特意给阿K留了一块。

我回去的时候，床上没人，我把蛋糕放在柜子上，转身看到阿K站在门口，她扶着门框，皮肤好像比以前白了许多。

"今天你生日啊，我没忘。"

"呵呵，二十七了，你还是比我大。"

"送你，喜欢就拿着，不喜欢就扔，反正是二手货。"

阿K从手上摘下那个金刚菩提手链，慢慢地走过来，帮我戴上。

靠近我怀抱的时候静静地停了一会儿，问："没喝酒啊，朋友能轻易放过你？"随后扯着我的手左右端详了一阵，"行了，滚吧。"

那是我们最亲近的一次接触，她在我下颚帮我戴手链，闻着我身上的味道，她皮肤很苍白，说话都没有力气。

回头她又补了一句："明天第二次化疗，准时来。"

其实阿K不说，我也从来没有迟到过，阿K可能害怕了吧，曾经天不怕地不怕的东北大姑娘也会担心我不准时。

有次露营，只有阿K和大兔两个人，她们在国庆节放假的时候一连骑了一天，直到傍晚在附近的一片荒地里停下来，本来阿K说再骑半个小时就有旅舍，可大兔死活都蹬不动了，一松劲儿就倒了下来。

我们都把阿K当男人看，因为男人做的事她都会做，包括搭帐篷生火。那天晚上来了大风，把帐篷刮得"扑棱扑棱"响，阿K一手抱着大兔，一手将帐篷的拉链拉紧。

大兔说："要不要给大格打电话，让他来接咱？"

阿K瞪着眼珠子："让他来干啥，有我呢，怕个啥？"

后半夜，大兔还是给我打了电话，在QQ上发送了一个定位过来，她说："帐篷被风刮了个口子，快来接我们。"

我到的时候，帐篷已经飞了，阿K抱着大兔躲在石头下，差点被风刮走。

"你怎么才来？"大兔看到车灯，哇地一声哭了起来。

·9·

2015年9月27日

阿K的父母来了，带了一些大枣给我，说为了感谢我这些天对阿K的照顾，我收下枣，分给阿K一半。

叔叔对我说想帮阿K转院，市里的医院太贵，离家也远，她爷爷也病了，他们不能在这儿待太久。

我瞒着阿 K 拿出了几万块的积蓄，并担保会把阿 K 照顾好，保证年底之前给他们带回一个活泼开朗的大丫头。叔叔感动得直落泪，他临走的时候问我："要是俺家姑娘病好了，你喜欢她，就嫁给你，这事我做主了。"

阿姨在一旁也点头。

我说："成。"

医生说把药片加到两片，一天吃两次，一共四片。

我在床边给她倒水，阿 K 挣扎着坐了起来，说："给我梳梳头吧，很久没梳头了。"

她把帽子摘下来，轻轻地甩了甩："梳子在抽屉里。"

阿 K 向来是爱发如命的，洗头的时候总准备七八瓶护理液和七八道工序，再用自然风吹干，一切打理完毕要用上半小时，每次我都在楼下等到发霉。

第三次化疗后，阿 K 的胃口就小了很多，拿来的臭豆腐她闻也不闻，有时闻到刺激的味道就恶心。因为国庆节了，医院里突然热闹起来，病房里多了很多味道，香蕉、牛奶、早餐、辣条等。

辣条？嗯，是辣条。

隔壁床位新转来一个十岁的小女孩，眼睛很大，齐刘海，第一天转到这里就指着阿 K 说："这个姐姐好漂亮啊，我将来也想和姐姐一样漂亮。"

阿 K 高兴坏了，把一半的红枣给了她。

“真可惜，这么年轻就到这重病房来。”阿 K 心疼得胃难受。

那小丫头第一次化疗的时候哭了一个小时，还是阿 K 安慰她才稳定下来。小丫头出来的时候睡得很香，直到晚上才醒过来。

“我要吃辣条。”这是小丫头醒来的第一句话。

小丫头的妈妈自然不给，医生说忌辣。她们母女俩进行了一场辩论，小丫头哭得很惨。没办法，小丫头最后还是吃到了辣条。

到了深夜，那小丫头难受得要命，临时输液才慢慢稳定下来。

·10·

2015 年 10 月 03 日

这天有一个好消息和一个坏消息。

好消息是医生通知阿 K 进行最后一次化疗；坏消息是她爷爷去世了，我忍住没告诉她。

这次是我推她进去的，进去的时候她还很精神，微笑着。她说：“最后一次了，下个月就能削你了。”

她进去之后，大兔来了。

大兔眼里含泪，对我说：“阿 K 的男朋友从沈阳赶过来了，应该快到了。”

我轻轻“哦”了一声，交代给大兔阿 K 每天吃药的时间和份量，跑去医院对面的一家餐馆，点了凉面和花生米，还有二两牛二。

我什么也不想去想，大兔说：“没事的，她男朋友应该很快就走。”

我傻笑："和我有什么关系啊，都是老同学嘛。"

"那你见见吗？"大兔问我。

我拿着手机随意拨通了一个号："唉，我马上就到啊，马上就到。"边走边对大兔说，"我还有事，就不见了。"

事后那个电话回过来骂我神经病。

当年跟我"私奔"的时候，阿K坐在火车上落泪，回头望着窗外，可煽情了。我问她："后悔了？"阿K看着我："谁后悔谁王八，我就是怕以后见不到他。"

"移情别恋啊，你又不是痴情种。"

阿K狠狠地在我胳膊上拧了一下。

我问她："现在选，我和他之间你选谁？"

她毫不犹豫地说："选他。"

"为啥？"

"因为他比你高两厘米。"

晚上我在附近的宾馆睡觉，无论坐着躺着站着都不舒服，索性把窗帘拉开，让月光投进来，又觉得破坏了这种暗黑的气氛。

我给大兔打电话，支支吾吾半天才问："阿K的男朋友还爱阿K吗？"

大兔说："爱个球，常在电话里打架，俩人要见面非得削起来不可，现在大黑头上的大包还在呢，一年不长头发，够狠的。"

"那他俩咋不分呢？"

“阿 K 说她男朋友比他高两厘米，等他长高了就分手，现在流行备胎。”

我知道她说的是我。

·11·

2015 年 10 月 05 日

阿 K 男朋友来了，就连护士小姐都觉得纳闷，送药时把我叫到外面，问：“那位是谁啊？照顾阿 K 的时候可亲密了，连上厕所都不避嫌。”

“男朋友，人家正儿八经男女朋友，避什么嫌啊。”我打了一个嗝，用手在嘴巴扇了扇。

“你喝酒了？”

“一点儿。”

“吃醋了？”

“完全没有！”

阿 K 男朋友三天后走了，那三天我没去看阿 K，玩了一次消失。大部分时间都在和朋友喝酒，每天都醉醺醺的，也没完全醉，七分醉，刚好能糊涂一些事情，也能记得一些事情。后来护士跟我说：“阿 K 男朋友走了，你来吧，放心，我心里有数。”

我估摸着时间去了阿 K 的房间，阿 K 和大兔正在看动画片，见我来了，大兔给我削了一个苹果。

“这两天死哪儿去了，以为你人间蒸发了。”阿 K 气色不错，眼睛比以前有光泽。

“再过一个月阿 K 就可以出院了，到时候借你车用用。”大兔说。

后来大兔在门外对我说：“他们俩分手了，阿 K 刚刚哭过。”

· 12 ·

2015 年 10 月 15 日

窗户上放了一张画板，画着一张简单勾勒的图。阿 K 喜欢画画，现在可以下床画画了。这些天整个病房就阿 K 一个人，另一个女孩儿病情恶化，转了医院。那晚，阿 K 画了一个太阳给女孩儿。

这些天，她每天都会梳头，梳头的时候问我知不知道她男朋友来的事。

我说：“屁大点事，还用问，大兔已经告诉我了，你们分手了。”

阿 K 瞪着我：“你就是欠。”

· 13 ·

2015 年 10 月 20 日

“药物减半，输液减量，明天早晨做一个全面检查，记得晚上和早上别吃东西，也别喝水。”

我送走了医生，阿 K 看着《每天学点心理学》发愣，窗户外投进了一束光，忽闪忽闪的。

这段时间她瘦了许多，早晨只喝一点儿清汤，中午要检查，也很少吃饭。那天她想吃臭豆腐，我去问了医生，医生说不辣就行。

可不辣的阿 K 是不吃的，那天阿 K 看着我把双人份的臭豆腐吃完，剩最后一块的时候，阿 K 再也绷不住了。

· 14 ·

2015 年 10 月 27 日

出院前夕，阿 K 收到了很多礼物，包括鲜花和果篮，她埋怨我后备箱太小，还说以后我们俩挣钱买一个大点的车子。

说完阿 K 承认口误，脸红了。

· 15 ·

2015 年 10 月 28 日

大兔帮我订了一枚钻戒，多少克拉不知道，总之我给大兔打了欠条，她说："如果这事成了就当份子钱成不？"

"成，稳赚不赔。"

我捧着一大捧玫瑰花，特意多喷了几遍水，原本发蔫的几朵又重焕生机，特别美丽，我把戒指藏在其中一朵花里。

反复检查，没问题。

阿 K 和大兔刚刚走出医院大门，大兔对我使个眼色，我就"噗通"单膝跪下，说了一大通提前背好的话，大兔都感动哭了。

可阿 K 就是阿 K，一点儿也看不出感动，她伸出手，把花接过去："戒指呢？快给我戴上。"

我从花朵里取出戒指，她问我："花哪儿买的，这么眼熟。"

我说："天下的玫瑰都一个样，哪儿买的不重要。"

"那'早日康复'的吊牌还没摘呢，这不是大兔送我的花吗？"阿 K 怒气冲冲地说，"没诚意，老子不嫁了。"

舒克

其实，婚礼早就为你备好了。

·1·

萧涵忍不住笑了出来，精致的礼盒里面放着整齐的三卷 HELLO KITTY① 垃圾袋，卡片上写着“PS②：逃婚三周年快乐，大更。”

萧涵顺手丢在桌子上，用化妆棉将伪装了一天的妆容擦掉，镜子里的素颜看起来已经不再是青春的紧致，所以她每天出门都涂厚厚的打底霜和浓浓的口红，画飘逸的眼线。

萧涵，当代典型都市女性的代表人物，出入了高档咖

① 卡通形象。
② 英文“附注”的缩写。

啡厅和私家厨房，落落大方，说话紧凑淡定，走路飘着香奈儿的气息，将三观建立在感官之上，习惯了对人指手画脚的婚庆公司高管。工作八年策划过无数个难忘的婚礼，看过无数对情侣走向婚礼殿堂，唯独想到自己的时候，总提不起勇气。虽然后来结了婚，不过这顶多给自己上了一课，让自己明白了一个道理：女人结婚不能急，凑够了嫁妆再嫁也不迟。

大更和萧涵是离婚之后才建立的感情基础，说也奇怪，当初结婚不到三个月就闪离，理由出奇地一致，都说对方不靠谱，具体的原因就是除了男欢女爱，别的都合不来。当初认识大更，是因为他是个飞行员，各项基因优良，加上身上的那股坦诚劲，傻傻的蛮可爱。两个人从认识到步入婚姻的殿堂不过两个月，看在对方基因够好，双方家长在五星酒店碰个面就拍桌子定了。离婚的时候也是，还是那些人，换了一个地方，一拍桌子离了，末了还握手，相识一场，不结不相识。

隔天大更就从家里搬出来，将自己的衣服打包起来刚好塞满一个行李箱，临走前还给萧涵冲了一杯咖啡，特意调了一个爱心。大更回头对着承重墙叹了口气，这么大的家都不容我一个箱子。后来在隔壁白领公寓租了两室一厅，萧涵说他有病，一个人睡两间房，另一间留给鬼啊。

大更就想着萧涵哪天去外面应酬，喝得忘记回家的路，打电话让他去接，顺便带回家来损她一顿，不懂得珍惜眼前人、后悔之类的。

大更定完房子就飞了，房租还是萧涵交的，当初和现在有些相似，追去千里之外催尾款，最后催来了一场感情。那时觉得大更各项基因优良，三分吴彦祖，现在想起来不过一米八，面容白净一些而已，可能是当时一身飞行服显得高大威猛一些。

可是离婚后大更一直与萧涵保持亲切往来，有空就赖在家里不走，每次都坚持把电视剧看完，其实只有萧涵知道，大更这辈子最讨厌的就是对着电视浪费时间。有时候惹急了萧涵，拍桌子让他滚，大更嬉皮笑脸从沙发上弹起来：“瞧你空有一副女王范，这么小气，分手即朋友嘛，何况大家夫妻一场。”萧涵一口气憋不住就笑出来，时间长了，大更成了萧涵家里的常客，每逢过节都送上一些小礼物，圣诞节，萧涵生日，结婚纪念日，离婚纪念日。每次都送稀奇古怪的东西，包括闹钟，枕套，体重秤，锅碗瓢盆。每次萧涵回到家都是大更的影子，而萧涵三年来一次都没有去过大更的两室一厅，原因是从来没醉过。

·2·

两个人的相识比较戏剧性，大更到婚庆公司办婚礼，公司所有的员工的策划案都无法满足他的要求，当时公司正走下坡路，不想失去一个大客户，所以萧涵硬着头皮接了。

第一眼看到大更，萧涵就有一种惋惜感，觉得这么优良的精子可惜就要和别人结婚。这些年来，不止一次地眼睁睁看着这些优良的精子从眼前飘过，转身投入另一个女人的怀抱，对于这些，萧涵并不觉得丢人，早就练就一副刀子嘴石头心。

礼貌性握手，然后倒了两杯咖啡，大更坐在萧涵对面微笑：“我要办一场舒克贝塔式的婚礼，你们能做吗？”

大更刚一开口，萧涵心就凉了半截，顿时为对方的心智感到担忧：“舒克贝塔？这种主题婚礼需要不少时间和费用的，不知道您的婚礼大概什么时候举行？”

“不是我的，我是替朋友来办的，我能做得了主，放心吧。”

萧涵松了一口气，还好这颗优良的精子暂时还有一线生机，能做飞行员的男人身体各项指标肯定好，萧涵只希望能牢牢抓住，在三十岁之前将自己嫁掉。省得每次回家都安排一桌子人相亲，父母把自己当做一折商品，把条件放到了最低，没房没车不要紧，只要人模人样个子高就可以，毕竟为了下一代着想。萧涵反驳：“有没有为我着想，起码我也是个专柜价，感情基础都没有结什么婚？”父母安慰：“别挑了，感情可以婚后慢慢培养。”最后和大更离婚的时候，在饭桌上，萧涵偷偷说：“这下如你所愿了吧，我们离婚后慢慢培养。”

·3·

当初的那个“舒克贝塔”婚礼被萧涵一手接了，想也容易，找一个革命遗址，摆几个坦克和飞机，搞一个老鼠套装就行了，最不济每人戴顶米奇帽，对方尾款一结就完事，至于好评差评没人在乎。

结婚前一个月，萧涵约了大更十六次，大更只赴了两次约，要不是看在“顾客是上帝”的份上，萧涵早就扯着对方领带从飞机上扔下去了。萧涵也发誓，以后不接业务，老娘受不了此等侮辱。

第一次在公司楼下咖啡厅见面，萧涵设计好了流程和地点，抱着电脑喝着咖啡。最后咖啡喝了两大杯，方案写了三四套，大更才悠悠而来。

萧涵强忍怒火，还请了点心和咖啡，最后大更一套方案都没看上，当时萧涵就想将手里的咖啡泼到他身上，可是临来的时候老板下了死令，此人脑残又有钱，不能放弃。于是萧涵换上一副笑脸：“那么，陈先生什么意见呢？”

大更抿了一口咖啡，特意把调制的心形吹散：“场面要大，一定要逼真！你想象一下新郎开着飞机，新娘坐着坦克，在中央红毯相遇，然后走向……”

“脑残！”萧涵心里暗骂，更后悔自己为什么要接这么一个案子，注定是一场荒唐的婚礼。只是没有预料到结果比她想象的更加荒唐。

后来场地初定在树林里的一块草坪上，签了合同。

第二次见面就是在那片隐蔽的草坪上了，周围人少树密，夜风阵阵，大更一声惨叫躲在萧涵的身后，为了报仇，萧涵转身就走，把大更一个人放在那儿，自己心里偷笑。

后来陆陆续续见过几次面，也通过不少电话，一次比一次深刻，大更知道对方三十岁未婚，表面美人一个，实则心狠手辣。萧涵知道对方是个飞行员，各项体能达标，心智不全。

萧涵提的方案大部分都被大更一口否决，而大更每次都会出一些稀奇古怪的点子和想法。最后的婚礼方案里，除了地点是萧涵选定的之外，其他的都是大更的想法，新郎新娘也一直都没露过面。

萧涵早就料到这将是一场史无前例的奇葩婚礼，却没想到会奇葩到惊天地泣鬼神的地步，比起后来她跟大更的那一场，是有过之而无不及的。

萧涵到现场的时候，大更已经忙活一阵了，从来没见过对待别人的婚礼比自己的婚礼还要热情的人。整个现场摆满了飞机坦克，就像动画片里的一样，就连庆祝蛋糕都是老鼠头形状的。

萧涵第一次见到婚礼的主角，新娘在休息室里换衣服，满脸不开心，拿着一套米老鼠的衣服不知从哪儿套进去，索性将衣服扔到一边，幽怨地看了一眼远方的洁白婚纱，对萧涵发牢骚："我忍了，穿就穿了，等会还要假装开着坦克走红毯吗？"

萧涵才突然认识到新郎新娘有矛盾，这是婚礼的致命因素。之前策划过几场婚礼就是这样，在司仪最后问到"你愿意吗"的时候，突然有人闯进来，像电视剧里那样来一句"我不同意"，新娘还脱下婚纱和对方私奔，这狗血的剧情让萧涵差点拿刀把自己捅死。这次，萧涵可不想折腾了这么久的婚礼策划被搅黄。

新娘哭丧着脸说："我们从小青梅竹马，我爱他三十年，婚礼不去教堂我忍了，没有婚纱我忍了，就不能正常一点儿吗？"

萧涵说不出话来，站在婚纱的旁边，心里想："以后我的婚礼要是这个鬼样子，老娘打死都不结，最好有人把我抢了去，私奔也行。"

后来婚礼照常举行，新郎拿着飞机模型从东面走来，新娘拿着坦克模型从西面走来，然后在中间的红毯相遇，一起走向司仪。

途中掌声阵阵，亲朋好友满座，萧涵拿着对讲机指挥着一切，婚礼司仪说话幽默风趣，惹来阵阵笑声。

最后司仪充当人生禅师，问新郎新娘："你愿意吗？"新郎点头，新娘也点头。

眼看新娘眼泪不断，新郎转而叫道："有没有人反对？"萧涵和大更跟着台下起哄的朋友大喊"没有"。

"到底有没有？"

"有！"

没人理会这句声音，都以为是在恶作剧。

"有没有？"

"有！"

那个声音抬高了许多，从门口打开一道亮光，一个男人穿着和新娘子一样的衣服，手里拿着比钻戒还精致的坦克模型。

萧涵问大更："这是你安排的吗？"

大更摇头，萧涵心碎。

"你承诺过我的，要给我一场舒克贝塔的婚礼，现在我来了。"那个男人深情得要哭出来。

萧涵想死的心都有，踩着八厘米的高跟鞋抓着大更的领带："这狗血的剧情，什么意思？"

最后眼睁睁地看着新郎丢下新娘，跑到红毯上拉起男人的手跑掉了。如果不是亲眼所见，萧涵真以为穿越到偶像剧，自己变成了傻缺的女主角，等到收拾这所有的烂摊子。

关键是尾款没结清，新娘看着老公丢下自己牵起一个男人的手私奔，这打击丝毫不亚于当了小三，后来新娘伤心过度，当了甩手掌柜。而大更第二天就飞了云南，要半个月后才回来。老板放话，一个月内不结案，奖金扣完。

为了催回尾款，萧涵每天都给大更打不下十个电话，可是大更在飞机上不用手机，后来直接从北京飞了大理。在机场碰到大更就一耳光，萧涵怀疑对方是受虐狂，居然还笑着请自己吃饭，并答应三天之内准时还。

·4·

那是萧涵三年来第一次喝醉。她去参加了一场大龄闺蜜派对，都是当时一起进公司的小姐妹，经常聚在一起聊八卦，谈男人。如今大都结婚生子，萧涵自然成为每次聚会的开涮对象。涮一次喝一次，涮一次喝一次，最后烂醉如泥，趴在路边的垃圾桶狂吐，然后糊里糊涂地拨通了一个人的电话，对方声音温柔，关心急切，正是大更。

大更背着萧涵走了半个小时，一次都没歇，身体素质好到不行，萧涵趴在大更的后背上问："你喜欢我吗？"

大更偷乐："喜欢。"

"那我们在……一起吧，我妈……说，感情可以婚后培养。"萧涵闭着眼睛，打了一个饱嗝。

送到家，萧涵躺在床上，阿姨把大更往死了逼问。年龄多大，家里几人，是否单身，年薪多少，工作如何等等，愣是逼出了大更和萧涵认识的来龙去脉，阿姨拍桌子叫好："这叫不打不相识，你们有缘啊！”

大更傻乐，后来经常背着萧涵偷偷来看望阿姨，如果两个人吵架，打电话就说萧涵的不是，有时候故意说漏嘴，把阿姨叫成了妈，别提多高兴。

大更问起萧涵那晚说的是真是假，萧涵狡辩说是酒后失言，死不认账。不过心里特高兴。

交往三个月，就结婚了。

·5·

三十岁那年，萧涵结束了自己的单身生活，嫁给了飞行员，一时在姐妹圈掀起了小风暴，都说萧涵等得值，好的都在后面，爱情越久越发光。

萧涵也这么认为，之前谈过两场恋爱，一次在高中被一个男生追，牵过手，接过吻，高考后对方没考上大学，索性分手，当时还伤心了好几天，埋怨上天不公。

第二次在大二，碰到一个学长，吃吃饭唱唱歌就糊里糊涂在一起了，上过床，同过居，大学没毕业发现自己是个备胎，索性分手了。她那次哭得死去活来，发誓不结婚不恋爱。

事实证明，这次萧涵选对了。

萧涵给自己放了一个长假，两个人去拉美看海，短短一个月，萧涵差点将自己的三观跌到非洲大峡谷。虽说是大龄剩女，不过也有生活追求。

大更睡觉磨牙，这是萧涵受不了的，晚上起床上厕所还以为是老鼠叫，吓得半夜睡不着。而且他笑点特别低，平时出门见朋友，总对着人家傻笑，还以为带出来的是吉娃娃。

其实这些都可以忍受，究其原因还是因为婚礼，心里憋着一口气，找理由发泄。

两个人决定结婚的时候，脑袋发热先领了结婚证，萧涵就为了拍个照片迎来一大波点赞，心里充满了满足感。

首先是婚礼的地点，最后大更说定在海边，萧涵也十分同意。

白色的婚纱，洁白的长裙，还有梦幻的场景布置，一切都是萧涵一手策划，将八年来所有的策划心得全部用在了上面。

谁知当天起了大风，沙子四散，吹飞了帐篷和白纱，萧涵捂着裙子躲在后面不敢出门，本来高兴的心情瞬间乌云一片。大更带着墨镜叫了几辆车，把亲朋好友送了回去，婚礼就这样不了了之，司仪大喊了一声“入洞房”就结束了。

萧涵一直在纠结这个问题，后来萧涵要求补办一场婚礼，要不然一辈子都不甘心，干了一辈子婚礼策划最后被一阵风刮跑了，传出去还不笑掉大牙。

大更觉得无所谓，心里有爱就行了，不必纠结形式，而且太费精力和时间。两人僵持不下，大更订了两张机票，结婚第三天他们就飞了拉美，萧涵觉得对方不负责任，说到底还是结婚太匆忙，为了结婚而结婚，说不清是爱还是妥协。

· 6 ·

两个人结婚不到一个月就分居，是萧涵要求的，除非不磨牙，笑点比萧涵还高才能住一起。笑点低可以忍，可是磨牙控制不住，几次忍住不睡，最后白天睡一天，然后再吵架。

从拉美回来后，两人开始正式上班，大更经常出差，一个月见两次面。大更没有怨言，萧涵也无所谓，早都习惯了一个人的生活，两个人反而不习惯。

那年的情人节是他们结婚一个月纪念日，大更特意从国外飞回来，偷偷在家准备了烛光晚餐，萧涵下班回来后淡定地坐下来，说了一句："你回来了。"其实心里特别感动。

大更准备了礼物，放在一个盒子里，让萧涵去猜。

戒指？不对。

项链？不对。

"噔噔蹬蹬……"大更自配音效，突然揭开。

那是一块海绵宝宝形状的香皂，大更拿在手上使劲闻，一股恶心的"六神"味。

萧涵苦笑，看了一眼就锁门睡觉去了。

于是两人的离婚手册上多了一条"不识趣"。

之后陆续收到了大更的毛巾、衣架、情侣牙刷等，都是一些廉价的小东西，萧涵觉得对方就是在拿感情耍诈。

·7·

此时，萧涵看着镜子前的毛巾，还有情侣牙刷，一阵沉默。自从大更送来后一次也没用过，有几次恨不得扔进垃圾桶，又怕大更来的时候看到伤心。

大更每次出去飞行都会来这里跟萧涵告别，萧涵虽然厨艺不精，但是每次都会给他煮上一大碗饺子，大更一口一个，说："寓意好，平平安安。"

萧涵把毛巾取出来，里面整齐地放着一张纸条："逃婚快乐！"背面还有一句："就知道你看到的时候黄花菜都凉了，还好时间够让你明白这些小心意，记得打来电话，婚礼早就为你备好了。"

萧涵刚卸完妆，豆大的泪痕划出了几条线，然后拨通了大更的电话。

"喂，逃婚三周年快乐……"说完，萧涵怎么也提不上来那口气，瞬间泪崩了，捂着话筒说不出话来。

电话那头一阵沉默，然后声音哽咽："逃婚三周年快乐……"

代理爱人

毕竟我们都一样，也曾奋不顾身过。

·1·

百无聊赖地生活了二十多个春秋，一直期待着破冰的那一天，可是越是期待暖冬，冬天就越冷，这年偏偏下了一场大雪，给所有看得见的景物披上了一层锦被，我期待着 H 的到来，就像期待一场融化的邂逅。

H 是被两个穿着蓝色制服的工作人员送来的，为此我还大发脾气和他们吵了一架，因为送来的时候，外面的箱子被压扁了，还覆盖着一层积雪，看上去就像三年前淘汰的低级货。要知道最低级的仿生人只能做端茶倒水的机械工作，而我是准备找一个伴侣陪我度过寒冬的。

在拮据的生活面前，我本来注定孤独终老，后来在一家仿生网站上犹豫了好久，直到昨晚电脑蹦出一个弹窗，里面传来让人酥到骨子里的娇嫩女声，不过在我面前只持续了三秒便原形毕露，我一语道破了玄机，对方关闭了变声器，女声瞬间变得沧桑，后来由于她强大的营销手段加上对暖冬的渴望，我动用了大炮生前留给我的最后一笔财产将 H 迎进了家门。

“行了，没什么问题，把剩下的钱打到账上，本公司概不赊账。”其中一人将箱子立起来，拍了拍上面的积雪，就像我购置的是一台家电一样。

H 看起来一米六五左右，个头还算满意，接吻的时候刚好能抵到我的下颚，沙子迷了眼还能抬头帮我吹一吹。

“插入芯片调试一下，就行了。”他将箱子拉开的一刹那，我就拜倒在了 H 的石榴裙下。

那是第一次亲眼看到 H，比我想象中美多了，大眼睛，白皮肤，H 是“代理爱人”中唯一没有模仿性感女星的，本来我也多有犹豫，但就是有一种亲切感，更重要的是便宜。H 一直都是面目冰冷，和寒冬挂在老家屋檐下的冰棱有几分相似，皮肤晶莹剔透，眼睛直勾勾地看着我。

尽管这个社会已经承认了仿生人的存在，不过大炮的死一直令我心存忌惮。就像半年前他冰冷地躺在马路上，身上覆盖着厚厚的雪，路人络绎不绝地从他身边匆匆走过，有些人甚至都不愿意低头去看一眼，以免他的惨状搅了午休的美梦。相比一个仿生人的死亡，或许他们的安逸更加重要吧。我赶到的时候大炮已经奄奄一息，急救车始终被堵在停车场没有赶来。我骂大炮傻，为了爱情葬送了自己的生命，什么都没得到，也得不到什么。大炮说：“你不懂，我已经得到了。”

大炮死后，当地“仿生人管理组织”拍了几张照片放在门口的告示栏里，上面写着“凶手已经伏法”。

·2·

H看上去脸色温和，体温正常。不知为何却对我十分没有耐心，她一直将我们的关系分得十分清楚。我晚上洗完澡后将窗帘拉紧，窗外的夜色比以往精美了几分，H靠着窗，脸上映着最后一抹夜色，我轻手轻脚地走进去，准备从背后环抱她。

我将睡衣褪掉，慢慢地向H靠近，靠近的瞬间她转身一脚将我踹回了床上，然后冰冷地说了一句：“不好意思，仿生人也有尊严，请你自重。”随后对我笑了笑，上床来帮我揉着肚子。这让我后来很长一段时间都在谨慎中度过。

也幸亏一脚，我们拥有了感情的基础。

H在家待了几天觉得无聊，我便打趣她道：“你才刚来到世上几天，就觉得无聊了，看来这个世界真的没有存在的意义了。”

H托着腮帮摆出一副思考状，说：“我既然来了就不会走了，赶快挣钱，老子要过好日子，天天跟着你喝稀饭吃咸菜，人生怎么能没有追求？”就像被生活抛弃过的怨妇一样。

我也几次劝她，初来人世，钱是污秽的东西，不能把钱看得太重，要不然整个人都会扭曲，社会就会变形。H置若罔闻，后来还背着我找了一个“三陪”的工作，她说一天挣的钱比我一个月都多。

H出门前要化很多道程序的妆，本来晶莹剔透的皮肤外加贴近人类的美，穿得也很性感，短裙下面套着黑色的高筒丝袜，高跟鞋是我们认识满一个月时我送她的礼物。她帮我做好了早餐，狠踹了我的房门几下，然后拎包出门。

H在爱情中介上班，每天都会有很多人在这里挑选适合自己的“女朋友”，工作内容包括一块儿跑步、见朋友、聊天等。而他们大都会选择仿生人，因为天生美丽，性格柔和，又称“代理爱人”。可H是个例外，所以一直不招人待见。从H将自己的照片和名字挂在“代理爱人”的门口那天起，就一直没换过地方，直到一个月后才得到一位戴着眼镜的大叔的临幸。

那天他们沿着小路散步，H低头走着，黑丝美腿在阳光下像黑色的晶石闪闪发光。

H看了一眼大叔，问：“我们要做什么？”

大叔一脸淡然，连余光都没有扫过来。“随便走走，陪我走到这条路的尽头再折返回来就行了。”然后不再和H说话。

气氛就像这条小路一样，越走越窄，弯弯曲曲，囤积了许多落叶和风霜，走到小路尽头的时候H终于爆发：“你这人好不识趣，当我们仿生人都是陪你们散步的工具啊。”然后跑回公司将自己的牌子摘下来扔进垃圾桶，回到家后闷头哭，我上前安慰，她便趴在我肩膀上哭，当晚我就被她临幸了。

·3·

我以为我的生活就此变得温暖，人生找到知己陪伴，可后来H愈加懒散，我怀疑H被送来的时候脑子撞到了门框，有几次恨不得将H遣送回厂，先挫骨扬灰，再彻底摧毁。可是想想后来还得一个人面对生活，相比孤独，我宁愿认倒霉娶一个刁蛮老婆，所以就淡然了。

H不知什么时候跟着街坊邻居学会了打牌，每天赴约比上班还准时，牌友有三：隔壁大狗的仿生人老婆、楼下二狗以及二狗的仿生人小老婆。H每次都很晚回来，下班回家很少看到她的影子，通常是楼下灯火通明，摔牌的声音此起彼伏。

终有一天，我抱着枕头寝食难安，穿着裤衩就跑下楼去，一脚踹开房门，对着H大吼："以后再看到你打牌，信不信我将你遣送回厂。"顿时鸦雀无声，三个人痴痴地看着我，无疑是被我震慑住了。可是帅不过三秒，洗牌的声音又瞬间掩盖了我的咆哮。H洗着牌说："你先回去吧，我等会就上去。"

我长叹了一口气，狠狠地朝房门踹了一脚，径直跑到楼上拨通仿生人售后热线，可是连响三声之后，又被我狠狠挂断，懊恼地捶了一下脑袋便闷头睡觉。

晚上做了一个噩梦，梦到H被带回工厂，记忆芯片被穿着蓝色制服的工作人员拔下丢进垃圾桶，身体被一点点拆卸……

我醒来后，H趴在我身上睡觉，咂巴着嘴，手放在我的胸口上，我忘记了白天所有的不愉快，依然觉得H很可爱。

等H醒来后，我意味深长地拿楼下二狗举例："二狗可怜，从小孤儿，一个人奋斗至今，好不容易娶了老婆，半年离婚，如今和仿生人相依为命，其乐融融。”

H 看着我，半晌没说话，大概也明白了我的意思。往后的日子里，H 温柔了许多，偶尔玩牌，十点之前肯定散场，直到有次回来，整个人坐在镜子前郁闷发呆。

后来我才知道，二狗合伙其他人出老千，我拉着 H 跑下楼，让二狗赔礼道歉。那天，H 扯着我的衣角，悄悄地叫了一声老公，我装作没听见，二狗也乖乖配合我上演了一场英雄救美。

后来 H 不再打牌，开始帮我洗衣服、做饭。

·4·

月末，仿生部门来家里例行检查，询问一些相关情况。

他们到我家的时候，我正和 H 躺在沙发上看电视，一口爆米花分两半，一人一半，可乐也是嘴对嘴地喂。

工作人员穿着蓝色制服，戴着口罩，只露出两只冰冷的眼睛，让我愈发觉得恶心。他们不光破坏了我们的情调，还得亲眼看着 H 的记忆芯片被拔下来，然后放在仪器上进行复杂的调试。从那时起，看到 H 的芯片我就莫名心痛，就像有人强行把 H 从我身边带走一样。

我说：“H 各方面都很正常，特别正常。”

对方一句话没说，走了，就像流水线工人对自己的产品一样厌恶。

仿生人也有法律保护，只是在世俗面前像是交易的产品。几年前发生的仿生人游行事件我仍然记忆犹新，巨大的条幅拉满大街，号召人权平等。那时 H 已经经过二次调试，刚从第一个主人那里回来，说到底 H 就是二手货，只是被清除了记忆。

H 说："我们终究要分开。"

如今我们不得不面临同样的问题，H 三年以后就要被清除记忆，而我没有经济实力将她永远留在身边，三年后 H 有可能还是我的，也有可能成为某个人的替代品。

三年可以做很多事，H 昨天答应帮我生个孩子，只是要付出很大的代价，我知道 H 是认真的。

说实话，我不赞成这个决定。大炮生前和"代理爱人"米夕相识，相爱三年，完成了人生中最勇敢的逃离和背叛。为了负担两人的费用，大炮走上了犯罪的道路，他出事前对我说："我们无法将爱情过成童话，只希望将这样的生活多延续一会儿，哪怕苟延残喘。"

那时我才明白，真正爱一个人，就是默契地生活着，只管风雨兼程。后来大炮欠下巨额的贷款，追债演变成追杀，最后惨死桥头，官方则认为大炮伏法。

大炮出事后，米夕也被依法押送，途中，米夕坐在车上眼泪汪汪，摸着自己的肚子，不停地说："乖，这辈子没机会做你的母亲，你也没缘分做我的孩子，一切都是天意。"米夕在流水线上被清除了记忆，并且重新在"代理爱人"上挂牌。

脑海中偶尔闪现大炮的影子，他只是执着罢了。

我拉着H的手，四目相对的那一刻，我便发誓不会离开她，哪怕像大炮那样去拼命。

我恨透了“代理爱人”不公平的待遇，美其名曰满足单身人士对另一半的需求，可是在尝试后，就像毒品一样被深深地吸引，每一次离别都更加痛苦，因为分开就意味着永别。

·5·

H怀孕那段时间，我拼命地赚钱，为了支付巨额的代理费用。每次坚持不下去的时候，想起H被人带走的样子，所有的疲惫都会烟消云散。

那时候我体验到了人生至乐，生活步入了正轨，有节奏地活着，空气中弥漫着慵懒的阳光，H躺在阳台的摇椅上，脸上有了婴儿肥。我体验着做丈夫和父亲的双重惊喜，趴在H的肚皮上，对着空气叮咛：“一定要乖乖地待着，不许调皮。”

可是，随着三年期限的逼近，我也愈加疲惫，小Q出生前三个月，我不分昼夜地工作，很少有时间回家陪H。她很理解我，我为她申请了年检证明，以后不会再有工作人员让她胆战心惊，这也是那场仿生游行后颁布的一项孕妇独有的政策。

后来我脾气变得暴躁，开始对H大吵大闹，明知道会动了胎气，还是忍不住发泄出来。最难过的是，H每次都会原谅我，还会绕到我的背后帮我捏肩。

日期渐近，我萌生了同大炮一样的想法。

H 问："我们可以永远在一起吗？"

那时候 H 眼睛含着泪水，我知道她决定怀孕是带着多大的勇气，又承受着多少委屈。可是这种勇气和委屈还没得到一个永远的答案。

我说："会的，我们一定会好好地在一起。"

那天晚上，夜深了，H 躺在床上静睡，窗户半开着，进来丝丝凉意，我悄悄地坐起来，靠在床头，准备抽烟，看了看 H，便直接丢掉。

"两年了，H，你陪我度过的两个冬天，特别温暖，后天就是续费的时候，我想今晚就可以凑齐了。"

此时我已经下了楼，独自一人走在落满秋叶的大道上，脚步凌乱，心里却实打实地笃定。

那天晚上，是我这辈子最疯狂的晚上。不知道走到哪里，看到一家金店，我便疯狂地抡起榔头，橱柜的玻璃落在地上发出刺耳的响声。所有人躲在角落里不敢出来，老天眷顾，我成功了，胳膊被玻璃划了几个口子，鲜血顺着手指落在榔头上，再滴到地上。

第二天清早，我在 H 的身边睡着，窗户透进大大的太阳，照在房间的每个角落，天气真好，H 起来伸了个懒腰，一切都很正常。

我说："我们去美国吧。"

H 看着我，眼里充满对生活的期望："为什么？"

"没有为什么，那里远离家乡，没人认识我们。"

H 看看我，没再说话，默认支持我的抉择。

紧握着那些不义之财，我知道我握住的是一辈子。

三天后，路过那个落满秋叶的林荫大道，我拎着箱子，听到刺耳的警笛声，我拉着H的手，下意识地加快脚步，我感觉窒息，就像心和身体即将分离。

最后我们被围困在一辆出租车里，十几辆警车围住了我们，下来很多人，手里端着枪，瞄准我脆弱的头部。

H挽着我的胳膊，贴在我的胸口，一句话也不说，一句话也不问，就这样待着。

外面的行人驻足观看，嬉笑着拿出手机拍下这一幕，时间仿佛静止一般，一切都像无声电影。

司机吓得跑了出去，我盯着窗外的警察，问H："你都知道了？"

"我看新闻了，你还挺上镜的，挥榔头的时候特别帅，只是第一眼就被我认出来了，看来伪装不到位哦。"

"哈哈……"

深呼一口气，我驾车冲出包围圈，将路障撞得粉碎，在马路上横冲直撞。我拼命地逃亡，企图离开地球对我们的控制。

H紧咬着嘴唇，看样子特别难受，那时H已经怀孕八个月。

H哭着说："没用的，我身上有定位系统，无论怎样，我们都逃不掉的！"

我发疯似的踩着油门，我害怕停下。那一刻，我和H所有的记忆都涌进我的脑海，从吵架冷战，到不离不弃，我爱这扭曲的过程，到最后变成两个人的逃离。

最后我无路可走，推开车门，阳光钻进车里，发出难闻的汽油味。

无数把枪向我逼近，我看了H最后一眼，闭上眼睛，被他们放倒在地，脸庞紧紧地贴在地上。我看到H被他们带走，想起早晨出发前H问我："如果我们分开了，你会等我多久？"

我说："有多久等多久，寿命终结为止。"

"我也是。"

爱情，是一个人的奋不顾身，我勇敢地为了延续而付出所有，我不甘心，所以无论怎样都要尝试。我以前不明白大炮为什么因为爱情去做傻事，将自己白白葬送，直到我变成第二个大炮。

我不知道H的结果，她还有两个月临产，名字都起好了，我还幻想三个人去海边露营，睡一个帐篷，听着潮水，相拥而睡。

·6·

三年后的今天，这条路上的秋叶依旧厚重，秋意更浓，H走过来，挽着三岁孩童。

"小Q，在这条路上磕个头，爸爸会看到的……"

H生存了下来，既没有被拔出芯片，也没有清除记忆。据说，我和H的故事，引发了第二次仿生人游行示威，所有人都为我们惋惜，爱情里没有因果对错，毕竟我们都一样，也曾奋不顾身过。

被我错过两次的穆念念

我策划了一场骗局，骗来了心爱的人。

·1·

五一那天，收到了穆念念的短信。

我立马跑到楼下花了五十元大钞做了一个发型，丢掉眼镜框，换上隐形眼镜，又在附近的时装店买了一身黄色套装，对着镜子反复推敲，生怕有一丝的错漏，我隔着玻璃看着外面的世界，沉醉在自己的魅力中。

“先生，这件衣服八十一天，您大约租几天？”柜台小姐语气淡薄，盯了我好久忍不住上来询问。

我把视线转移到柜台小姐身上，我十分讨厌这种势利的人，咬牙切齿，鼓足勇气：“三天！”

付了押金，钻进一辆出租车就直奔那家龙虾店，就算是演戏也要以假乱真，要穿得得体，起码不能有失风度，特别是这种撑场面的情况下。穆念念短信里，就两个字：大气！

我推开店门，火辣辣的龙虾味扑面而来，我径直走向十号桌，穆念念和一个眼镜男面对面坐着，对方嘴里滔滔不绝，穆念念双手抱胸，装作认真听的样子。

我扯了扯衣角走了过去："念念，这是谁啊，不是说好陪我去吃烛光晚餐吗？"

穆念念看到我才如释重负，站起来向我挪了两步，对眼镜男笑笑："不好意思，这是我男朋友。"

眼镜男一脸惊讶，将眼镜摘下来仔细瞧我。

穆念念掐了我一下，我急中生智说："昨天我们俩吵架了，她生气才跑出来相亲，不好意思啊兄台。"

那兄台冷哼了一声："你以为相亲就是过家家？玩呢？"然后拍拍屁股走了。

穆念念挽着我的胳膊，上下打量了我几眼，用一种别样的眼神看着我："果然人靠衣装啊，今天穿得人模狗样的！"

我理了理衣服，在她对面坐了下来："今天表现怎么样？"

"满分！"

桌子上摆满了我爱吃的菜，光是小龙虾就有两大盘，她说湖南人爱吃辣，特别是变态辣。只是在上海找不到原汁原味的，吃起来怎么都像酸菜缸里泡过的。我没什么见识，撸起袖子拿起来就吃，一只手拿虾，一只手剥壳。

穆念念其实是我学姐，可是年龄没我大，有人问起，我都说高三那年年轻气盛复读了，并且吹嘘道：“因为爱情。”

可是从认识穆念念开始，整个青春，爱情就再也没光顾过我。

“因为爱情干杯！”

“因为爱情倒霉！”

穆念念满饮一口酒，一口就是半瓶，她分几次咽下去，随手塞了一口虾，吃得满嘴油：“大格，明天还是这地方，再当一次我男朋友。”

我说：“还来！早这样就该跟你妈摊牌，还以为见两次面，吃几个虾，就能吃出爱情来？都这样，社会早就打击自由恋爱，迈进相亲时代了。”

其实我也理解，二十七岁大龄女青年听起来就像被剩下的姑娘，美其名曰宁缺毋滥，说到底还是因为某些原因选择单着罢了。至于穆念念为什么单着，我一直研究不透，从毕业到现在的五年时光里，穆念念一直在我眼皮底下，她的生活被我窥探得一览无余，各种感情都出现过，唯独没有爱情。

现在又被家里逼着各种相亲，各种奇葩都见过，唯独没有出现心目中的那个。

“你真惨，当年班里一枝花，如今被逼着相亲。”

“损不损！本姑娘是宁可孤独，也不愿辜负。”

“滚滚滚，搞得像末日恋爱一样。”

我们两人又叫了几瓶啤酒，倒上满满一大杯，碰杯的时候酒沫横飞，精致的妆容上红晕弥漫，穆念念说：“我不想相亲，搞得像没人要一样。”

我劝她想开点，没准会遇到真爱。

穆念念憨笑，摇头表示不可能：“怎么就碰不到喜欢的呢，我才二十七，又不是人老珠黄。”

我说：“他们瞎了眼！”

她看着我：“你喜欢我吗？”

我将嘴里的壳和虾一起咽了下去，摇摇头又点点头，我也瞎。

我只是不愿看她爱错人，嫁错人。

认识她的这些年，见证过身边同学结婚生子，我和穆念念一个当伴郎一个当伴娘，酒席后也有熟人开我们玩笑，说干脆凑一对算了，暖春都过了，小心又挨到寒冬。我没说话，只是站起来向新人敬酒。

那是我第一次错过穆念念，一错就是五年，这五年就像是被时光偷走了一样，偷走了青春，还偷走了勇敢。穆念念说：“我喜欢谁，我说了算，谁喜欢我，你说了不算，时间说了算。”

她醉醺醺地出来，我扶着她坐上出租车，又扶着她进了小区，直至看到她家亮灯才回去。各自回家后，我路过那家时装店，咬咬牙把这件买了下来，因为以后都会用得到，黄色的寓意也蛮好，把别人的约会搅黄来成全自己，爱情就是这样自私，不知道为什么，我却乐此不疲。

·2·

还是那个老地方，我在门外候命，看着他们聊得火热。穆念念交待过，如果不合适就给我发短信，上演一场宫心计，还是原来那样。

不过这次约会的对象是个大学老师，三十出头，成熟稳重，倍儿有钱。我在门外吃了三个冰激凌，仍旧没有收到穆念念的短信，说实话，那一刻我有一种莫名的慌张。我不顾一切地冲了进去，径直奔向十号桌，一切轻车熟路。

“念念，不是说好一起去喝咖啡吗，怎么跑到这儿来了？”按照以往的套路。

穆念念脸色突变，尴尬地笑了一声，拼命对我使眼色，不过都被我屏蔽在千里之外，我说：“不好意思啊兄台，我是她男朋友，昨晚吵架，闹了个误会。”

那位兄台脸色难看地拎起包奔出店门，我长舒了一口气，暗自开心。

穆念念狠狠地掐了我一下：“大格，你王八蛋。”

我装无辜道：“怎么了，刚才表现不够完美吗？”

她一屁股坐了下来：“好不容易碰到了一个满意的，成熟稳重又有钱，三观一拍即合，价值观人生观九成合意，分分钟被你搞跑了。”

我故作惊讶，一直给她赔礼道歉。她表示算了，不知者不罪，只是有些可惜。

其实穆念念并不是注重物质的人，要不然当初刚走出校门的足球宝贝怎么会单身至今。后来讲起大学时候的趣事，她便一扫不快，乐得合不拢嘴，只是谈到阿邦的时候，穆念念眼睛红红的，不顾形象地“呸”了一声。

阿邦是穆念念第一任男友，也是唯一的一个，两人在体育课上都选了足球项目，每次都在一起踢球，球在地上滚来滚去，滚出了感情。那时候穆念念二十一岁，是学校有名的足球宝贝，她每个星期最期待的就是足球课，不怕阳光的暴晒，就怕见不到阿邦。

他们确定在一起的时候，穆念念并没有对阿邦了解多少，只知道踢球的时候，阿邦踢得最远，命中率最高，穆念念也跟着其他女生一起欢呼尖叫。人都有从众心理，爱情也一样。

那会儿穆念念是校团委组织部的部长，我是穆念念招来的社员，那年和我一同进组织部的男生大都是冲着穆念念去的，幻想来一次校园式的办公室恋情。进来后没几天他们就对穆念念轮番表白，遭到拒绝就主动退出了组织部，而我不一样，我假意真心工作，所以留到了最后。

穆念念请我吃饭，一来感谢我一如既往的支持，二来聊聊人生。我对这两个都没兴趣，其实我和其他人一样，也是冲穆念念来的，只是隐藏得比较深，看着他们一个个败去，我明白，这就是仕途坎坷。

有天晚上在学校后街吃饭，我问她：“那么多表白的，你都没动心？”

她说：“我喜欢的我要自己追，被别人喜欢多了，就变成了商品，也会有通货膨胀的一天。”

后来穆念念倒追了阿邦，就连老师都说他们俩很配，足球先生和足球宝贝。

听到她倒追成功之后我就辞了组织部的职位，专心踢足球，准备在球场上和阿邦一较高下，穆念念问我为什么辞职，我说："不想当部长的社员不是好社员，我就是不想当部长。"

"你想当什么？"

"想当足球先生。"

穆念念白了我一眼，没说话。

后来，国足的比赛在这个城市举办，穆念念和阿邦重金买了入场券，挥着彩旗看球去了，而我一个人在宿舍蹲在地上看直播，身边摆了一圈啤酒，盯着画面，希望镜头扫到观众席的时候看到那张熟悉的脸。

可是直播看到一半，穆念念就打来了电话，她声音带着哭腔，刚接通就一通痛哭。

我说："没事，不就落后两个球吗？比赛还没结束，后半场肯定会追回来的……"

她抽泣了几声："出来，陪我喝酒。"

"什么地方？"

"湘乡龙虾。"

那是我第一次去那家龙虾店，到的时候穆念念已经喝了两瓶啤酒，一口菜没吃。眼圈是红的，我还以为她买的是黄牛票，看到一半被人赶了出来，穆念念"噗嗤"一笑，又镇住了脸，看样子比这更严重。

她吃了一口虾，壳剥到一半，尾巴还没揪下来，破口大骂："这什么破虾，吃起来就像酸菜缸里泡过的。"

我问她："有那么酸吗？"

"酸，酸死了。"

后来我才知道穆念念失恋了，阿邦原来是有女朋友的，还在那天的球场上偶遇了，穆念念被人指着鼻子骂小三，你说酸不酸。

酸！

其实，我心里是甜的。

那天穆念念喝了很多酒，白的啤的都有，她喝多了就特别兴奋，当晚去五楼游戏厅玩了个通宵，第二天早晨被清洁阿姨叫醒之后，刚出门，一阵风吹过来她就吐了。我说这是隔夜酒，吐出来的都是窝心事。

·3·

我打趣地喊了她一声足球宝贝，她抬起头看着我。

我说："你没有当初那么好看了，哭起来的时候有皱纹，多笑笑就好了。"

穆念念笑了，还是那么好看。

没过几天，穆念念请了一次长假，走的时候没跟别人说，神秘兮兮的，据说是回家了，我打电话没人接，发短信没人回，后来她在朋友圈晒出了一张照片，拍得很唯美，老家的电线杆，上面还有两根永不相交的线。

"就像这样，一直平行地走着，直至过完我的一生。"

我点赞，附言"上面有两只鸟，卿卿我我的"。

没过多久，穆念念就删除了那张照片。

几天后穆念念结婚了，和在老家见过两次面的同龄男人结婚了。

那天晚上我收到了一条信息，她说："我要结婚了，新郎不是你，我想伴郎是你。"

我回她："开什么玩笑，这可是你一辈子的幸福。"

她说："我的一辈子已经过去一半了，剩下的半辈子不算什么。就像当年上学一样，那几年不是也过得特别快吗？"

穆念念结婚那天我没去，公司的同事大刘去了，回来说："穆念念离开家的时候眼泪啪啪地掉，都说嫁出去的女儿泼出去的水，还没出门就泼了一半了。"

"另一半水，是我泼的。"

"坑人的货！"

大刘使劲骂我，骂我没出息："早干吗去了，你应该马上赶过去，在交换戒指一刹那叫停，保证她会扭头跑回来。"

我说："这不是偶像剧，这是现实。"

我也取消了对穆念念的关注，屏蔽了她的朋友圈，这个人已经从我的世界走了过去，虽然地球是圆的，可是绕地球一圈，也不会从背后拍你膀子啊。

这是我第二次错过穆念念，也错过了我的一生。时光太搞笑，上次是错过了当新郎的机会，这次是错过了当伴郎的机会，上次后悔了五年，这次一点儿都不后悔，我怕我去了真的会像大刘说的那样，在交换戒指的一刹那拉着新娘跑路。

半年后，我毅然决然地辞职了。

准备出去走走，去西藏吧。

路过“重逢大车店”的时候是秋天，天气忽冷忽热，刮着狂风，当时所有的房间都满了，门外还拴着骡子，庆幸，我是最后一个住进去的。

我紧闭着窗户，畏缩在角落。

可能是这店名预示了什么，穆念念全身湿透地跑进来，可是房间已满，我说我愿意跟她挤一挤。服务员说：“你愿意，人家姑娘愿意吗？”

穆念念回头说：“我愿意。”

说实话，那句话就像是结婚誓言。

我说：“没想到在这还能遇到你。”

她说：“重逢大车店嘛，这名字起得好。”

我没问她结婚的事，她也没追究我没给她当伴郎的事。

后来在路过的一家餐馆里，点了龙虾，她喝醉之后，哈哈大笑着说：“离婚了，不适合，生活没有浪花。”

这句话，怎么听都不像一个渴望婚姻和幸福的人说的。

我说：“事儿多！将就一下得了呗，这辈子已经过去一半了。”

穆念念剥着龙虾，蘸着蒜泥，一口吃掉。

“这次的龙虾比以前好吃多了。”

“这里是青藏高原。”

“你为啥来这里？”

“心爱的女人结婚了，出来散散心，你呢？”

“我策划了一场骗局，骗来了心爱的人，记得有人说过，打算放弃的时候就到西藏来，哈哈。”

“你没结婚？”

“谁告诉你我结婚了？”

我立马回头打包行李，将所有的东西胡乱地塞进包里。

穆念念大吼：“你要去哪儿？”

“回家啊，结婚去。”

“下着雨呢！”

“不管了！这次说什么也不能错过了。”

天台爱情

时间越是沉重，味道越是狠毒。

· 1 ·

人受了欺负，一定要不遗余力地扳回来。

小学的时候，高年级同学打碎了我的水壶，我拿着破碎的玻璃碴子找到他班里，堵在教室门口要他赔。他大摇大摆地走过来推了我一把，我朝着他下巴呼出一拳，我俩厮打在一起，从屋里滚到屋外，虽然我被打出了鼻血，但是我坚信自己没有吃亏。

毕业后，我参加过很多场婚礼，发小的，同学的，熟悉的，半生不熟的，甚至完全陌生的。每一场婚礼都见证了一场有始有终的爱情，他们拥抱，亲吻。

五一那天，我又参加了一场婚礼，婚礼上有我最熟悉的设计方案，有我曾经穿过的婚纱，还有熟悉到每一根汗毛的男人，和一个完全陌生的女人。如今作为一个不速之客站在门外，讲真，这对情侣我祝他们不孕不育。

·2·

那年冬天，我失恋了。

十二月底的晚上，我裹着厚厚的棉袄，冒着寒风骑了一个小时的自行车去他公司，只为了给他一个生日的惊喜，我戴着帽子，围着围巾，捧着新鲜的生日蛋糕，把自己伪装成送快递的小哥。可是在公司门口，我看到他和前台紧紧地抱在一起，前台坐在他的大腿上，他把西装脱下来披在她苗条的肩膀上，鼻尖互相触碰，感受着彼此的呼吸。我个子矮，每次亲吻都是双手挂着他的脖子，而他时常躲避我，担心我弄皱了他板正的西装。

那时我本可以冲过去把蛋糕拍在他的脸上，然后戳穿他所有的谎言，可是我低头看到自己臃肿的棉裤和被风吹得通红的双手，那一刻，我彻底没有了勇气。我转身下楼，从二十一层慢慢下到一层。

我全身没有了力气，说不出一句话，眼泪不由自主地落了下来，像广场上的音乐喷泉，随着呼吸的节奏涌出来。我跟他恋爱四年，同居三年，彼此知根知底，熟悉他每句话的意思，每一个小动作的暗示，甚至每一个眼神。他了解我也是如此，所以，他才能瞒得彻彻底底。

我们毕业后一起来到这个陌生的城市，第一年我们租在小小的隔板房，和其他三对情侣共用一个卫生间和一个厨房。房子不隔音，而他每天要写程序到很晚。然后旁边传来此起彼伏的交欢声，他回头看看我，噗嗤笑出声。为了给他做晚饭，我每天下班早早去买菜，然后抢时间做好饭菜等他回家。夏天的时候，南方的城市闷热而烦躁，房间里没有可以制冷的空调。我们出去沿着小区的大楼遛弯，彼此牵着手，傻兮兮地满怀憧憬地构思着婚礼现场。那年春节我跟他回家过年，他家里认可了我，我也早已经认可了他。我们是从患难走过来的夫妻，起码我是这样认为的。和他在一起的四年里，只有我们最穷的时候感情最真。

那时候他为了给我一个交代，保证要一辈子对我好，带着我去一家高档的婚纱店挑选婚纱，说实话，那时候我就是只丑小鸭，看着梦幻般的白色婚纱，还有标价牌上的天文数字，我腿都打颤。他牵着我的手，让我随便挑，那时我才知道他升了职，要给我拍一套婚纱写真。我真的天真地以为我这辈子就是他了。

那天晚上我在他公司楼下的角落里坐了很久，不知道怎么回的家，脑袋昏昏地收拾了所有的行李搬出了他的公寓，连脸盆碗筷这样的东西都悉数带上，生怕哪天有一个忍不住回去的借口。我像进城的民工一样带着大包小包铺盖卷，沿路几辆飞驰而过的空出租都视我不见。那时候没有什么打车软件，只有非法运营的私家车。

我就是在这样的情况下遇到了余眺。

余眺开着一辆灰色的面包车，车头的保险杠已经掉了一半，另一半拖在地上划出一条人生大道。他摇下玻璃笑嘻嘻地问我去哪儿，我说莘庄，他殷勤地从车上跳下来，用力拉开车门，一件一件帮我把行李搬进去，然后绅士地摆出一个“请”的姿势。

我似乎没有拒绝的理由，就这样，我上了他的车。他见我不开心，还将车上的收音机打开，那种音质穷酸到家的大喇叭广播在焦躁炎热的七八月份随着蝉鸣播报着农药广告。我再也受不了这种侵入大脑的嘈杂，就像无数章鱼在一口口吃掉我仅存的脑干。我以命令的口吻让他关掉，再也没跟他说话。到了目的地，不到两公里的路程，说破天只是一个起步价，可他却面不改色地伸了两个手指头，八，八十。而我也没有心情讨价还价，认宰。

他只是一个黑车司机，拉着违反规定的私活，这样的人每天都有，形形色色的，换身衣服就能轻易被人遗忘。

·3·

可是我再次遇到余眺的时候，我却一眼就认出了他。

那是半年后，那辆破旧的面包车已经刷成了天蓝色，前面的保险杠不知何时震掉了。那时候打车软件已经入驻我们的手机，每个人都有几张十公里的免费券，而他却依旧用自己的搭讪去拉客。

在遇到他之前的一个小时，我去参加同学的婚礼，下了出租车左拐右拐进了硝烟弥漫的战场。在新旧城市改造的区域，前面高楼大厦，后面灰尘漫天，被拆得仅剩几家会所和理发厅，理发厅外面站着一排千奇百怪的发型师。“美女，你这么漂亮不如做一个发型吧，我们今天打三折哦。”我被理发厅的高挑美女拉着胳膊进了理发店，里面装修豪华，美女都穿着八厘米的黑色高跟，面带职业性的微笑，每家店都有 Jimmy 和 Tony，我被分给了一个叫做 Jimmy 的年轻人。

他们就像是没落的豺狼，已经饥饿了好多天，早早架好了陷阱，等着一顿路过的大餐。年轻人尴尬地和我搭讪，问我哪里人，在这儿做什么工作。后来简单聊了两句才发现我们是老乡，于是我低声问他：“我美吗？”因为我看到下一个被拉进来的“美女”是一个满脸粉黛的半老徐娘。Jimmy 一边揉搓着我头上的泡泡，一边小声说：“姐，你比她美。”虽然是称赞，但我丝毫没有开心的感觉。

一直以来我都是一个比较怂的人，我没有勇气洗完头丢下钱就走。后来又来了一个中年男人，拿着剪刀在头上比划，指着墙上的电视，那是一档时尚的综艺节目，他说：“你看，那个设计师是我朋友，超有名的，我们经常在一起喝酒。”我不懂他说这话的意思。

后来我终于出了店门，包里仅剩二十块钱。这还是在我极力反对在我头上抹乱七八糟的东西之后留下的，手机电量已经告急，在这荒凉的路上，我急得快要哭出来。

此时，余眺的面包车从远方驶来，犹如救星一样出现在我面前时，我一眼就认出了他。我刚被打劫了一场，看到他便一把抓住他的领子：“你这个骗子，上次骗我车费，你还给我。”

也许是我情绪激动哭得太惨，周围的路人纷纷围上来，拿出手机要报警。

余眺一摸后脑勺，左手拉开车门，右手拽着我的胳膊，把我推进了车里，“啪”地关上门，一脚油门冲出人群，直接把我拉到了他的住处。

其实我很喜欢这种杀伐果断的男人，不像前男友，我已经卑微地选择了原谅，只要他给我一个合理的解释，我就会既往不咎继续爱他。可是他的叹息吹熄了我心中最后残余的希望，他说：“你决定吧。”

一段过往，四年青春。一旦生杀大权交付于我，就代表前后种种因果都由我选择，由我承受。我认了。

·4·

半个小时后，他停在一个深处的巷子里，那是一栋三层的欧式小楼。外面有花园，上下三层只有他一个人在住，其他人早就搬离了这是非之地。

我尽管有些害怕，还是战战兢兢地跟他上了楼。楼梯两边挂着各种各样的摇滚海报，还有缠着铁链的头骨，房间里摆着一张大床，一个摇头扇，不过墙面整洁，还有一点儿人类居住的痕迹。

他走进房间，脱掉了被汗渍和灰尘挂满的黄色短袖，随手挂在了门口和外面花园一样风格的音符铁艺架子上，又从床上捞起一条同款短袖走向卫生间，“你随便坐。”然后关上卫生间的门，随即响起水龙头的声音。

我打量着他房间的一切，就像打量一个人。房间里的破旧吉他和被拆分的地鼓给了我些许安全感，或许他还是一个落魄的文青，在艰苦的生活里苦苦追寻当初的理想，如今陷入生活的泥潭中，活得像一个在马戏城高高举着指挥棒的演奏家。

没过多久，水声消失，门开了，他穿着大裤衩走出来，头发湿漉漉的，用毛巾不停地擦着，说："你要不要冲个凉，放心，我绝对正人君子。"他嬉皮笑脸地套上短袖，一屁股坐在床上。

"你别看我现在住在废弃的洋楼里，平日里颓废得像路边乞丐，当年我在学校里可是风云学长，走到哪里都有妹子后面跟拍，那年我们摇滚乐团招两个键盘手，一群美女堵在社团门口……"见我呆呆地没说话，也没有配合他畅想当年的意思，他使劲拍了拍屁股下的床垫，"看到没，就这张床垫上不知扑倒过多少妹子，说实话，你这样脸色干燥、眼睛无神的人我还真看不上。"

我差点没忍住笑出来，看着被他拍得冒烟的床垫，说："就这样的床垫，打个滚还不塌就不错了，这里只有你那身腥汗味，没有一丁点女人来过的痕迹。"

余眺叹了口气，伸出手在冒烟的地方扇了扇，让白烟尽早散尽，说："今时不同往日了，过去我会打鼓会唱歌，那叫风流倜傥放荡不羁，姑娘们就爱那股子叛逆劲儿，要多叛逆就多叛逆，但是过去毕业时在我同学录上留言等我一辈子的，现在打电话出来约个饭，老是占线，打也打不通。"

我现在最听不得毕业、一辈子、现实这种令人惶恐的词汇，仿佛一下子就能把我带进那个青春毕业前后的情境。和他分手的这半年，我如同魔怔的祥林嫂一样，四年的感情就像被狼叼走的孩子。我向身边所有的朋友抱怨，把自己降到一个怨妇的地位。我不在乎他们是否和我一样对负心汉同仇敌忾，而我就想说出来宣泄内心的憋屈，纪念那段不明不白死去的爱。

余眺坐在床垫上，居然没嘲笑我，仿佛从我的抱怨中找到了同感，意味深长地叹了口气，从床上的牛仔裤裤兜里翻出一个钱包，他打开，里面有张女生的大头贴。“下面隆重地给你介绍一下，这是我前女友。”

·5·

我歪过头看着钱包里的照片，虽然留着过时的歪刘海发型，但是抵挡不住她漂亮的气质。“这是你前女友？”

他顺手叼起一支烟，眼睛模糊不清，狠抽了两口，看着窗外电线杆上的麻雀，仿佛一下子回到了当年的爱情主战场，两个人在马路上剑拔弩张，眼睛里上演一场一眼万年的对峙，其中一个人身后有完美备胎，一个人只能倒在沙场上流血。

余眺就是倒在沙场上流血的那位，在经过太阳的暴晒后，又被天上的飞禽欺压，大脑神经搭错了泪腺，所以至今胸口还未抹平，提起当年便模糊了眼睛。

“我们高中就在一起了，那时候谈恋爱的人特别少，就算有也只是偷偷喜欢。”

“我俩不一样，袁姝敢爱敢恨，我奉陪到底，高中的时候我俩几乎是全校唯一敢在操场上牵手的。有天晚上我们在操场牵手散步，被体育老师抓住，把我们拉进了办公室，记下了名字和家长的电话。

“当然没这么简单，第二天上午上完两节课后，我们正在做广播体操，大喇叭突然响起校长的声音，顺带提到了我和她的名字，村里的老师说话直，各种‘败类’‘人渣’‘害虫’带着浓浓的口音从喇叭里喷出来。但是我俩一点儿都没觉得丢人，我也正式向大家宣告她就是我的女人。

“我们的家长都来了，她家人比较凶，我和她贴在办公室的白墙上，她爸一看到我就踹了我一脚，随后又给了她一巴掌，那是我第一次看到她被别人打，即使是她老爸。当她老爸扬言以后没有这个女儿时，袁姝说：‘我这辈子就跟定他了。’

“那件事过后，我们两个被留校察看，彼此都忍着不和对方见面，一起努力考同一所大学。我每天起早贪黑地读书，从班里的倒数第一，考到了班里的中上水平。终于看到了黎明的曙光，那年高考过后的暑假，我们去了一个海滨城市打小工，朝九晚九，下班的时候蹲在沙滩上吹风，一点儿也不辛苦……

“高考成绩出来，是我帮她查的，她考得很好，真的很好。省内重点大学没有一点儿问题，可我不及她的一半。我骗她说，我们分数差不多，你报省重点吧，我们都可以被录取。

“大学四年，我一直骗她说我在另一个校区，每个双休我都会去她学校找她，逛街看电影，过我们的二人世界。我给她零花钱，给她买各种礼物，第一次感受真正的爱情。

“她上大学的那几年，我一边摆着水果摊，一边跟朋友玩地下乐队，过得有滋有味，她学校不远有个地下城，每到晚上就聚集着无数的青年男女，胳膊上文着各种英文字母和乐符，跳跃着整个青春。有天晚上，我在台上唱歌，我在众多摇摆的手势中一眼看到了她，身边跟着另外一个男生，摇滚的叛逆劲让我甩下话筒就跑了下去，在音响尖锐的鸣叫声中，我揍了那个男生一拳，袁姝给了我一巴掌。

“我知道她一定怪我太冲动，我跟她道歉，向她讨好，跑到宿舍楼下喊她名字。我听到上面有人骂我臭流氓，不要脸，但是我都认了。

“我走后，她给我发短信，说想跟我谈谈。我们约在离学校不远的老街上，路边有很多小吃店，我买了她最喜欢的香草冰激凌。她出现后，我想要跑过去，她却伸手对我做出 STOP（停）的手势，说：‘大熊，或许我们不是一个世界的人，这几天我也想了很多，毕业后，我们注定会走不同的路，过不同的人生。以前我们太幼稚了，原谅我。’说完她就转身跑掉了。

“所以再好的爱情都有一个合适的分手理由，我总是傻傻地配合她的故事，表演着另一种人生，你说累吧，可是不累的时候真的想哭。”

余眺站起来走向我，我可以闻到他指缝里淡淡的烟草味，我安慰他：“真爱总是不计较付出成本的，就像你陪了她四年，最后换来一个 STOP 的手势，所有的挽回都给你亮了一个可怕的红灯。”

· 6 ·

我们都是最理亏的那一种人，反驳的话没有一点儿重量，安慰的话没有一丝安全。当你们之间有一个人离开以后，所有的回忆都会化作腐烂的淤泥，时间越是沉重，味道越是狠毒。这会成为你人生的黑洞，你的软肋，其后要有无数的牺牲者前赴后继地跳进你心中的深渊，方能抹平这可怕的创面。

一旦迈进了可怕的适婚年龄，那些还未抹平的创面又被重新揭开，家人和朋友的催促，通过各种饭局认识的形形色色的人，电视剧里曲曲折折的情节，都暗示着你的孤独。而我们却没有空余的时间去完成一个相识相知相恋的过程，或许会赶快找到一个差不多先生，然后快速有了肌肤之亲，生米煮成熟饭，最后一切都交由命运。但是有那么多从你生命路过的人，若是走了狗屎运遇到了还好，若是遇不到，只能凭自己舔伤愈合。

有人久病成良医，有人急病乱投医，我和余眺属于后者。这是命运说的，从我迷路在这个新旧改造的城区时就已经开始了。

· 7 ·

我们各自讲完自己的故事，彼此眼神中闪过刹那的火花，两个因为闹剧而走到一起的人，却在片刻时间走了心，余眺说："我有点喜欢你了。"

我愣住了两秒，脑子里回响着他家钟摆的声音，一秒两秒三秒……

"什么啊，麻烦下次骗女孩子手段高明一些好吧，别总拿我喜欢你说事，说这话是要负责任的。”我摆了摆手，转身下楼。

后来我的声音飘上了三楼：“给我下来，送我回去……”

他开车送我到朋友的婚礼现场，可惜新人已经拜过堂，新娘也入了洞房，外面嘈杂，酒色浓烈。

我说：“你走吧，我没车费了，这次算你还我的。”

他掏出手机：“留个电话吧。”

我手机电量过低，已经陷入瘫痪状态，他撕下了车玻璃上的合格证，在背面写上他的电话塞在我手里。他走后，我连同手纸一起丢进了垃圾桶，本想结束这段比露水还薄的情缘。可是在一天午后，我接到一个电话，电话里是余眺摇滚时期喊破嗓子留下的沙哑：“你现在有没有时间，我带你去疯狂一次。”

听起来很有诱惑力，就连理发都不好意思拒绝的我真的想好好地疯狂一次。还是他家的三层小楼，天台上，架子鼓，加我四个人，微风和煦，远处有推土机卷起的灰尘，近处有难以抑制的狂躁内心。

那两个朋友是他曾经乐队的搭档，虽然岁月在他们脸上留下摩挲的痕迹，但是还能看到当年的意气风发。那天余眺给我唱了一首歌，是那首五月天的《温柔》。

我想起曾经我和前任住在隔板房，他洗完澡穿着花裤衩站在床上抱着扫把唱歌，摇头扇呼呼地吹着他湿漉漉的头发，我蹲在地上傻傻地为他开心鼓掌。

不知不觉 不情不愿 又到巷子口

我没有哭 也没有笑 因为这是梦

没有预兆 没有理由 你真的有说过

如果有 就让你 自由

只是那首歌从来没有唱完过，接着就有邻居撞门，叫我们安静点，我们就抱在一起偷偷地笑。

·8·

余眺唱得比他好听，我站在他们三个前面，感受着天台上的阳光，吉他声和地鼓声多像我趴在他怀里的心跳。我下意识地闭上眼睛，无数的过往，牵过的手，说话的话，走过的路。你说的一辈子从不退货，可是却没保证中途把我搞丢了的赔偿责任。

“他要结婚了。”我说。

我的声音很小，可是余眺还是停了，一切都回归平静。

“你恨他吗？要不要报复？”他眼神锋利地看着我，像要开始一场无情的杀戮。

“我恨，恨死！”我攥着拳头。

“来！”他拉着我的手，让我握着两个鼓锤，“使劲敲！”

·9·

又回到了五一，他和朋友开来了一辆皮卡，皮卡上装着架子鼓和吉他。

我们去了他的婚礼现场，看着新人乘着礼宾车缓缓驶来，余眺麻溜地跳下皮卡车，扯下车厢的铁栓，我坐在架子鼓前面，手拿着两根长长的击锤，眼泪花了我一半的妆。

余眺和朋友站在皮卡的两旁，所有的过往从我身上炸裂，原来最好的解决办法就是扯断它，哪怕拽得自己满手红痕。你不愿流出眼泪，就要掐紧手掌流出鲜血。因为你的爱是真的，你的恨同样也是真的。天秤的两端总是要平衡。

结果如我所料，我和余眺搅黄了那场婚礼。余眺开着皮卡车在集市的街道上逃窜，我看着身后扬起的尘土，随着车轮的行驶卷起阵阵漩涡，灰尘慢慢模糊了背后的那场婚礼，也模糊了那个男人的面孔。

我拿起手机，发了一条短信给前任。“去死吧，王八蛋。”打破了一直以来维系的理智和温柔。我曾想用大方得体的退让，换取他日后片刻的回想。这终究是自我安慰的谎言，曾经有多么情深义重，此刻就有多么刻薄狠毒。

“你结婚了，我祝福你，祝福我曾最爱的人，不孕不育。”我发出第二条短信，然后把手机丢到窗外。

香水

明天还是这个时间，这个地方，不见不散。

·1·

凌晨三点，隔壁的电话就响个不停，隔着实体墙把我从美梦中惊醒。我用枕头捂着耳朵，被子裹得严严实实，闷着头使劲拍墙。

他昏昏懒懒地接电话，将床头的闹钟打翻在地，我从被子里钻出头，企图揪出电话那头的幕后黑手，那是个女人的声音，尖锐刺耳。

为了生活能够继续下去，我鼓起勇气爬起来，决定找他谈一谈。

我多穿了一件大衣，显得正式点。为了让气氛严肃庄严，我提前三分钟准备好审判的台词和一本正经的口气，随即开门。

他已经呼呼大睡，手机握在手里搭在床沿上，早晨梳好的大背头已经在枕头上蹭成了鸡窝，难闻的玫瑰香水味在房间里氤氲缭绕，忒浓。

“算了，明天他休息，好好地审判他。”我想。

我提起的一口气又松了下去，摇头准备走的时候，床边的手机来了短信，“叮咚”两声没反应，我才小心翼翼地凑近去看：“还有一件事，明天晚上九点在普洱路建业大厦……”

后面是系统的省略号，为了不打草惊蛇，我忍住没点开。

我意识到了事情的严重性，长此发展下去，吵架，冷战，离婚，法院，后妈或者后爸……

后果不堪设想。

短信的署名是英文“Andui”，听名字就比我妈时尚，香水的选择也大胆，浓度也特殊。

于是一个妩媚多姿、身材妖娆的女性浮现在我脑海里。

她把我爸勾引得神魂颠倒，渐渐让我的家庭支离破碎。

早晨六点，我听到卫生间稀稀拉拉的水声，还有擦皮鞋的“吱吱”声，临走的时候他对我喊了句“饭在锅里，要是凉了就热一下”。

出门看他，皮鞋擦得一尘不染，竟然还戴上了我妈在他生日那天送他的领带，甩门的时候还飘来一股昨天男朋友送我的汉兰香水味。

他心里铁定有鬼，前几天每次晚上回来都是十二点以后，身上总会莫名多了一股香水味。昨晚那通电话来得奇怪，本来今天是休息日，穿得却比当年和我妈结婚那天还正式。

所以我放弃了锅里的鸡蛋羹，叫了份牛肉粉丝汤。

晚上十二点半，他蹑手蹑脚地开门，一脸疲惫，我假装上厕所，他说："慧，还没睡啊，公司今天临时加班，临了还有几个朋友吃了个饭。"

我点点头，打着哈欠回去睡觉。

等他脸也不洗就回房睡觉的时候，我意识到他身上的香水变了味，本来是汉兰的清淡味，现在多了一抹玫瑰的艳香。

用玫瑰香水的人肯定是女性，而且颇具风韵。味道传染到另一个人的身上，且弥留不散，客观上不是亲密接触过就是两个人待在一个空间里超过三个小时。

首先我妈不用香水，就算需要打扮，她顶多会用茉莉香，所以不是我妈回来了。这个惊喜未免有些荒唐，待在一起这么久的不是热恋的情侣就是领导。而且我爸公司里没有女人，上次忘记带钥匙，我去找他，上到领导总裁，下到保洁保安，除了我，愣是没看到第二个女性。

思前想后，决定暂时不告诉我妈，两个人在一起不容易，如果他能迷途知返，并主动承认错误，还是一个好同志，我相信他只是一时冲动。

晚上我给路明发微信："我爸找小三了，怎么办？"

他立即回我一连串的感叹号："没开玩笑吧，叔叔可不是那样的人。之前我去你家的时候，觉得叔叔特别朴实，戴着眼镜，喜欢对人笑，你是不是搞错了？"

我把种种迹象和各种证据在脑海里润色一遍，统统讲给他听。我问他："你以后会不会找小三？"他立马给我打来了电话，听到电话里"扑通扑通"两声，他说："我路明拍着胸脯发誓，以后绝对不会找小三。"

上个礼拜，他在电影院外面单膝跪地，拿着戒指向我求了婚。我和所有的女人一样，一感动就头昏脑胀，想也没想，在一阵簇拥下，直接伸手答应了。

后来喝茶的时候，他盯着我的眼睛问："什么时候订婚？"我摸着戒指，突然觉得特别紧，听到结婚就打颤。

"再说吧。"

·2·

先前两任男朋友都是留种不留情的人渣，大学那会儿遇到了喜欢泡图书馆的第一任，他经常出现在三楼历史专区，不像其他男生那样，三分心看书，七分心抬头看对面的姑娘，如果姑娘起身去厕所，转眼间就消失不见的那种。

那天，他突然向我借纸巾，鼻子流血，用手捂着鼻子看着天。

我把新买的绿茶手纸递给他，团在手心，搓成两个疙瘩塞进鼻孔，血不流了，只是红色慢慢将白色纸巾浸透。

他第二天感谢我的时候，顺便就表白了，大致意思是我有爱心，长得漂亮，喜欢看书，完美。

把我夸得一愣一愣的，第一次面临爱情，我没拒绝，所以我们每天下午下课就到这儿看书。

他说："外面的烧烤真好吃，有一家店进了野味，很多人都拍照片发网上了。"

十点半宿舍关门，我十点要求他送我回去，他突然肚子疼去上厕所，说吃多了野味拉肚子。可等他回来的时候宿舍都关了门，把我成功骗去了宾馆，在床上趴在我耳边对我说了很多好听的话，莺莺绕绕地痒死人。

连续几次都是同样的手段把我骗去了不同的宾馆，朋友圈也晒了很多"野味"烧烤，蝎子、蜈蚣、龙虾、金蝉……

二东在我分手过渡期的时候认识了我，一边谴责我前任不负责任找小三，一边惋惜我纯洁善良竟然遭到抛弃："负心汉，这么好的姑娘不珍惜，要是我，我就当牛做马来养你。"

"奶牛吗？还是草牛？种马还是宝马？"

"当然是能挤出奶的牛，马也是好马，起码能驮人。"

二东挺会做事，接二连三的惊喜让我在同学面前很有面子，还搞到了我前任的电话号码，带人在宿舍楼下打了他一顿，拍了照片传给我说："这小子竟然偷我兄弟的媳妇，给我兄弟壮胆来了。"

我知道他是故意编的借口。

室友说这样的男人百年不遇，值得交往，值得结婚，二东人老实，还懂浪漫。后来才知道二东背着我请我们宿舍的三个人吃饭，临走的时候拜托她们多说好话，第二天还请她们唱歌。

我也不否认，经历过大灾大难的人总能遇到值得托付的人。特别是能为你打架的人，还为你的感情鸣冤抱不平。

二东送我的一瓶鳄鱼香水，现在还没用完。

几年下来，味都跑没了，喷出来和清水一样。

·3·

老爸那天本该休息，几年都没变过。

可他早晨稍稍安排了一下我的日程，就照昨天的装扮出去了，我乖乖允诺，并悄悄地跟了上去。首先，他到小区的停车场打开车门取了手提包。

包是从后座拿出来的，他并没有关门将包丢在后面的习惯。除非有同事搭过顺风车。

他在外面的站牌下等 703 路公交车，我坐上下一辆 703 路，一个小时后在终点站下车。他在站点和一个男人微笑说话，像是多年的老朋友，临走的时候还拥抱了一下。

他看表的神情略有焦虑，眉头轻抬，眼里有光。

这时候我给路明发送了实时定位，留言：“随时候命。”

他步行了十分钟到一个商业区，楼下水果店老板跟他打招呼，他顺便提了几个橙子，没付钱。转角进了建业大厦 C 区，按电梯。

我隔了两分钟去看的时候，电梯已经在下降了。

路明打开定位，回消息说那是他工作的地方，他就在旁边另一座楼上。

“你在这儿上班？”婚都求了，我还是第一次问到他的工作。

“做广告的，普通人。”

我没心情听他提工作，看这电梯上去下来有两分钟，我估计在十楼以上。“C区十一、十二楼是房地产公司，十三楼是做网站的，十四楼是家医院……”他给我发来语音。

“医院还能开在写字楼？”

“心理医院，变态问题、纠结心理咨询室，先前我朋友来过，清一色妹子，服务周到，声音温柔真切。”

那女人是心理医生？怪不得心理战一等一，可以让一个爱家庭爱生活的男人抽离自己的本性。我本想冲上去抓个正着，路明劝我别冲动，先想办法弄清对方的底细，到时候来个现场对质。

于是我去对面楼上找他。

他的公司装修得像海岸小城，天花板是蓝色聚光灯，看起来像天空，玻璃上有贝壳贴纸，明星海报和产品广告，对面正是十三层，直到晚上才亮起了灯，在玻璃墙上来回走动着几个白色的影子。

路明独自一个人去了对面楼上的心理咨询室，一路上都戴着口罩，碰到认识的人低头装作不认识躲过去，生怕别人以为自己心理有问题，问一些让人尴尬的事情。

“控心咨询”，刚开电梯就看到四个黄色大字，前台护士穿着白色天使服，礼貌地问："先生，请问您有预约吗？"

路明点头，又摇头："没有。"

"那您稍等一下，我帮您联系医生。"护士拿起电话按下号码。

"哦，不用了，我就是来看看，走错了，走错了。"路明退了出去，在电梯里捶着脑袋，将电梯里一到二十三层的灯全部按亮，但是每一层都不下。

我给他打电话问情况，他接电话说了不到一句就没了信号。直到十分钟后出现在对面的楼上才回了过来。

"喂，慧，刚才电梯里没信号。"

"没事，今天怎么样，发现了什么？"

"没发现什么，我今天走到门口，就回来了。"

路明压低了声音，似乎碰到了令他害怕的事情。

"算了，明天我自己去。"我说。

·4·

我爸在厨房里做饭，冰箱里的红酒少了一半，柜子里第一层的杯子少了一个，出现在第四层里，我问他："咖啡到哪儿去了？"顺便将冷冻层的冰箱门打开，"我记得家里没来客人，你也不喝咖啡。"

他回过头从背后旁边拿了瓶酱油，口朝下，沿着锅底转两圈，说："咖啡？公司同事喜欢喝现磨咖啡，所以我给带了去。"

"红酒呢？"

“红酒少了吗？”他反问我。

“哦，没少，记不清了。”我也不知道少了几瓶。

晚上睡觉的时候，在脑海里计划明天的事，当场戳破不太好，毕竟我妈不在家，当事人又是我爸，怎么说都很难回到当初的风平浪静，搞不好还会遗臭万年，我爸在公司也难以立足。

于是，都归咎于那名心理医生。

第二天一早，他去上班了，又打了相同的领带，喷了我的范思哲香水。

为了给那名从未谋面的小三制造难题，我在网上搜了很多心理病，模仿心理病的症状，总结出几个特点。

一、词不达意，说话总是驴唇不对马嘴，答非所问。

二、沉默，沉默是最好的武器，任何一个心理正常的人变得沉默都会被认为心理不正常。

三、低头，像一个考试得了0分的小学生，不敢面对家乡和老师，医生会认为你是缺乏自信，这是自卑心理综合征。

我让路明带我去那家心理咨询室，我喷了和我爸相同的香水，戴了口罩，让路明拿着包。

路明第二次按下电梯，长舒了一口气。

“怎么了，来心理咨询室好像比去结婚还紧张？”

“没什么，每次来这里就腿脚发软，觉得自己有病。”

“你也找小三了，害怕被当面戳穿？”

“没没没没！”他紧张地看着我，“啪啪”地拍着胸口对我发誓。

第一次来心理咨询室，我走的每一步都很坦然，前台护士问：“您好，请问有预约吗？”

“有。”我说。

“请问是哪位医生呢？”她顺便从柜子里取出一张纸。

“阿杜。”

“阿杜？是 Andui 医生吗？”她微笑，示意我填个单子。

她眼光看向我身后的路明，“先生，我们好像见过吧，就在昨天您来过。”

“来过。”我抢先说，顺便在纸上签了我的名字，在“症状”一栏里写上“精神出轨”。

“先生，您不填一张吗？ Andui 医生可是我们这最好的医生。”姑娘盯着路明问道。

“不用了，我来陪女朋友的。”他说。

这家咨询室很大，却没多少隔间，里面还有健身房，地上有几个水池，白色的玻璃墙显得幽远空洞，像高级疗养室。

“请十六号到一号室。”

另一个穿着白大褂的姑娘看向我们：“十六号小姐。”

路明一再告诫我要冷静，这里都是心理变态。

我推开门，第一次看到她，貌似染了很久的黄色头发，皮肤很白，朝我笑的时候看不到眼角的鱼尾纹。“你好，请坐。”她的声音很轻，一切是那么知性大方。

室内只有一套沙发和一个酒柜。

“喝点什么？咖啡，tea or red wine[①]？”她对我笑着。

“咖啡，现磨的有吗？”

她起身向酒柜走去，我忽然从她带起的风里闻到一股艳香的玫瑰味，和老爸身上如出一辙。

“给，现磨的。”

“对不起，我要放糖。”

她抿了下嘴唇，“好。”

“你一直都用这种呛鼻子的香水吗？”我坐在沙发上问她。

“Rose[②]，当然，我很喜欢，你闻到这味道不舒服吗？因为她盖过了你身上清淡味，让你黯然失色了？”

“你……”

“呵呵，小妹妹，你情绪易激动，这样会不利于治疗的，刚才只是开玩笑而已。”

我看向路明，愈发觉得这个女人深不可测。

“他是你男朋友？可你总是精神出轨。”

路明一阵沉默。

我把杯子放下来，握着路明的手：“我就想问你，破坏别人家庭是出于什么心态，该怎么治疗，明明知道人家有自己的家庭。”

---

① 茶还是红酒。

② 玫瑰香。

她拿出一盘五子棋铺在茶几上，“会玩吗？”

我倒要看看她能出什么幺蛾子。之后，我近距离地呼吸了半个小时的玫瑰香水，不过大部分时间都是我来收子，一步一步将她的棋子逼上绝路。

“我认输。”她说。

“很好，感谢你陪我下棋，明天还是这个时间，这个地方，不见不散，我会打败你的。”她收拾残局，装进盒子里，似乎是送客的意思。

我惊讶地看着路明，他说：“就这样完事了？这到底是什么病也没说啊。”

“卡普格拉妄想综合症”她在报告单上一笔一划地写下这几个字。“总之接下来常陪我下下棋就好了，还有你的味道太淡，下次记得换种闻了就让人忘不掉的。”

“有什么用吗？招蜂引蝶的。”

“你不引，都是别人的了。”

当天回去的时候，我竟然真的在化妆店里徘徊了许久，最后路明付钱买了玫瑰味的香水。

路明说：“这种味道喷在身上真的不错，让人想入非非。”

我歪头问：“真的？”

他点点头。

路明说还有事就先回去了，我在远处看他坐上了703路公交车。

· 4 ·

我回到家将梳妆台上的香水换了，顺手将范思哲丢进垃圾桶。

我在网上查了卡普格拉妄想综合症，表现为高度的不安全感，对自己亲近的人不信任，总生活在不切实际的幻想中。

老爸回来的时候已经是晚上十二点，我坐在沙发上看电视，顺便等他，告诉他柜子里的香水换了味道，如果用的话，少喷两下，用多了会让人恶心，焦躁不安。

“我买了新的香水，看看喜欢吗？”他从包里拿出一瓶几近相同的瓶子。他在空气中喷了两下，然后认真地嗅了几下。

临睡前，我将柜子上那瓶香水拿了回来。

路明早晨打来电话，他说公司临时有事，不能陪我一起去心理咨询。我问：“晚上有时间吗？晚上去也行。”

“没有。”他说。

路明不是这样的人，为了我他可以辞掉工作，可今天却有些反常。

老爸早晨将牛奶和两块面包在炉子里热了下，中间喷了几下香水，袖口，衣领，背后，头发。

我手里握着电话，看着我妈的电话号码，我觉得他彻底变了，愈发恶心。男人用玫瑰味香水不是遮盖体臭就是迎合某人的口味，他已经光明正大地和阿杜穿一条裤子。

最后我拨通了老妈的电话：“妈，我想你了，你回来吧，我们一家人很久没在一起了。”

· 5 ·

下午我去心理咨询室的时候，用的是玫瑰香水，特意多喷了几下，企图盖过阿杜的味道。

上楼，我直接去了一号室，前台的姑娘立即跑出来在后面追着我："小姐，请问有预约吗？小姐，小姐……"

我一路朝着一号室走去，猛推开门，一个熟悉的背影坐在沙发上，和阿杜正对着，阿杜回头看着我，微笑："你来了。"

"现在你们还有什么话说？"我指着那个男人，几乎咆哮起来。

他慢悠悠地站起来，从桌子上拿起一瓶高级香水，说："慧，老大不小了，爸总担心你以后的日子不幸福、男人不靠谱、以后没人陪。"

"你爸得了卡普格拉妄想综合症，对身边的人不信任，总担心身边的人不幸福，独自活在妄想中。"

阿杜向我走过来，真挚地看着我。"其实这种心理病就是缺乏亲人的陪伴，所以香水就像如影随形的亲人，越浓越好。"

"咚咚……"

门外有敲门声。

路明捧着一大束花。

"慧，对不起，其实我早就知道，叔叔找我谈了很多次，还是我带叔叔到这心理医院的。"

路明轻描淡写，走到我跟前："叔答应了我们的婚事，以后我们一起养他们，他们需要子女的陪伴，所以别让他们总活在妄想中，你说呢？”

我低下头，大拇指按着手上的戒指，奋力地点了几下头。

卤鸭店

你的眼睛和我以前的朋友特别像。

·1·

人们常说美女多孤独,阿大从小就体验到了这种感觉,阿大被妹妹阿花称为镇上一朵孤独的花。不知从什么时候开始，阿大就被认为是镇子里最漂亮的女孩。那时候阿大常扎两个辫子，辫子上插着牵牛花，路口唠家常的大人们看到阿大，故意说：“这谁家的闺女啊，和花一样。”

阿大从小心灵手巧，从小学三年级开始，自己的衣服自己补，还亲手缝制了几个沙包。阿大从小就喜欢吃鸡翅，家里每次炖鸡汤，鸡翅都给了阿大，鸡腿给了阿花。

那时家里开着一家小餐馆，靠着镇子上那所初中发了家。几年的时间里，饭馆里打出了两道招牌菜，至今为止，到那镇子上打听一番“卤鸭”和“油菜花”，几乎没人不知道。

那时候阿大上小学，父亲从外地学手艺回来，第二天就开了家庭会议要搬家，爷爷不同意，说：“镇子上太乱，当年有收保护费的，出过人命官司。”

父亲说：“那都什么年代了，哪有什么收保护费的。”

第三天，父亲找了一辆三轮车，将重要的物件打包拉到了镇子上，爷爷执意留在家里，看管着老房子，那时候阿大牵着阿花的手，蹲在了橱柜里。只听见外面叮叮哐哐的碰撞声，阿大的生活从此远离了最初的家乡。

·2·

新家没有原来的大，前面有两间空房子，摆满了桌子，厨房在后面，隔了一道门。后面有两间房子，阿大和阿花住在一起，睡一张床，每天都是很晚才睡，要等母亲收拾完东西，回来讲“穷秀才”的故事才能睡下。

最忙的时候母亲常常忙到十二点，有时候碰到酒鬼发酒疯，吐得满地都是，阿大和阿花总抱得很紧，然后用被子把头蒙起来。

六年级的时候阿大搬到了镇子上的中心小学，每天路过那所初中，总看到有人从墙上翻出来，然后挤在墙角抽烟，最后在自家的餐馆喝啤酒。

阿大最先注意到了那个喝啤酒的男生，他每次都是用嘴咬，然后扬起脖子喝掉大半，再喝上两碗酸丸子汤。最后都是阿大小心翼翼地去收拾碗筷，他付钱的时候阿大总不好意思伸手。有次男生忘带钱了，阿大结结巴巴地说："没关系，今天免费。"

后来男生叫了一大帮人来喝酸丸子汤，父亲说做人要诚实，一分钱也没收，晚上算账的时候发现把三天的钱都赔了进去。

卤鸭也是从那个时候开始做的，那个男生经常到餐馆吃饭，阿大总给他留一个 VIP[①] 座，同等的面条总比别人的多几口。后来那男生说家里以前是卖烤鸭的，现在无心经营，所以把以前的卤鸭配方给了阿大。

当天按照配方做了一个卤鸭，味香纯正，吃过卤鸭的人第二次来的时候都会点一个吃掉，再点一个带走。靠这个配方，家里的餐馆打出了名气。阿大也成了家里的大功臣。

上高中时，阿大和那个男生走得挺近，头都靠在了一起。妹妹阿花七八岁，看到男生送阿大放学回来，就跑去向爸妈告状，说阿大早恋。

阿大有了秘密，开始写日记，然后锁在抽屉里，有几次被妹妹偷到了钥匙，拿走了里面的几颗糖，阿大吓得腿都软了。

万一被看到里面写的东西，比如，"上个星期跟他们说去补习，其实是和他一起去镇子外的河边玩，那是他第一次牵我的手，心脏都快跳出了嗓子眼。还有一次学校里，有个调皮的家伙说我们俩很般配，喊他大哥，喊我嫂子，嘴里骂了他们一顿，心里开心极了。"

母亲常说："女大不中留。"

---

① 贵宾。

阿大说："留也留不住。"

"只有一个要求，谈恋爱要等成年后，也不要误入歧途，把眼光从局限的感情中跳出来，再者，观棋不语懂吗？"

阿大摇摇头："不懂。"

母亲指着父亲算账的背影说："有些事让他做就行了，你只负责用眼睛看、用耳朵听，等他来跟你汇报就行了。"

过了一会儿，父亲扭过头说："邱菊，今天收入不错，比昨天多了二百。"

母亲回头对阿大笑："怎么样？"

阿大点头，似懂非懂。

·2·

餐馆总是忙忙碌碌的，每天看着客人在门口来来往往，重复洗碗洗菜的工作，平淡无味。偶尔有酒鬼喝多了和朋友吹嘘起曾经，阿大听得特别认真，除此之外没有任何的精彩。

晚上关门的时候，父亲拿着计算器算账，每次都是转头向母亲汇报工作，阿大和母亲嘴里笑开了花。

半年后，镇上搞土建，那时候阿大上高二，家里的餐馆要被征地，说这块地要盖成小洋楼，父亲无奈，率众人第二次搬家。

搬家那天，阿大心情忧郁地跑了出去，去找那个男生告别，回来后像电视剧里那样特别失落，阿花跑过去安慰她，她却把阿花赶走。

后来父亲开车到了县城里，找了一个靠近学校的门店，母亲说：

“孟母三迁就是让孩子好好学习。”阿大说：“虽然离学校近，可也听不到读书声啊。一天到晚除了碰杯声就是吹牛声，哪有什么学习气氛。”

母亲特地给阿大的门加了一层玻璃，把噪音降到最小。

尽管这样，阿大成绩还是一直很差，月考总能稳居后三名。学校找家长谈话也谈不出个所以然来，因为阿大上课认真听讲，不逃课，不早退。

其实阿大有一半的时间都在缅怀爱情，怀念那段牵过手趟过溪水的日子，算算也有一年了吧，阿大觉得挺长的。

后来在高中的时候也没少有人追，可阿大愣是没兴趣，说自己钟情专一。

阿大高三还没上完就辍学了，平时在家里帮帮忙，擦擦桌子，拖拖地，每天给阿花做早餐，送阿花去上学。日记也懒得写了，每天早晨起来就戴上围裙先给阿花做饭，然后擦玻璃擦桌子。

客人也不再夸她说：“这谁家的姑娘啊，长得真俊……”

反而会对阿花说：“这姑娘越长越俊。”

阿花就会点头说谢谢。

阿大决定不上学后，没有任何的怨言。别人在背后戳脊梁骨，她就想那个男生翻墙头时的潇洒，喝丸子汤时的爽快，总之她都没往心里去，只希望还能碰到他。

阿大二十岁那年，家里人给她安排了几场相亲，阿大没答应，也没反对，就应声去了。

那天阿大穿了身漂亮衣服，收拾收拾行头，看起来真俊，除了皮肤有些油，其他的还如当年一般稚嫩。

阿大站在自己家门口，看着远处的男生走过来给附近看热闹的人散了几颗烟，回头给阿大一个正脸，两人对视了一秒就迅速闪开，再看着他慢慢走远。

“怎么样阿大？”

“行。”

“那就好，那就好，我回头安排一下你们说个话。”

媒婆天生一副笑脸，扭着身子跟那个男生叽叽歪歪了一阵子，回头问阿大：“去哪里说话？”

阿大说：“东头的林子里。”

“好好，那地方好，容易培养感情。”

阿大走在前头，那个男生跟在后头，保持不远不近的距离，直到走到了林子深处，男生才开口问她：“你叫阿大？”

“嗯。”

“我听王婆说，你刚二十，我刚好比你大一岁。”

“嗯。”

“那个，你妹妹多大？”

“十岁。”

“……”

阿大沉默着不说话，一直看着远方，太阳从密林里挤出几道阳光，映在眼睛里泛出几点波澜。阿大心情是平静的，也从不对某个梦想抱有希望，或许这一生就这样平凡度过。

那段相亲没成，因为男生走后问媒婆：“她是不是有病？都不说话。”

·3·

阿大是从相亲过后不爱说话的，谁也不知道她想什么。有人和她说话，她就点头，客人点菜最多就是“嗯”一声，把菜单递给母亲。回头就埋头干活，母亲想说她几句总开不了口，也不知道说什么。

阿大和妹妹分开住了，因为阿大说妹妹太闹，相处不来容易吵架。

周末的时候，母亲带她去医院里检查身体，医生说很正常，发声器官发育良好，听力也正常。可能是心理原因不爱说话，最后医生建议挂精神科。

阿大却死活不去，两眼直流泪，头发乱糟糟的。母亲心疼，也哭。相拥着回家了。

晚上阿大一个人待在房间里看以前的日记，字迹歪歪扭扭的，还有阿花在本子上乱画的痕迹，后来阿大突然笑了。

“从前有一个人牵过我的手，脚被河里的石子磨了一个口子，这个人帮我按住，还给我唱歌……”

那时候阿大不懂爱，可能现在也不懂，就是觉得再也找不到那个人在身边的那种感觉，就像《功夫》里那个卖彩虹糖的姑娘为了等待那个人出现，卖了一整个青春的彩虹糖，只为破镜重圆。

这么多年，已经没人再夸阿大皮肤白，也没人再打听阿大的消息。偶尔有人提起她，都说，阿大这么好的姑娘就是不爱说话，像个傻子一样。

阿大二十二岁，家里人又开始给她安排相亲，还是那种形式，两个人去东头的林子里谈话，回来后就一拍两散了，原因都是：“阿大是不是有病？”

母亲的年纪越来越大，皱纹也多了好几道，总忍不住对阿大发火，生意有时候也被耽搁，吃饭的客人见势都躲着走。

母亲发火的时候拍着桌子骂她：“死丫头装哑巴，有本事给我说话，整天装什么装……”

阿大继续擦桌子，擦完一遍，再擦一遍，似乎永远擦不完。

晚上阿花去敲阿大的门，两人坐在床上看月亮，阿花说：“姐，从小别人就夸你漂亮，镇子上除了你没人敢称镇子上的一朵花。”

阿大叹了口气，也没说话。

“现在也是，你是咱们家里最漂亮的一朵花。”

阿大笑笑：“你才是。”

那个晚上，阿大说了几年来最多的话，直到凌晨三点才睡着。

·4·

家里第三次搬家，去了省里的一个城市，靠这几年饭馆的积蓄买了一个新房，打算在此安家。

后来父亲盘算再开一个餐馆，还做以前的卤鸭生意，在靠近广场的地方租了一个大店面，挂上“北县卤鸭”的牌子。

租的店铺在广场北面，一排十个店铺，平时有很多人来往，生意也很好。可是租来的第二天就听附近的店主说，这里不安全，看着人多生意好，交完房租还要交保护费，剩下的没几个。

那是阿大第一次听说真的有收保护费的，想着香港片里的黑帮拿着斧头架在脖子上，耀武扬威地喊着“快交钱，要不然把你手剁下来！”的场面。

没几天，在收拾完毕开张的当天，那挂上“北县卤鸭”的大招牌，就迎来了一个脖子上挂着大金链子的胖子，他敞着肚皮，后面跟着两个街头青年，腰带是带骷髅的，穿着低裆裤。

阿大赶紧跑到屋子里把父亲叫出来，和阿花战战兢兢地蹲在收银台后面，那胖子嬉皮笑脸坐了下来：“来这广场上开铺子也不提前打招呼，花爷的面子也不给啊？”

父亲说：“初来贵地，不懂道道，高抬贵手。”

花爷说：“行啊，按月交点生活费就行了，不贵，和他们一样。”然后举出两个手指，“两千块。”

父亲好言好语，倒了杯茶，周围的客人也走了不少，包括很多没结账的。阿大起来叫他们，他们理也没理就跑掉了。

花爷走后，父亲骂了一声“流氓”。

餐馆刚开张还没挣到钱就要收走大半保护费，母亲心疼地拍桌子：“还有没有王法了！”

隔了一星期，花爷又来了，还是大金链子，后面多了几个人，电视上叫打手，阿大偷偷跑到楼上把门锁了起来。

父亲说：“缓缓再交。”那流氓伸腿就踹，随手拿起凳子往墙上砸。后面的人也照着样子，把店里的东西砸个稀巴烂，还好楼上上了锁，踹了两脚就算了。

最后走的时候看到了阿大，他们指着阿大说：“再不交钱交女儿。”

一行人大摇大摆地走了，父亲拿起电话要报警，可是被附近铺里的人拉住了手，说这花爷是警察局长的小舅子，打不得。

阿大偷偷地跑到了楼上，趴在桌子上哭。

花爷第三次来的时候，父亲拿出两千块，花爷啥也没说就走了。

就这样维持了大半年，父亲在其他街道上盘了个店面，生意越做越火。父亲让阿大写个招工的广告贴在门上，包吃住，三千块。

那天，阿大在店里擦玻璃，有个男人走过来，说要应聘，父亲打量了这个小伙子，问他：“力气活干吗？”

他点头：“啥都行。”

“一个月三千块做吗？”

“做，包吃住就行。”

后来他就在店里做工，无论擦桌子还是送客都能做得来。他能把一包面粉从外面背到屋里，也能点头哈腰地传菜，深受家里人的喜欢。父亲允许他在后厨学习，以后可以掌厨。而他只看了一遍卤鸭的工序就牢记于心，说得头头是道。

有天父亲在后院杀鸭子，一刀一个，头就从案板上滚下来，很利落，只是溅得满身血，院子里满地打滚的都是鸭子。

他说："让我来试试。"他杀鸭子的方法很特别，不用刀，用手。

他把外套脱掉，从笼子里随手掂起一只鸭子，右手抓住长脖子，左手的两个手指头夹住头部猛地一拧，鸭子当场就死掉，更简单利落。

父亲很吃惊，问他怎么想起这样杀。

他说："小时候家里开卤鸭店，后来做不下去就转了行，从小就见父亲杀鸭子。"

阿大开始注意他，皮肤黝黑黝黑的，他说："高中毕业就没上学了，跟着村里人去海边的城市出海打渔，好像叫什么龙头湾。"

他看着阿大说："再后来当了两年兵，退伍后就来了这里，因为这里卤鸭的味道和家里的味道一个样，你的眼睛和我以前的一个朋友特别像。"

"她叫什么？"

"刘阿大。"

"你叫什么？"

"大杨。"

阿大转过头双眼蒙眬，流出泪来。

雪莉，对不起

爱情就是这样，最先回头的人往往是因为错过了什么。

·1·

雪莉自幼学舞，获得奖项无数，出国表演过芭蕾，是当时名声大噪的舞蹈天才，无论身材还是气质都能看出未来十年的无限前途。雪梨回国后接受大师授课，在当时最火的网站上点击率爆棚，接拍了几个著名品牌的童装代言，人生的起点比别人高出两层楼，那年雪莉十岁。

那是我认识雪莉之前，认识她后，我才懂得了“人生多变，命运坎坷”。

高中那会儿，学校有三个“前途无量”的重点班，挨着厕所一字排开。我和雪莉就在最靠近厕所的那个重点班里。每天老师巡查换岗的速度比上厕所还勤，我们后三排成了重点看护对象，当时雪莉就坐在我的后面，身高一米六，体重一百四，是个不折不扣的胖子。她和全班最调皮的男生刘山山同桌，也是班主任特意的安排，说她上课爱吃东西影响其他同学学习。

刘山山举手反对："凭什么坐我这里，我也需要学习。"

我清楚地记得当时她偌大的脸上流露出一丝游离的难过，然后在全班的哄笑下背着红色的书包坐在最后一排，和刘山山同桌。刘山山身材瘦，站起来会被雪莉挡住一半，当时男性的自尊心受到严重打击，几次想推开雪莉，结果被反弹回来。刘山山撸起胳膊，露出用烟头烫红的"心"形，站在凳子上对雪莉狂吼："死胖子，别以为你胖我就怕你！"然后在她面前挥着带心的胳膊耀武扬威，雪莉低着头，准备坐下来，结果缝隙太小，将桌子挤了出去，刘山山瞬间落地。

每天上午第四节课和下午第一节课，雪莉都会从桌洞里抽出饼干或者薯条，把头埋在书本后面，嘴里"吧唧吧唧"吃个不停。远远看去，就看到一个庞大的身躯躲在后面蠕动，大家都已经习以为常。托雪莉的福，老师当时给我们后三排设立免死金牌，只要上课不耽误其他同学学习，就随便我们。

后来期中考试，由于我们拉低了整个年级的平均分数，导致五中在全县排名倒数第一，教导主任大怒，调换了新的班主任。后来调换座位，刘山山死活不愿意，说有她在就有安全感。每次班主任从窗前飘过，刘山山被雪莉庞大的身躯遮挡得滴水不漏，他可以肆无忌惮地看网络小说，和隔壁重点班女生书写人生，雪莉自然成了刘山山的感情顾问。

第一次知道雪莉对感情如此细腻，是因为刘山山告白失败，他趴在桌子上在自己胳膊上自残。“你要干吗？”雪莉问。

“我要刻一支箭，然后把心戳破！”刘山山咬牙，拿着刀子在胳膊上划，咧着嘴，就是不敢使劲儿。

“要不要我帮你？我力气大。”雪莉微笑着问，真诚得无以复加。

“你真够义气。”刘山山气愤地把刀子扔进垃圾桶。

后来雪莉成了他的人生导师，她说：“每一段感情都美好的，不能够有血腥，那样不纯。”还说：“结束一段感情的时候就使劲喝水，那样心就不会痛了——水把心泡大了，心宽体胖嘛。”

可是刘山山敲着桌子大叫：“可是老子还没开始呢，就他妈结束了。”

刘山山痴情啊，打着失恋的旗号博取了全班女生的同情，每天都有女同学前来安慰，刘山山每次都把雪莉推出去，让班上的女生坐在身边嘘寒问暖，等到上课再回来。

所以，雪莉每次都坐我旁边，慢慢地和我搭话。有次她看到我桌子上放了一个芭蕾少女，眼里泛起一丝涟漪，刚开始我以为每个胖子心里都住着一个苗条的少女，心想着未来有一天变成这样，打死我都不信这就是雪莉本人。

有次雪莉和我顺路回家，她坚持不坐公交，每天步行半小时，我问她：“减肥？”她摇摇头，不说话。

全世界的胖子都一样，黑漆漆的短袖加上勒出肥肉的紧身裤，走路低头看着地面的石子，皮肤雪白，一副全世界与我无关的样子，雪莉也是。

后来我为了和一个女生假装顺路，放弃了公交车，选择步行三十分钟的小路，途中碰到了雪莉，她背着红色的书包，从后面看那书包只有巴掌大小。

那个宽大的背影驻足在一家芭蕾舞培训班门口良久，隔着玻璃窗看着里面白色的倩影，有几次被里面的动作影响，忽然抬起一半的胳膊又放下来。看到我之后，她就慌慌张张地离开，那背影看上去是多么落寞。

隔天在学校的食堂里碰到她，她主动坐过来，夹给我几块肉，让我替她保密，我问："为什么？"她说："我从小学跳舞……"雪莉话没说完，我一口饭就喷了出来，上下打量着雪莉的身形。

太不像了。

为了照顾女孩的自尊心，我伪心地说："看得出来。"雪莉开心地跳了起来，震得大地颤抖，然后把肉全给了我。后来因为我知道她的秘密，雪莉把我当成了无话不谈的好朋友。

我还以为每个胖子心里都住着一只小天鹅，所以我拍拍她的肩膀，一笑而过。她为了证明自己，还从家里带来了一个奖杯，午休的时候偷偷拿给我看，金灿灿的，上面还印着"全国少儿芭蕾大赛一等奖"，那时我才相信。

只是每次脑海里想到她下腰、劈叉的样子，总觉得怪怪的。

·2·

雪莉出生舞蹈世家，雪莉的妈妈是当地芭蕾舞界的一枝花，从小学民族舞，后来练芭蕾，脖子下面全是腿，身材气质好得不得了。她妈妈十八岁出国拜俄罗斯名师，回国后潜心苦练，二十五岁那年夺得全省冠军，事业如日中天。后来在一次表演中由于地面太滑，从舞台上摔了下来，从此以后再无缘舞台，心如死灰的她转身和苦追她三年的男人结婚了，隔年就有了雪莉。

嫁给一个人，就是嫁给一种生活，后来雪莉的爸妈退回三线城市过起了悠然的日子。雪莉四岁的时候就被送到了市里唯一的舞蹈苗苗班，雪莉是最小的一位。可能是遗传了妈妈的基因，雪莉从小手长脚长，刚上舞蹈班就被发掘出天赋，不久便成为舞蹈团里的镇馆之宝。雪莉妈妈看着雪莉慢慢走上这条路，弥补着自己多年未竟的心愿，心里说不出的激动。拿到全市少儿个人赛冠军的时候，雪莉仅仅十岁，她说："我爱妈妈。"

后来雪莉的妈妈花了毕生积蓄，带她去了俄罗斯拜曾经教过她的名师，然后在国外一待就是三年，舞蹈造诣向大师一步步迈进。十三岁回国上初中，那时的雪莉基本功扎实，甚至能把腿盘到头上，皮肤和她名字一样，像雪，甚至看得出她未来十年的美人样。

回国那年接拍了几个广告，雪莉妈妈做了经纪人，有时走在街上，都被人街拍成"最美母女"。后来为了准备全国少儿芭蕾个人赛，雪莉举家迁移，从山东老家搬到上海市区，租了一套两室房子，当时房价还没有现在这么贵，一家三口依靠微薄的收入生活着，简单而美好。雪莉每天早晨和妈妈一起去公园跑步，每次都引来很多人围观，那时的她轻松地下腰，抬腿，就像天生的舞蹈家一样。雪莉夺了全国一等奖后，收到好几家芭蕾俱乐部的邀请，雪莉妈妈连夜查资料对每个俱乐部一一盘查。

为了庆祝雪莉的人生走向辉煌，父母带她去坐摩天轮，雪莉看起来像公主，穿着公主裙，走路都那么优雅。可是升到半空的时候雪莉突然流了鼻血，顺着下巴往下落，刚开始父母以为雪莉恐高，受到了惊吓。后来流鼻血的情况越来越严重，不得不推掉了后面的几个比赛。

在医院检查的那天上午，雪莉被抽了不下十管血，脸色苍白地躺在妈妈的怀里等待医生的检测结果。后来医生神情凝重地说要抽脊髓，看着雪莉小小年纪走进病房，忍受抽脊髓的痛苦，父母躲在外面哭得颇为狼狈。

从那天开始，雪莉开始吃大把的西药，激素让雪莉从一个苗条的女孩走上了胖子的路。雪莉经常待在镜子面前，捏着肚子上越来越突出的赘肉，以前买的紧身衣都撑破了。

妈妈安慰她说："没事的，生活总有很多不如意。"雪莉点点头，她什么都懂。

甚至没给她一个接受与缓冲的过程，脂肪仿佛在一夜之间霸占了她的身体，初中还没毕业，雪莉就有了各种与胖有关的外号。由于个子高，身材又胖，每次都被分到班里的最后一排和最调皮的男生同桌。她也总会被人开涮，成为班里女神的对比对象。

有段时间雪莉几乎得了抑郁症，经常一个人坐在外面发呆，做的最多的事情就是捏着自己的肉，不断擦着曾经获得的奖杯。当时十几岁女孩的心里，印下了一个巨大的阴影。她开始不吃药，她从没看到过哪个跳芭蕾的演员是个胖子，想起来就很可笑，直到现在，连最基本的抬腿都很吃力。可是坚持了没多久，她又不得不继续吃药，雪莉还看过心理医生，可是得到的除了安慰就是怜悯，经常无意间戳痛伤心处。

·3·

中考后的暑假，雪莉换到了人生的新战场，从舞蹈班到健身房再到各种减肥机构。从早起跑步到减肥节食，为了将自己一百五十斤的体重甩掉，每天跑到汗水湿透衣服，再回家使劲压腿，下腰。每天如此，后来一个月减掉三斤，雪莉心情好了起来，坚持到第三个月的时候，鼻血便流得严重，每次低头就一阵头晕，于是只好放弃。

高二的时候雪莉和我同桌，当时刘山山和邻班的同学打了一架，被雪莉强大的体格拯救，刘山山的自尊心再次受到了严重的打击，每次见到她就有种见到妈的感觉。刘山山问：“我以前对雪莉怎么样？”我说：“你良心发现啊，还能想起以前？”刘山山说：“好男人能屈能伸。”他再三犹豫之后打算去道歉，可是他又要面子，死活低不下头。

在某个午间操时，刘山山说肚子疼没去跑步，然后凑到雪莉身旁，递给她一张小纸条，雪莉当时脸上就有了红晕：“这是什么？”

“没啥，放学再看。”刘山山心情忐忑地坐了回去。

可是没等放学，刘山山没参加午间操的事就被班里的“暗探”告发，性质和逃课一个样，罚站两节课并通报批评。可是后来又被安了一个早恋的罪名，对象是雪莉，并且全校通报，在校广播的大喇叭上朗诵了刘山山的道歉信，这成了我们那年最大的笑料。校广播站的老师年过六十，第一次在广播上读起情书难掩难堪，说话吞吞吐吐，还把关键字略掉，于是有了接下来的一幕。

雪莉和刘山山并排站在教室门外的走廊上，一大一小的身影引起全年级上厕所的同学围观，雪莉低着头，刘山山见谁骂谁娘：“看什么看，没见过帅哥？”

广播里还在播着：“雪莉，我自知以前对你不好，惹你生气，但是你不仅不生气，还对我越来越好。我现在想好了，要好好地对你，听说你会跳舞，我开始不信，直到那天你救我的时候，我才发现你抬腿出拳的动作真像芭蕾里的小天鹅，接受我的道歉吧。刘山山。”

于是全校爆笑，说刘山山名草有主，而且还是可以装下两个他的胖子。雪莉会跳舞的事在学校公开，她心里既忐忑又害怕，偷偷看着刘山山，第一次莫名地心跳加速，在情窦初开的年纪，走上了一条不归路，自此以后雪莉和刘山山成了我们开涮对象。

·4·

雪莉第二次决定减肥，是为刘山山减的。当时在走廊门口罚站的时候，他问：“你真会跳舞？”雪莉重重地点头，心里无比地坚定。

“那你给我跳一个呗。”雪莉还没开始跳，刘山山又说：“算了算了，画面太美，我不敢看，哈哈。”

从那个时候开始，雪莉暗暗下定决心，一定要减肥。雪莉偷偷把药量减少，每天坚持做午间操，跟在全班最后，没跑两圈就喘得上气不接下气。可她每次看到刘山山，心里又充满了力量。那个月雪莉减了几斤，整个人重新看到了希望，试着练习舞蹈动作，每次都伴随着撑破裤子的危险。

在食堂吃饭的时候，雪莉偷偷跑到刘山山旁边，把肉全放他的碗里，然后从一旁悄悄飘过。高三那年，刘山山决定转校，家人说新疆高考分数低，所以让刘山山去新疆考试，临走前请我们吃饭，我叫上了雪莉。那天在学校门口的大排档里，刘山山首先敬酒，说了一通“兄弟如手足，女人如衣服”的酒话，说第一句的时候无比洒脱，说第二句的时候突然看到了雪莉，立马打了一个哈哈，然后喝酒。

酒过三巡，有人提议让雪莉跳舞，刘山山立马叫好，后来雪莉默默地站起来，摆了一副芭蕾的姿势，手放在胸前，抬头挺胸，挺像那么回事，有那么一瞬间我似乎看到她站在舞台上享受表演。可是刚一抬腿，就听到“刺啦”一声，接着我们哄堂大笑，雪莉捂脸跑了。

刘山山转校前告诉我：“帮我看好雪莉。”

我说：“你喜欢她了？”

刘山山立马推脱：“我就是觉得太欺负她了，让你帮我弥补而已。”

从此他就坐上西去的火车，奔着高考的梦想去了。

班主任说："这种货色到哪儿都一样，除非高考分数线降到二百。"这点我和班主任出奇地一致。

刘山山走后，雪莉一个人坐在最后一排，没人欺负她了，倒显得有些落寞。她每天坚持做午间操，晚上一个人去操场跑步，跑到头晕的时候才停下来，比当初练舞还辛苦，每次跑到大汗淋漓才觉得看到了希望。

我知道，她是为刘山山减的。我说："他可能不回来了，他这个人才从此扎根在祖国大西方，祖国需要他。"雪莉仍旧低头不说话，我能看到她眼里的落寞。高考的时候雪莉已经减到一百二，看上去没那么胖了，可是对于想要跳舞的她仍旧不算满意。

报志愿的时候，我短信问她报哪个学校，她隔了好一会儿才回复我两个字："新疆。"

"其他的呢？"

"也是。"

完了，被刘山山害惨了。

刘山山压根没去新疆，只是转了一个学校，原因是刘山山晕火车，坐到一半不得不半路折回。最后我在本市三本勉强上榜，雪莉真的去了新疆，后来才发现，新疆比想象中要大，找一个人比海底捞针还难。其实刘山山在本市的专科学校闭眼摸了一个专业，打开一看是护理学，听天由命。

我说："你到底有没有喜欢过人家？"刘山山当时在理发，立马回头看向我，头上被斜着划了一道，像一道烟火。刘山山摸着头：“谁喜欢她了，我当年就是愧疚。”

“那怎么给人家写情书？”

“那不是！”

·5·

接连两年，雪莉在朋友圈定期更新减肥帖，引来很多人关注和支持，我拉着刘山山看这个美女，刘山山一眼就认了出来，是雪莉！

大三暑假，雪莉坐了三天火车回到老家，那时的她高高瘦瘦，脸上妆容精致，穿着白色的连衣裙。后来班里有人组织聚会，刘山山全程坐在角落注视着雪莉，聊起当年的胖子，大家死活都不肯相信是这样的一个美女，有人提议雪莉跳个舞。

然后就看到一个曼妙的身影在那里旋转、起舞。

刘山山喝了很多酒，然后一个人往回走，雪莉追了出去，刘山山越走越快，雪莉几乎跑了起来。就像当年雪莉偷偷夹肉给刘山山一样。雪莉笑着问他：“你在新疆哪里？我怎么找不到你？”

刘山山低着头，隔了很久才说出话：“我没去新疆。”

“嗯，我知道。”

刘山山停下来，瞪大眼睛：“谁告诉你的？”

“直觉。不过谢谢你，我在那里找到了自己，也找到了幸福。”

刘山山勉强挤出一丝微笑：“祝福你。”

两人背对着走，刘山山越走越快，雪莉越走越慢。

刘山山忽然停住回头看着她，却说不出话来，爱情就是这样，最先回头的人往往是因为错过了什么，最后才会发现，都已经走远了。

刘山山握着手里的纸条，那是当年写给雪莉道歉信，刘山山一共写了两封，一封情书，一封道歉信，由于拿错了，广播站读的那个其实就是情书。

当年总以为喜欢一个人就了不起，可以对着全世界逞强，其实真正爱一个人才会埋在心里，怎么都说不出来。

后来得知雪莉去了新疆，他特意用烟头在胳膊上又烫了一个心，一箭穿心，这下终于齐了。

后来雪莉也停下来，用手捂着嘴巴，眼泪瞬间决堤，从指缝中流出来，回头大骂："你为什么骗我去新疆，新疆那么大，我那么小，怎么找也找不到你！"刘山山拿着手上的道歉信大声朗读，就像当年的广播一样："雪莉，对不起！"

黑色礼帽

你的笑容真好，像阳光一样。

·1·

我发誓这是我最后一次相亲，照旧戴上我心爱的黑色礼帽。

我特意在周末的晚上打扮得十分精致，就连搁置了很久的香水都被我拿出来对着空中胡乱喷了几下，整个房间充满了古龙水味。或许我应该换上蓝色的蝴蝶结，看起来绅士又不会太死板。我踏上皮鞋，甩门而出的那一刻我就知道，我已经成功了一半。

了解我的朋友一向说我胆小如鼠，特别是爱情方面，二十七岁仍旧单身，明明是北方爷们却害怕爱情水涨船高，我曾经在老家的三叉路口算过一卦，那老头说婚姻该顺势而为，静等姻缘上门，我觉得不准，没给钱就走了。后来真的如他所说，我是见光死的那种，跟我约会的女孩都不再联系。现在每次约会前我都会带上我的黑色礼帽，喷上厚厚的香水。

听陈南说，这次约会的女孩长得十分漂亮，性格和我常给她形容的出奇地一致，温柔似水，大眼睛。所以如此契合的情况下我不得不将自己好好收拾一番，希望不会像前几次那样失败。

说起来我还算一表人才，收入和长相持平。上个月约会的女孩是我见过的最漂亮的一个，只是后来在某些问题上产生分歧，比如聊到《大话西游》，她坚持自己的观点，说至尊宝是极品人渣，哪怕最后回心转意也不能原谅他。我说回头了就是好同志，常言道知错能改，善莫大焉。话音未落，女孩的声音急转直上，一把将叉子叉在我的牛排上，甩头就走。

上个周末我约会了第九个女孩，长得十分耐看，短头发，戴着大大的耳环。人生三观和兴趣爱好也能一拍即合，我本以为人生终得解放，前半辈子的光阴就当打了水漂。只是最后离开的时候我从灯光下走出来，在餐厅门口把帽子摘了下来，手挽着手走出门口，她第二天就拉黑了我。

我在所有的相亲网站上放上处理过的个人相片，只求有一个约会的机会。

陈南说："有个女孩很适合你。"

我问他："长得对得起第二代吗？"

他伸出大拇指说：“绝对对得起。”

在我约会之前，陈南再三叮嘱我好好把握这次机会：“姑娘唯一的缺点，就是性格腼腆，不要在姑娘面前提什么打打闹闹的事，特别是你酒过三巡老爱提起的‘想当年’，谁不知道你当年也是风流快活的花花公子。”

那天晚上路上车很少，我赶到那家餐厅的时候比预定时间提前了半个小时，便在路边车子的后视镜上反复将蝴蝶结纠正，确定位置居中之后长舒了一口气就进去了。

餐厅是正宗的欧式格调，桌子和椅子都是真皮的，就像被隐藏起来的人，除了外在的妆容和拉到最低的礼帽，暴露在外的只是一张虚伪的面具。

蓝色制服的服务员走过来微笑询问：“先生，请问几个人？”

我压低了帽檐：“不好意思，请问十号桌在哪里？”

服务员将眼神放低了一些，企图窥探我：“先生，左手边，那里。”

我顺着他手指的方向看去，一个白色的身影孤零零地坐在那里，那是整个餐厅最暗的地方，那张桌子也巧妙地避开了头顶的炽光灯，我想那是情侣专属的位置吧，刚好也是我喜欢的位置，或许可以做一些其他的事情，我低头说了一声谢谢，再次将帽檐拉低了一些，走过去。

姑娘是背对着我的，长发如瀑，背影婀娜。我心里起了涟漪，弯下身子在她后面小声询问："你好，请问是曼妮小姐吗？"

她没有说话，低着头看着盘子里的刀叉，显得特别紧张，然后小声说了一句："你好，我是曼妮。"

我走到她的对面坐了下来，开始细细打量她的周身上下，我说："你是第一次约会？好像很紧张。"

"嗯……"

"你看起来很漂亮，现在是做什么工作的？属什么的？最近在忙什么？对另一半有什么要求？"

我开始了相亲的一系列程序，这些问题早已经烂了大街，也从我嘴里说出来不止十遍，不过一时也找不到好的话题，总不能刚见面就说："你好，你刚好长成了我喜欢的样子。"肯定会被别人误会成老油条，太油腻了。

曼妮一一将答案告诉我，没有一点儿隐瞒，可她始终没有抬起头来，除了面孔之外，就连她手上的一颗痣我都看清楚了。第一次约会，很多女生都会这样，起码我遇到过很多。刚开始我以为是因为我的问题太多，让对方感到乏味，所以我沉默了下来，帮她把面前的纸巾打开，然后将帽檐往上拉一点儿，尽可能地打量她的面孔。

她的刘海垂下来，就快要垂到桌子上了，可是曼妮拿刀叉的时候我看到了她的脸，她的皮肤很白，像雪花一样，几乎没有一点儿瑕疵。只是后来有那么一秒对视的时候，她刻意地躲避，又把刘海垂得低低的，很长一段时间都没有说话。

我开始找话题，从我从事的工作说起，我问她："喜欢看书吗？"

曼妮点点头，我找到了共同话题，开始长篇大论地讲起当代的文学来，为了彰显自己的学识，我还特意拿出了几篇文章提出自己的见解，如果让我写，一定把结局写成温馨的那种。曼妮没有打断我，只是安静地聆听。

自从那次简单的约会后，我就深深地被她吸引，可是我并没有对曼妮了解很多，全程都是我在滔滔不绝，曼妮没有说过几句话，眼睛一直都盯着面前的牛排。我偶尔问几个问题，她只会“嗯”和“哦”，最后离开的时候她站起来对我微笑，我们四目相对，最后我躲开她的目光，从那个时候开始我就认定她是我的那个人。

·2·

曼妮是一个话很少的人，不，是出奇地少。身上却有一种特殊的吸引力，以至于后来每次跟曼妮聊天，尽管隔了很久她才会回复，我还是愿意彻夜不眠地等她。她总是在半夜的时候回复我，那时候她说在吃夜宵。问她做什么工作，她说：“没有工作，白天一个人在家里待着，哪儿都不去。”

后来我约陈南吃饭，去了我们约会的那家西餐厅，陈南一坐下来就问：“你确定喜欢曼妮吗？”

我点头：“确定。”

后来我才知道曼妮是陈南姑姑家的妹妹，小时候常在一块儿玩，那时候一起上学，一起放学，高中前两个人之间没有任何秘密。可是高中以后曼妮的话就变得很少，每次回到家总是一个人待在房间里。

大学的时候因为一场失恋而辍学，刚开始找了一个工厂的工作，后来去电影院专门看电影，待在角落里一看就是一晚上的那种。整个星期都很少和外界交流，从此以后也很少说话。

其实曼妮对我也有好感，她说我是她第一个好朋友。

我问她："你朋友呢？"

我看到她的头像由亮变灰了，直到十二点以后她才发回信息。曼妮晚上约我去看电影，夜晚场。

我穿得稍微休闲一些，依然在空中胡乱地喷了一些香水，把脖子伸进散落的半径内，尽量让香水落在我的身上。曼妮坐在角落里，荧光打在她白色的裙子上。整个电影院并没有几个人，只有几对借电影之名做苟且之事的情侣。

电影是那种特别无聊的爱情长片，女主角倒追，中间还有几个比较固执的女配角，经过一系列的车祸和失忆之后，男主角和女主角站在机场里拥抱激吻，然后父母反对，两人私奔。

我说这种电影烂大街，美国大片看起来才过瘾，那种场面才是对得起电影票的。

我还说，曾经和两个朋友结伴去神农架野外求生，花两个月的工资购置了一整套野外装备，我说我准备每年去两次，就当祭奠逝去的青春了。

大潘是我们同行中胆子最大的，中途露营的时候都是他来踩点，尽量避免野兽出没的路线和大雨冲下山坡的危险地，他们在外面烤食物，我常躲在帐篷里写日记，那个时候幻想等我们出来之后把这本书出版，名字都想好了，就叫《丛林生存日记》。

那时候我饿极了什么都吃，包括虫子和毒蛇，有次睡觉的时候看到了一条蛇，特别粗，我拿她的胳膊比划："大概就这么粗。"她看了看我还是不说话，后来才问："你们把它怎么了？"

我说："本来是想放生的，大潘说蛇会回来找人报仇的，所以就当夜宵了。"

有几次因为晚上下大雨，刮狂风，整个地球几乎都要被刮翻的那种，帐篷被刮到了河里，我们三个紧紧抱着树，树叶子打在脸上比刀割还疼。我还凑近了曼妮的眼睛给她看我眼角的伤口。曼妮突然颤抖了一下，好奇地盯着我，就像看着毒蛇一样。

我的冲锋衣被刮了几个口子，整个人都湿透了，可是第二天早晨醒来，世界又明亮了，就像什么都没发生过一样。我讲得兴起，拉起曼妮的手说："以后我们俩也去野外走一遭，没事，有我保护你……"

我忽然意识到说错了什么，陈南说过不要跟她讲什么热闹的事情，我观察她的表情，只是刚才稍微震惊一些，并没有什么特殊的表现，或许只是彰显我的勇敢，为了不破坏我的兴致。

我前面那对情侣已经注意到我们，甩了一个不屑的眼神，我问曼妮："你喜欢这个故事吗？"

曼妮的眼睛十分明亮，就像一汪清泉，几乎可以看透她内心的世界，她说："喜欢，还有吗？我从来没听过这样的故事。"

·3·

曼妮有自闭症，我是后来知道的，只是那时候我已经陷得太深，难以割舍。

那天在电影院，看到一个情节，女主角的父母将她关在家里，反锁上门，女人在房间哭，把花瓶砸碎，用玻璃划自己的身体，血肉模糊，泪水滴在伤口上。

那时候曼妮哭了，哭得特别痛，她趴在我的怀里，我问起的时候，她说："谢谢你陪我这几天，我以前得过自闭症。"

她和电影里的女人有过类似的经历，她把自己锁在家里，坐在床上，紧闭着眼睛，有时候内心挣扎起来就把被子撕得粉碎，整个房间里飘满棉絮，她光着脚丫在地板上踩来踩去，大声地唱歌。

那个时候我就在想，我要帮她。

我开始频繁地约她，事实证明我们很合拍，而她也能好好对待这些约会，她每天都换衣服，大都是白色的，高跟鞋也是。和我走在一起我会抓着她的手，只是每次约会曼妮仍然只说几句话，后来一条街走到头，手心都是汗。

在一个无人的角落，我转过身端着她的脸，她想要躲避，不过被我用手挡住了，她慢慢闭上了眼睛，享受两个人难得的温存。

曼妮对我说，她相亲过很多次，都是吃饭的时候对方就借口有事先走一步，每次约会到最后，桌子上只剩下她一个人，还有一盘冰冷的牛排。

也难怪，曼妮总是坐在角落里不说话，一问一答，答得也很简单，“嗯”或“哦”。

这次我提前打电话给我的父母，说我找到了女朋友，温柔漂亮，大眼睛。父母特别高兴。

他们问我女孩多大，我说小我五岁。

问我性格怎么样，我说很温柔，和我很合拍。

问我怎么认识的，我说朋友介绍的。

问我女孩漂亮吗，我说很漂亮。

父母始终没有放心，后来问我：“她没发现么？”

我想了想答：“我觉得没有发现。”

父母说：“藏不住的，还是提前跟闺女说，别等到结婚以后出现问题。”

我点点头，心里有数。

后来我经常在晚上约曼妮出去玩，那时候她都是在吃宵夜，我在她家的楼下等她，我带她去看上海外滩的夜景，那时候我们俩站在桥头上看着巨大的荧光屏，她抬起头数，一共六条船和三块大屏幕，后来我们一起在桥上跑步，我拉着她的手一直跑，跑到筋疲力尽就坐在路边的椅子上，我给她买了冰激凌和一顶红色的帽子，我说这样看起来更漂亮，她笑着问我：“真的吗？”

我说：“有一天摘下帽子之后你发现我是一个骗子，还会爱我吗？”

曼妮想也没想就说：“爱。”

那时候我眼眶都红了，那是我几年来听到的第一个爱字。我送给她一本书，把一行字用红色的笔标了出来，书上说："没有一个人是心甘情愿等你的，除非那个人脑子少了一根筋或者缺了一根弦，其实还有一种情况是除外的，那就是，你的孤独恰恰活成了一种荣耀。"

·4·

我第一次在白天约了曼妮，在那个想去没有勇气去的游乐园。她比我早到，提前在那里等我，她化了一层淡妆，穿着红色的裙子，还戴了上次我送她的帽子，我说："你真漂亮。"

她将帽檐往下拉了一些，不好意思地笑笑。我走到她面前："在阳光下，你看起来真美。"

此时上海的天气足够温暖，阳光投射在写字楼的玻璃上，折射出很美的弧线。

我将戴了八年的帽子摘下来，她看着我："你的笑容真好，像阳光一样。"

我说："还有呢？"

她说："其他的都不重要。"

于是，我奋力地将黑色礼帽抛出去好远，披散着头发，让阳光尽情地洒在我的脸上，我和曼妮在游乐园拥抱转圈，背后是摩天轮，周围还有很多人给我们拍照。

第二天早晨我被陈南的电话惊醒，他让我打开微博热搜，第一名是我和曼妮拥抱的照片，上面写着："白化病人都能勇敢相爱，这个世界还有什么可以阻挡爱情。"

你要红灯酱面吗？

曾经，我最了解你啊。

·1·

有一段时间，北海道的天气堪比南方的梅雨天，那时候樱花还没有开，路边的料理店新上了一种新鲜的海鱼，配上几根海带和寿司，和她做的差不多，最普通的糯米加鳜鱼，只是外面包的是海苔。

片鱼的师傅戴着白色的口罩，刀功出色，速度很快，刀背从案板上铲起鱼片码放在盘子里，再扔上几片绿色的香菜。

我住在北海道著名的学府区，毗邻几所高校，周围住着很多当地的老师和白领。附近的红绿灯循环格外地长，加上最近下雨不停，等绿灯的时间显得特别漫长，雨水淅淅沥沥的，不是很大，有时我故意忘记打伞，随上下学的同学们站在路边的等候区。

红灯上的雨线像一层门帘，让我想起宋晓彦和我分手的时候，在北京的地铁上，她看了我最后一眼，闭眼的时候长长的睫毛上挂着朦胧的泪水，多像这红灯上的雨线啊，最后她丢给我一把伞，跑出了站口，外面下着雨，我也没去追。当一个女人认真地与你对视的时候，闭上眼的瞬间，她已经彻底失去了继续的勇气。

后来随朋友来到异国，我每天都会光顾那家料理店，片鱼的师傅是香港人，渐渐和我相识，我们用简单的中文和粤语交流，他教我吃料理的小技巧，我实在吃不惯生鱼的味道，他便说我品不出真正的料理，就像去北京吃烤鸭不加葱一样，永远体会不到真正拥有的感觉。

其实每天吃这些并不能吃饱，虽然有时候师傅会憨笑着给我多加两片鱼肉，多给两根海带，但是也没什么作用，确切地说，我是为了减肥。

一是因为之前在国内体检，医生拿着我的检测报告说："你年纪轻轻就三高，体脂超标，啤酒肚像一个四十岁的男人，这样下去会很危险，你知道吗？"我颇为认同，并深感惊慌。自从随朋友来这里短住，吃了一个月的料理，我瘦了三公斤，并渐渐爱上了这里的鱼片，同时为自己与学府区的气质渐渐贴合而感到欣慰。

二是那家料理店的侧墙上有一面长长的镜子，每次吃饭的时候，我看着镜子里的自己，就感觉自己又瘦了一圈。

下雨的时候是人流高峰，我每次都站在镜子前面等位置，发呆地看着自己，像一个断线的木偶人，有时也难免跟人拼桌，拼得多了，发现这里的食客大都是一个人来的，一顿饭吃很长的时间，不急不躁。我渐渐熟知了几位食客，有将鱼片整个浸在醋里的重口味，有细数香菜叶子的偏执狂，有每次吃饭都要叫十遍服务员的“蛇精病”，有每一口饭食都要细心咀嚼的慢性子，每一次坐在他们的对面，我都恨不得立即逃去隔壁吃烤鱼串。

·2·

第一次见到她的时候，她坐在我前面的桌子上，背对着我，我从她的身上闻到一股莫名的芳香。我把眼睛闭上听她吃饭，完全没有声音，很有教养，是我在雨天见过的为数不多的气质女生。

我从侧墙的长镜子里看到她的长腿，很白，像鱼片一样。她穿着一双白色的球鞋，保持着洁白的样子，没有一丝污泥，可是外面真的在下雨。匆忙的路两头分散站着等绿灯的行人，如果是男朋友开车送她来的，也没有道理不陪她一起吃饭。唯一的解释是她特意打车来这里。

世界上那么多城镇，城镇中那么多酒馆，她却走进了我在的这一家，刚好坐在了我的面前。我闻到了她的味道，电视里不是骗人的，此时我觉得诺大的餐馆里只有我的桌子被聚光灯照耀，其他的都恍如黑夜。

一定没有比缘分更好的解释！

在我想象着如何去认识她的时候，她的桌子摆满了菜，加吉鱼片，可乐饼菜心，蛋挞，两份酱面。从背后看，她那么瘦，长发都能将后背盖严，竟然能吃两份酱面，我对她饭量的好奇掩盖了要认识她的冲动，甚至忘记了咀嚼嘴巴里的东西。外面的雨小了很多，在这里点一盘生鲜消磨时间避雨的人渐渐退散，撑开五颜六色的伞消失在视野里。我和她显得越来越突兀，只好借机用蹩脚英文和片鱼师傅沟通，问他："今天的鱼怎么比昨天要腥一些？"他抬头看着我，说："那是黑鱼，这是三文鱼。"

女孩吃完一盘酱面，起身去柜台打包了另一盘酱面，毫无预警，就这样走了。而我在想，她打包的一份是带给谁的，男朋友，还是留给自己?

她出门向左，而我往右。

为了增加与她见面的几率，每天这个时候我都会出现在那家料理店，点两份酱面，不过我都会吃完，并没有打包。

不到一周，我又回到了原来的体重，前功尽弃。而那个女孩，却一直没有出现。

宋晓彦发来微信问："你是不是又吃胖了，看你最近朋友圈晒了那么多美食。"

我很惊讶，她怎么会知道?

她说："我是女人，女人都是靠直觉的，而且我是曾经那么了解你的女人。"

我说："别扯了，以后我会考虑屏蔽你。"

她说："行啊，有本事拉黑我。"

其实，我也想拥有她这种直觉，最好能让我知道那个女孩左转之后去了哪里。

宋晓彦接着说："就像你当初出轨，在电话里对我说出第一个字，直觉就告诉我你出轨了，而且这次是跟人睡了。真的，一声'喂'就把你全都暴露了。我跟你分手，不是因为你跟人睡了，咱俩异地，作为一个正常的男人，你去偷腥，我理解，只要别惹上病，别给我丢人，都行，把你憋坏了对我有什么好处？可你对我撒谎，那就是另外一件事了。我不傻，你把我当傻子，这才是分手的原因。"

女人都是有心机的动物。

宋晓彦说："我每次想到你出轨，都会想到，一男一女睡在同一张床上，你搂着她，她搭在你胸口，然后嗲嗲地问你：'你不怕你女朋友知道吗？'你说：'没事，她就是一傻妞，不会知道的。'"

这个画面在她脑海里挥之不去，可现实并不是这样，我没有精力解释，其实只是朋友过生日，喝醉了，酒后乱性。

·3·

不记得已经和宋晓彦分手多久了，三个月，五个月，也不重要了。没人愿意记住分手的日子。

我只记得跟着朋友住到学府区一个多月，一直下着雨，遇到过一个向往的女孩，喜欢上附近一家料理店的味道。

之前我的肚子就像装了整个宇宙，比三十岁的男人怀春更可怕。

每次下班走十分钟的路程就会累得气喘吁吁，以至于上班天天迟到。

那时异地恋，宋晓彦每个月都会飞来一次，跟我挤在一张小床上，她趴在我的身上，假装听着肚子里的声音，她说我肚子里暗藏玄机，脂肪里包含人生百味，她喜欢我现在的样子，刚刚好。我拿着她的手捏着自己的肚子，这就是这个女人的厉害之处。

去年我去了她家里，她家是公务员世家，父母都是二十年的老干部，捧着铁饭碗不愁吃穿。她家的床很大，能睡下整个宇宙，只是我从没睡过。那天晚上，她匆忙地在厨房煎了两个牛排，开了一瓶红酒，估计挺贵的，她说：“赶快吃，今晚不能在我家睡了，我爸出差提前回来了，估计一个小时后到家。”

她举杯：“生日快乐，亲爱的。”

我切着牛排，放进她的嘴里，她咯吱咯吱地嚼着，抱歉地对我说：“不好意思，牛排煎得差点火候，嚼不动。”

想到这里，我给她回了一条微信：“来日本一个多月，本来是瘦了一点儿，不过最近几天又胖回来了，只是体重还那样，等于没有变化。”

她说：“没有变化，我不信，是不是又喜欢上了哪个女孩？”

我说：“怎么可能，我遇到谁，喜欢谁，你怎么知道，你又不在我身边。”

她说：“曾经，我最了解你啊。”

· 4 ·

没多久，我又在那家料理店见到了她，她换了一身衣服，依旧穿着那双白色的鞋子。又是一个人多的饭点，她走进来的时候，整个店里只剩下我前面的一个空位。在我看到她之前，有一个大婶想要坐在我对面，我说："不好意思，这里有人了。"然后将我的钱包放在了凳子上。她瞥了我一眼，愤愤地站在不远处看着我，想要证明我在说谎，不过还好，我看到了她的出现。

门外依旧下着雨，很多行人匆忙路过，我坐在靠窗的位置，玻璃上有一层朦胧的雨珠。她端着餐盘点完菜，不偏不倚地坐在了我的对面。那一秒，我相信这就是缘分。可是那时整个店只有我面前一个空位置，她别无选择。

她点了与上次同样的东西，两份酱面，摆在面前，和她身上的味道一样香。

她头发湿湿的，鞋子依旧洁白，不过没看到她手里的伞，外面也没人送她。

我和她保持同样的吃饭速度，准备一起起身左转，然后邀她一起撑伞。可是那天我并没有带伞，我跟在她身后，看着她打包好另一份酱面，我走出门口，伫立在雨中，看着她转身走进雨里。

"借你把伞，哈哈。"片鱼师傅从柜子下面取出一把小伞。

我抓了抓头发："不用了，已经湿透了。"

我回头的时候，感觉她像极了宋晓彦。

吃饭的动作，额头的刘海，就连吃酱面的时候放醋的量，都出奇地一致。

·5·

其实，我很想宋晓彦。

回到家后，我翻出了一个很长时间没用的QQ号，里面藏着我们不堪一击的回忆，连密码都是我们的名字缩写字母和生日。那些我们曾经秀恩爱的记录，还有朋友对我们的评论，现在看起来那么傻，我们都曾把对方当作了彼此的全世界。大一相识，大二在一起，那一年是我在追她，也是时间过得最快的一年，后来的时间越来越漫长。宋晓彦出国以后，我辗转各地，换了很多工作，因为黑白颠倒的时差，我们聊天的时间越来越短，甚至有时候故意逃避，宁愿趴在床上看电视玩游戏，也不想和对方打声招呼。找不到话题的尴尬会摧毁一个世界，包括爱情。

里面有一张合影，宋晓彦的爸爸妈妈，她和我，算是一张全家福吧，至少我这么认为。我发在空间里，附了一句“睡过一床被，就是一家人”。只有我们知道，事实并不是如此，可那时候就愿意自欺欺人。

大四的暑假，我以同学的身份去她家做客，那个时候她喜欢吃素，那天她妈妈做了很多素食，她爸爸亲自帮我盛饭，而我也把这当作是一次对未来岳父母的拜访，乐在其中。

回去的时候我们在饭桌上拍了一张合照，我借口说感谢叔叔阿姨的款待，想拍一张照片留念，所以在阿姨的不情愿中拍了这么一张。走的时候外面下着雨，我拒绝了她要开车送我回去的提议，随后拦了一辆出租车，不过并没有回家，而是在一家面馆叫了一碗拉面，倒上辣椒油，吃到雨停。

大学毕业后，宋晓彦准备出国留学。那段时间我们形影不离，生怕一转眼的瞬间她就从我的身边消失。隔上几年，她再度出现我眼前，身旁有一个金发男友，多像歌词里写的那样："你会不会忽然地出现，在街角的咖啡店，我会带着笑脸，挥手寒暄，和你坐着聊聊天。"

同样，这个画面在我脑海里挥之不去。

其实我是一个自私的人，如果她最后不跟我在一起，我也宁愿她一辈子单着，就像两根永不相交的平行线，永不相交怎么了，不是也可以一直平行着走下去吗？

·6·

一个礼拜后，我第三次见到她。

雨季快要结束，而我的体重，已经比减肥前增加了两公斤。

午餐过后一小时，我和师傅聊着天，店里有很多的空座，她进来后，径直地走过来坐在我面前，她抬头直勾勾地瞪着我，随后拿起面前的刀叉，在盘子上擦来擦去，仿佛在等待吃一个大餐，而我就是那个食物。

"你有病吗？"最终，她停下手中的动作，开口对我说话。

我不明白她的意思，一脸木讷地看着她：“怎么了？”

“第三次了，你为什么不跟我说话，却偏偏坐在我旁边？”

我说：“我不知道你是中国人，而且每次都是你坐在我身旁的。”

“所以你是懦夫，你们男人都是懦夫，就知道找各种理由为自己开脱。”

她的两份酱面上来了，摆在桌子上，她指着另一份酱面说：“知道我为什么每次都点两份酱面吗？我并不是带走吃掉，而是倒掉。”

我摇摇头问：“倒掉？”

“都是跟你们男人学的，吃着自己的一份，望着别人的一份。”她语气有些严肃。

“可你那叫浪费。”我说。

她讪讪地笑着，将另一份酱面推到我面前：“给你吃，不浪费。”

她转身盯着侧墙上的另一个我们，不知道是看我，还是在看她自己，然后掏出一根细长的香烟，叼在嘴里吸了一口。从她的嘴唇里渗透出的薄雾，是薄荷味的，这种女式香烟我也尝试过，先前宋晓彦让我戒烟，最多允许我抽这种尼古丁较少的女人烟。

她陶醉的表情很诱人，丝丝白雾在嘴里酝酿出变幻的形状，然后从鼻孔和嘴巴里吐出来。

“喂喂喂，别在这里抽烟，这里是禁烟区！”师傅手里拿着片鱼的尖刀，对她挥舞着。

不知不觉，整个店里就剩下我们三个人，外面的雨滴在房顶的木板上，发出轻微的共鸣。

她朝镜子吐了一个烟圈，薄荷味从她身上弥漫开来。

“这里不能抽烟！”

“你这里又没有客人，抽一根怎么了？”

她翻了个白眼，将手里的烟头弹出门外，猩红的火头在雨里“刺啦”一声灭掉了。

“不要随意丢在我的门口，以后不要来我的店里吃饭了！”师傅面目有些狰狞。

她弹起来，拿起桌子上的酱面，还有一副刀叉：“你们都不配当男人！”然后迈出房门，消失在左转的路口。

“你不要追，这个女孩啊，脑子有毛病！”师傅叫住了我，他用手指着自己的太阳穴，然后去门口捡烟头。

剩下的饭，我也没有心思吃了，也不觉得浪费，因为已经是用不到的东西了。

·7·

不知过了多久，雨停了，天空出现了太阳，阳光毫不避讳地照在曾经湿漉漉的土地上，我竟然有些不适应。

从朋友口中得知，宋晓彦已经回了国。

我想应该给她打个电话，她回国这件事，曾经也是我日夜期盼过的，可是现在心无波澜。不是我的，我永远也不挂念。

“喂？”

“你好，是我。”

“是你？怎么你不在国内吗？”

“我在日本，你没有从我的第一声‘喂’感觉到吗？你的直觉一向很准的。”

“直觉只有对最熟悉的人才有作用，我们现在陌生了不是吗？”

我迟疑了一下：“听说你回国了，我下周回去请你吃饭。”

“可是我有男朋友了，北方人。”

“没事，普通朋友叙叙旧，他介意吗？”

“当然不会，来我家吧，我亲自做饭，你最喜欢的味道。”

“好！”

挂掉电话。她回了一条短信：

“国内最近梅雨季节，来的时候别忘记带把伞。”

我回复了一个“OK”的表情。

她说：“但是你知道吗？梅雨是容易勾起思绪的季节，但是他对雨天过敏。”

我没有回复，下意识地望着外面的太阳，我又要经历一场梅雨了。

CHAPTER 2

相互羁绊，不如各奔天涯

杀人手软

这世上就算有含笑半步颠，也没有解人心头的良药。

·1·

我上山那天阴雨绵绵，天空中飘着细小的雨珠，而十里外阳光普照，一片春光。我以为我赶上了一场千载难逢的造化，将来会有什么大任降临在我身上，变成拯救黎民苍生的救世大侠。

后来师父带着我飞檐走壁，到达峰顶的时候，山头上的乌云飘走了，师父说那是过路雨，不稀罕。

我带着满腹狐疑跟在他矫健身姿的后面，问："师父，咱们是哪门哪派啊，以后我行走江湖劫富济贫，英雄救美，报上名头，光耀门楣。"

师父貌似有些为难，摸了摸头上的羊皮帽，看了看远处的两座山，然后低头看着脚下的路，绕过山前的两座殿，走过了白石桥，一直往前走。

师父为人低调，所以我们不像其他门派那样名扬四海，家徒遍地。师父看着远方摸着自己的羊皮帽，就是想告诉我天下虽大，唯有自己最大。师父绕过了两座殿，是告诉我做人要踏踏实实，不被周围的浮华诱惑。师父最后上了白石桥，是告诉我，只有这样才能踏上高桥，走向成功。

我悟了师父的意思，可是后来听师兄们说，那天下雨，师父着了凉，回来以后拉肚子，急着上茅房。

我来到山上的第二天，遇到了一个同龄姑娘，她被家人送来拜师，并送来一头牛和几斤白面。她来的时候刚好也下了雨，我及时提醒她不要多想，这是过路雨，仅此而已。

她瞪着我说："我家就在这山脚下，还用你说？"

我灰溜溜地低下头，她让我叫她师姐，按理说她进门比较晚，应该叫我师兄才对，可她死活不愿意。我们因为这事去找师父。当时师父正在放牛，牛在树下吃草，师父在石头上盘坐。

"师父一定是在修炼某种神功。"我对她说。

于是我们蹑手蹑脚地走近了师父，却听到打呼的声音，此起彼伏，仿佛在梦里喝酒唱歌。

"师父一定是在念咒语。"师姐说。

"改天我一定要继承师父的真传。"我说。

"就你，你何德何能？说话不嫌害臊。"师姐嗤之以鼻，脚底突然踩到一块圆滑的石头，一个不小心倒在了师父面前。

师父抬了下眼皮，看到是我们，才艰难地睁开眼睛。

我说："师父好厉害，练功的时候还能察觉到我们。"

师父定了定身，打了一个哈欠："那是自然，我们习武之人就要有超乎寻常的辨别能力，例如听风辨速，隔物识人，隔山打牛……"

我终于领教到了师父深藏不露的本事，并感谢师父的教诲。

"找我何事啊！"师父问。

"师妹比我进山晚，她却让我叫她师姐，师父您给评评理。"我指着地上的师妹，她摔了一跤，双手抱着膝盖，根本站不起来。

师父眉毛下挑，看了眼跪在地上的师妹，微微点头："尊师重道的好孩子。"又回头看我，"你就不能让着你师妹吗？有些事不能执着，能放下就放下，人不能被教条束缚，以后你叫她师姐罢。"

于是，我有了一位师姐。

·2·

师父按照门派辈分给我们取名字，这是一件比较隆重的事情，当时在无名派的大堂上，十几位师兄站成两排，身后背着剑，个个剑眉星目，英姿飒爽。

师父换了身长袍，拿着本子在前面念门规。我和师姐跪在大厅的蒲垫上，面对着墙上的祖师爷磕头。

一、不准偷盗。

二、不准打架。

三、不得偷师学艺。

四、不准恋爱。

嗯……我听到第四条以后，就再也没有心思听后面的乱七八糟。我进山那天起，刚刚过了十八岁的生日，按理说我正是青春泛滥的年纪，上山之后却不能恋爱，让我有些畏惧。

我本想做一个大侠去行侠仗义，在山上学个一招半式就行走江湖，做几件英雄救美的事迹，或者当一个上门女婿，反正我孤儿一个，也不怕说三道四。

我偷偷怼了下师姐，问她："师姐，你谈过恋爱没？"

师姐摇摇头。

"师姐，那你想谈恋爱吗？"

师姐摇摇头。

"师姐，那你什么时候谈恋爱？"

师姐摇摇头。

这时师父停住，问师姐："你为何摇头，是对门规不满吗？"

师姐一时语塞，转头看我，我说："师父，我有一个疑问，为何不准恋爱？"

此时，大堂上诸位师兄大笑。

师父貌似想起了一段往事，看着门外的云雾缭绕，石林耸立，沉默了一会儿说："恋爱影响修行。"

但是我知道师父肯定有过一段不同寻常的爱情，最后一定是无疾而终。

那天以后，我叫小山，师姐叫小云。我问师父为什么我们的名字都这么普通，师父说："等你们到了我的年纪就知道，什么叫真味是淡，什么叫至人是常，人世间精华的东西，其实都是很普通的。"

我看着师父手中的七贤彩虹清音剑："那为什么这把剑的名字这么复杂？"

师父深沉地看着我："这世间很多事都没有答案，不要太执着。"

我问师姐："懂了吗？"

师姐说："这个世界上很多事情都没有答案，名字不过是个代号，懂与不懂有什么区别呢，不要太执着。"

果然，师姐的领悟能力比我强，能这么快学到师父的精髓，我佩服得五体投地。

·3·

至于我的身世，一直都是个谜，打我记事起就跟着街上的乞丐行侠仗义，劫富济贫。我的同伴说："现在每个人都比我们富有，我们乞丐是最穷的人，所以乞讨的时候不必心软害羞，这不叫不要脸，叫劫富济贫。"

虽然我仍然理解为不要脸，但是肚子饿的时候，谁还要什么脸，要命最重要。

后来师父慧眼看出我是练武奇才，才领我上山修行。师父神通广大，能看出我的天赋，一定能查出我的身世。当我问师父的时候，师父说："你看你又执着了，那是你记忆力不好，去后山挖点草药吃吃就好了。”

和所有门派一样，所有入门弟子都要先练习几年的基本功，师父才能教我们真正的武功。

我们的基本功就是救人。因为这里仙雾缭绕，景色奇美，每天都会有慕名而来的游人，也经常发生危险事故。我们的任务就是解决一切危险源头，保障人民安全，这是所有名门正派应尽的责任。

我觉得自己任务艰巨，所以每天和师姐背着长剑游走在大山各处。原来这大山里有那么多令人惊叹的景色，山里有瀑布，瀑布下面有山洞，山洞里面有山泉，山泉里有鱼，我和师姐躺在山洞里吃烤鱼，日日如此，朝夕相对，日久生情。

有天，我蹲在石头上吃鱼，师姐看着我，眼神里流露出爱意。

我说：“师姐，你喜欢吃什么鱼？”

师姐说：“烤鱼。”

我说：“师姐，你以后找什么样的男朋友？”

师姐脸一红，转头扔石子：“不知道。”

我知道，一定是我这样的。

但是我看破不说破，师父说，有些事藏在心里比挂在嘴上要好一百倍，况且时机不对，一来两个人在山上太尴尬，二来捅破了这层窗户纸，万一哪天被师父发现，违反门规要挨罚，最重要的是不让我们去巡山，就没有机会和师姐朝夕相处了。

·4·

我和师姐朝夕相处了一年整，我的烤鱼技术越来越高超，能做出不同的味道和造型，师姐足足胖了二十斤，脸蛋变成了圆的，屁股更翘了，有了一丝女人味。

后来到了第二年的冬天，我和师姐入门的一周年纪念日，师父下令，要弟子下山化缘，否则大雪封路，就得饿死在山上。

我们不像师父那样会飞檐走壁，所以一时间，师兄们全都下山去了，他们先去了酒馆划拳畅饮，然后去找各自的相好共度良宵。

虽然上有政策，但是下有对策，有天我去后山挖草药，看到师兄们到后山放鸽子，鸽子上绑着信，信里藏着小秘密。师父从不往后山去，所以从未发现过。

师兄们很快就凑齐了任务量，其实都是他们相好的提前准备好了。

师姐有商业头脑，我们到山下卖烤鱼，刚开始没有人买，酒香也怕巷子深，那些打折降价的办法都弱爆了。后来师姐想了一个办法，提供买两条送货上门服务，只要给了地址，就能在隔天送到。一时间开辟了购物新潮流，订单就密密麻麻地记了两大本，我和师姐晚上不停地烤鱼，白天在市集上招了一些年轻人去送货，晚上给薪酬。我们的生意越来越好，后来供不应求。街上最有名的杏花楼花重金来买烤鱼的方子，价格实在诱人，那笔钱足足可以安家立户，在一个地方富甲一方。

可是师姐死活都不同意，后来双方经过推杯换盏的商量之后，我们成为了杏花楼的供应商。我不得不佩服师姐的经商头脑。

不久，我们就赚了很大一笔钱，其中三分之一存在了当地的典当铺，约好下年再取；三分之一去买了吃的，过这个冬天没有任何问题；剩下的三分之一决定孝敬给师父他老人家，多亏了他老人家谆谆教诲，做人不能贪得无厌。我们上山之后，就不再烤鱼了。

·5·

那天我们意气风发，把剩下三分之一的银子交给师父时，师父再三推辞，我说："师父你帮我存着，我这存不住。"师父才勉强应了。当晚，我和师姐成为山上化缘的第一名，师父终于答应教我们武功。

我想师父一定是看我们努力，所以才破例入门不到三年就传授武艺。

师父问我："你想学什么武艺？"

我说："可以杀人的。"

师父责怪："小小年纪，怎么能这么暴力？我们习武是强身健体、救死扶伤的。"

我说："不杀人，别人杀我怎么办。"

师父说："你跑啊。"

于是师父教我逃跑的轻功。

师姐问："有没有可以保持容颜不老，一辈子都漂亮的武功？"

师父咳了两声："没有。"

师姐说："那学武功有什么用，人老了，变丑了，被甩掉，最后还不是自杀了。"

师父和我相视无言，师父问："你恋爱了？"

我的心提到了嗓子眼，师姐战战兢兢地说："才没有呢，我怎么会恋爱。"

后来师父给她一本秘籍，据说是一本失传已久的菜谱，堪比毒药，吃了就无可救药。

从此以后，我和师姐便很少见面了。平时师父和师兄们带我在前山练习轻功，只有吃饭的时候去后厨，能看到师姐在里面做饭，每次打饭的时候她都会偷偷塞我两个鸡蛋。有次我从离地两米的空中摔下来，两个蛋摔碎了，师父发现后，说我偷吃，罚我打扫厕所一星期。

我再也没敢收过师姐的福利，师姐因此倍感伤心，便在米饭里藏纸条说我是负心汉。

我百口莫辩。

这几日与师父朝夕相处，深受师父教诲，师父说："男子汉大丈夫不应该被儿女情长所羁绊，年轻人就要放眼江湖，成就一番事业。"

那一刻，我仿佛看到了我的未来，当我把我的想法告知师姐时，师姐眼里含着泪花，她一只手拿着铲子，一只手拿着盐，绑着宽松的裤腿，扎着丸子头。不过学厨两个月，体重又增加了十斤，她脸上油油的，那时，我才发现，师姐已经不是原来的师姐，我也不是原来的我了。

我跟师姐说："我们分手吧。"

师姐问："我哪里做得不对吗？饭烧得不好吃？还是衣服洗得不干净？"

"都不是，是我的错。"

"那我原谅你了。"

"师姐啊，不是这个问题，问题是我们真的要分开了。"

"我不要，我会好好做饭，好好洗衣服，好好爱你。"

我觉得分手就得果断，就像切西瓜，一刀下去就得两半，不拖泥带水。不然只会伤害另一个不愿分开的人。

师姐那天晚上学会了做"黯然销魂饭"，一边吃一边哭。而我飞到房顶上，抓着一壶酒，看着远处的月亮，此情此景，可惜我不会舞剑，也不会吹箫。那怎么来表现出大侠的伤心呢？只有喝酒了。

"酒忒辣了吧！"我喝了一口，又喷了出来。

对于感情，谁又能保证从初恋谈到生死，爱情这个江湖，只管对酒当歌，红颜英雄君王，浮华下都有一颗动过情的心，醉场酒，舞场剑，就拨云见日出了。

于是那晚，靠着房顶想着我的未来，我觉得我长大了。

·6·

几年后，我下山时，已经二十五岁了。

师姐二十三岁那年就下了山，许了山下杏花楼老板的儿子，连同烤鱼的方子也嫁了过去，在烤鱼的基础上发明了烤猪和烤鸭。我唯有祝福他们白头偕老。没关系，大家分手变朋友，师姐一向聪明，也不纠结过去。而我整天学习轻功和剑法，无暇顾及师姐感受，最好的结果不过是慢走祝好。

幸运的是，下山那年我在一年一届的山会上夺了第一，师父要派我参加武林大会。走之前师父给了我一封信，让我遇事慌张的时候就打开。所以我到山下喝酒时，钱包被偷了，一时慌张，打开了信封。

信是空的，我知道师父一定说的是，这个世界上根本没有良药，唯一的良药就是你的信念。

可我依然很饿，一点儿动力都没有。

所以，我当师父放了个屁。

在中原，我目睹了一场江湖争霸，当时两方僵持不下，一方是少林弟子，一方是峨眉弟子。少林弟子六大皆空，不爱色。峨眉弟子虽是女流之辈，也不让须眉。

现场围观的有武当、崆峒、昆仑等门派，都在等一场武斗戏，反正不会怜香惜玉，也不会见色忘义。

那场武斗进行了三天三夜，周围人在附近扎起了帐篷，外人越聚越多，这场武林大会注定被载入史册。

师父常说："名利不重要，重要的是做自己。"

可我来之前，师父却告诫我："一定要拿个好名次，为门派争光，这样一来，就会有很多慕名而来的弟子拜师学艺，收到越来越多的学费。"

可我不知道何时出手最为合适，峨眉弟子身体轻盈，面如桃花，持剑旋转腾飞，周围落叶随裙摆飞舞，这正是武侠小说里面所描绘的那般。

后来峨眉弟子招架不住，气喘吁吁，长剑被击落，身体被掌风震退，整个人像轻盈的蝴蝶从空中飘下来。

所有人呼吸停止，原本以为这场持续了三天三夜的武斗会由少林弟子冠冕，就在这时，我出手了。

我轻功已经炉火纯青，在人头上滑翔，我终于感受到了被人仰望的感觉。我搂着峨眉弟子软绵绵的腰，四目相对的那一刻，心一麻，脚底一滑，差点摔了个四仰八叉。

少林弟子在后面咆哮，骂我大尾巴狼，让我趁早滚蛋。

我早已自动屏蔽周围的声音，捡起那把剑，站在比武台中央，让对方先出招。

对方有些迟疑，让我先出招，可是师父只教过我见招拆招。

少林弟子经过三天三夜的战斗，明显体力不支，满头大汗，他提议比试内功。

于是我俩盘坐在武斗台上，闭着眼睛，想象着打斗的画面，我不知道内功怎么斗，只在武侠小说看到过，大概就是两个人的意念在打吧，和下棋差不多。

但是不知为何，我想着想着就睡着了，直到人群的欢呼声把我吵醒。我睁开眼，伸了个懒腰，看见少林弟子口吐鲜血被抬走了。

接下来是各大门派的赞叹声："少侠，好深厚的内功，面不改色，反而越来越精神，佩服佩服！"

就这样，我成了新的武林盟主。

·7·

飞鸽传书给师父，师父当天就回我，门派现在祭祖更名，成为六大门派之外的第七大门派。信中还说，要杀一人。

杀一人？

我从未想过杀人，如果有，那也只是意淫，可是师命难违，这个人还是要杀的。

此人正是师父的旧爱——峨眉派掌门，真是相爱相杀！

为了进入峨眉派，我以新任武林盟主的身份遍访各大门派。到峨眉的时候，被我救下的女弟子给我倒水，看我的时候脸一红，我能感觉到她的心跳加速。

我打量眼前的峨眉掌门，虽然年过半百，可依旧明眸皓齿，气势十足。

当晚我在山上住下，晚上掌门请我赏月，可是那天不是初一，也不是十五，有什么可赏的。

我们用轻功飞上山顶，对我来说是小意思，我第一个飞了上去，接着是掌门，和众位女弟子。

我们坐在摇椅上半个时辰，看着一个笑脸似的月牙发呆。弟子们都困得打哈欠，回去睡觉了。掌门问我："你是不是要杀我？"

我突然一惊，从椅子上弹起来。

"我早就看出来你是那老匹夫的徒弟，你的轻功和剑术，都是我曾经最熟悉的。只是没想到二十年后，又碰到了。"掌门陷入回忆。

二十年前师父还是一位帅气的师父，掌门还是一个出生在江湖大家的漂亮姑娘，师父比武招亲拿了第一名，就娶了掌门。

后来家族没落，掌门无心谈情，一心向武，抛弃了师父。师父说，管什么江湖纷争，两个人在一起过日子多好！

可是掌门不愿意。后来掌门做了掌门，师父做了师父。

我飞鸽问师父："你还恨吗？"

师父回我："恨，恨不得她死。"

我对师太说："师父这些年很想你，就想听一个关于二十年前的解释。"

师太眼泛泪光："对不起，如果有来生，我会好好跟他过日子。"

我将这话带给了师父，师父沉默不语，望着远处出神。

"我原谅她了。"

我松了一口气，终于可以不杀人了。

· 8 ·

我突然明白了这尘世间的种种道理。

我出身贫寒，乞讨为生，梦想当一个救死扶伤的大侠。后来去山上修行，修行也是一场乞讨，不努力，不如饿死。后来我阴差阳错成了江湖上最大的大侠，可是也没什么可炫耀的，身在位，就要负责任，我感受到了任重而道远。

曾经我有师姐，以为就有了全世界。曾经我和师姐朝夕相处以为会是一辈子。后来经历各种变故，我离开了师姐，师姐嫁了一个好人家。谁都没错，错就错在了悔不当初，这是一个死局，这世上就算有含笑半步颠，都没有解人心头的良药。

就像师父和掌门，从相爱到相杀，这个原本内定的死局，最后被我撕开了一个口子，两个人从头来过。有些人，有些情，看似走远了，看似失去了，不留恋，不挽回，都是自己跟自己作对，这不是造化弄人，而是事在人为。

爱情是一个江湖

大平说，没有什么过不去的坎，这是江湖道道。

·1·

大平对我说："没有什么过不去的坎，开心就为所欲为，伤心就随心所欲。"

"靠！那不是一个意思吗？"

"你懂个屁，这叫江湖道道。"

大平失踪以后，我越来越觉得有道理，后来把这句话写在墙上，就当纪念她了，每次想起这些江湖道道就把那段虚度的日子统统拉出来回忆一遍。

我高一的时候就听过大平的威名，那时候她是学校里的大姐头，平时身旁都有人跟着的那种，圈里的人看到大平都要客气地叫声平姐。而我是一个满脑子只知道学习、喜欢上一个人也会藏到毕业那天的人，所以我一直认为大平是坏孩子，她顶撞老师，和同学打架，逃课去网吧。最可恨的是她经常和男孩子在一起勾肩搭背，跟谁都像是处朋友，说实话，我是羡慕嫉妒恨。

高三即将毕业的时候，我才慢慢和大平熟悉了。那时候我借口学习压力大，常跟着班里的几个朋友躲在学校树林里抽烟，也经常看到大平半斜着身子，靠着大树，摆出一副销魂的姿态。我总是鄙夷她，她是当时唯一抽烟的女生，所以没有人不认识她。高一的男生跟大平打招呼，她总是掐灭手上的烟头说："不用客气，以后都是哥们。"

后来有新来的同学问我："平姐是什么来头？"

我仰头回忆了一遍当初："想当年大战隔壁二中的时候，平姐可是一战成名，拿着桌子腿领着十几个人堵在二中门口一上午，愣是没人敢出来应战。"

"那后来呢？"

"后来二中的校长出面跟她服了软，一了百了。"

从此以后提起平姐的名号，没人敢欺负咱们。

高考前几个月，教导处的老师组织了一场"纪律大扫除"，很多人闻风丧胆，都不敢做出头鸟。那天中午大课间的时候，我和大平在树林里抽烟，我背对着她，所以当老师突然出现的时候，我只听到她叫了一声“快跑，老师来了”，然后转身就看到她跑出去老远。

很不幸，我被抓了，人赃并获，烟头还没熄灭，就像捉奸在床的时候，床还在摇晃。

在被老师抓着衣领往回拖的时候，我眼冒金星，几乎看到了被抓以后在老师和父母面前挨骂的情景。而后我看到大平又跑了回来，她手里夹着烟跑到我们前面，老师骂了一声：“还真有瞎猫撞上死耗子的时候。”大平说：“老师就当我们是个死耗子，高抬贵手放我们一马行不行？”

老师说：“你是死耗子，还真当我是瞎猫啊，走，去办公室！”所以我们俩一起被抓进了教导处。我靠在办公室的墙上偷偷问她：“你为啥又跑回来了，你明明可以跑掉的。”

她甩了一下刘海：“那不是我王平的风格”。

所以从被抓进教导处的那一刻，我就改变了对大平的看法，觉得她是个好人，够义气，值得交朋友。后来在老师审问的时候她大义凛然地承认了抽烟。

老师审完大平，回头问我：“周大格，你可是成绩优秀的学生，学校一直很重视的，怎么跟她混在一起，还学着抽烟！”

我吓得直哆嗦，低着头不敢说话，大平突然说：“是我叫他来的。”

老师仿佛找到了好的借口，说：“我就知道是这样，周大格这样的学生怎么会抽烟呢？”

我偷偷地瞄了一眼大平，打心底里感谢她，只是什么都说不出来。

那时候我觉得，有她在，我心里就有安全感。

最后教导处主任让我们叫家长来，要不然就要停课一周，我胆战心惊地打电话，当天下午我妈就从家里匆匆忙忙赶了过来，给主任说了一阵好话，对我一通乱骂，走的时候还警告我以后不准交那样的朋友，耽误成长。我知道那样的朋友指的是大平。

我离开办公室的时候大平还靠在墙上，还对我挤眉弄眼，我心里满是感激。

第二天上课的时候大平座位是空的，桌子上胡乱地散落着几本书，其中那本语文书里夹着我写给他的一张纸条，大概意思就是谢谢她之类的话。

后来大平因为家长没来，被教导主任停课一周。

第四节课的时候大平忽然从后门闯了进来，连报告都没打，走到座位上把书包打开就往里面装东西。

老师站在讲台上没说话，班里的同学也静静地看着她，我低头偷看着那本夹着纸条的课本，头顶的风扇刮着燥热的风。大平“叮叮咣咣”地收拾完东西，回头说：“各位同学，咱们有缘再见。”然后从后门走了出去。

不知道哪儿来的勇气，我突然站起来从后门追了出去，我跟在她后面问：“你要去哪里？”

她说：“回家。”

“你家长呢？怎么没来？”

“死了！”

我立马愣在了那里，然后舔了舔嘴唇，“死了”这两个字从她嘴里说出来，仿佛很随意的样子。大平回头看看我，说：“走吧，喝酒去。”

我“哦”了一声跟在她后面，当时也不怕老师逮到，只觉得跟着大平准没事。

·2·

那是我第一次喝醉，而且是没有理由地喝醉，也是跟大平喝的第一次酒。

我们在学校门口的一家饭馆里，头上顶着三页大风扇，在夏日的天气下一口气点了九瓶啤酒。大平喝酒很爽快，倒在杯子里一饮而尽，连菜也不吃，抹抹嘴头，我敢打赌，如果她不是女生肯定会把衣服扯下来。

我也随她一饮而尽，然后问：“你家人都死了？”

“和死了差不多，还不如死了。”

大平脸上冒着热气，啤酒流着沫，后面的一段时间谁都没说话。

酒也喝了不少，我敬她一杯，谢谢她这么讲义气，把自己给搭进去了。

她像男孩子一样，把短发往耳朵上一掖：“不要紧，别提了。”

“你不上学了？”

“不一定，看心情。”

大平是我这辈子见过的最可怜的人。那天喝多了之后，大平说起自己家的事，她说她从小到大见父母的次数用脚趾头都能数过来，什么模样都记不清了。我问她原因，她想也不想，说道：“我小时候他们就天天打架，打完架就打我，最后离婚了，皆大欢喜。”

我问：“为什么？你不想他们吗？”

大平打了一个酒嗝：“没人打我多好，想他们干吗！”

父母离婚后，大平就跟着奶奶生活，她虽然在外面鬼混，可是回家总是一副乖乖女的模样。大平是有名的孝顺，经常骑着车带奶奶出去走走。

可是大平又是个非常倔的人，有一次学校给贫困家庭补助，把班里唯一的名额给了大平，大平却果断放弃了，她说：“我哪儿可怜了？谁说我可怜我跟谁没完！”

大平停课之后并没有回家，而是在附近的饭店打临时工，晚上睡在网吧里，我碰到过她几次，每次她都顶着大大的黑眼圈。

有一次大平在网吧跟别人打架，头上被砸了一个包，然后打电话叫了我们班里的人，我是第一个冲出去的，随后班里的男生全都冲了出来。

大平站在网吧门口一脸疲惫。

我问她：“人呢？谁打的？”

她说：“算了，他也没落好，都回去吧。”

大平从网吧门口走出来，冲我们摆了摆手，然后转身走了。

我看着大平一瘸一拐的样子，她那次走后就再也没来过学校，班主任特意去她家里寻找，邻居说：“大平的奶奶病了，在医院里住着，大平这孩子从小命苦，她奶奶身体本就不好，这次恐怕够呛！”

那时候我只能在心里默默祈祷大平的奶奶平安无事。

后来有很长一段时间都没见着大平，学校几乎也快忘记当年那个留着短发口头禅“我靠”的大姐头。我不再抽烟，也很少去操场东头的那片树林。教导处也不再“纪律大扫除”了，广播里整天喊着“好好学习，最后冲刺”。

老师从大平家回来后，在班上说，考虑到大平的家庭情况，给她一个机会，她忙完家里的事就可以来上课了。

我立马给大平发了短信，隔了一会，大平回了信息，只有两个字“谢谢”。可是也没见大平来上课。

中间大平来过一次学校，我跑出去找她的时候，她已经走了，听说她直接去了办公室。班长说大平奶奶住院交不上医疗费，是来找校长帮她募捐的，可是教导主任说她做不了主，要向上级申请，上级还要有书面证明……

大平没听他说完就走了。

·3·

“好马不吃回头草，吃回头草的时候，说明你已经穷途末路了。”以前的大平说过，“这就是江湖道道。”

我知道大平来找主任借钱就是来吃回头草的，而且穷途末路了。下了课我和班里几个同学决定帮大平募捐，于是制作了一个纸箱子，宣传语是：“是平姐罩着的就得捐钱！”

第二天我拿着凑的六百块钱去医院找大平，我在房间外面看着她，大平握着奶奶的手，她一直在说话，时不时传来几声笑声。看到我来，她帮我倒水，然后问我最近英语学得怎么样。

我微愣了一下，“哦”了一声，我知道她是想让奶奶宽心。

后来我在大平奶奶的床前帮她讲了一下午英语，她说：“原来都这么简单，早知道我就好好学习了，怎么也能进班里前三名啊。”我哈哈大笑。

大平其实很聪明，只是用错了地方。

她能想出很多应对老师的招数，有次在英语课上打瞌睡被英语老师骂，可能是睡意正浓，她站起来就说老师崇洋媚外，普通话都说不出一个坑来，还有时间学外国话。后来她当着全班同学的面和英语老师打赌，一个星期把后面的单词表背下来。

当时嘘声一片。

后来我问大平：“谁给你的勇气，那时候你连二十六个英文字母都认不全。”

她说：“人争一口气，佛争一层皮，这就是江湖道道！”

那几天也是大平这辈子最认真的时间，她把所有的时间都用来背英语，把单词用拼音写下来，然后一遍遍在本子上默写。

一个星期后大平信誓旦旦地在英语课上说："老师，我已经将单词表背下来了。"老师随意挑了几个单词，大平都倒背如流，我想起大平所谓的江湖道道，有时候真的很有道理。只是后来英语考试的时候大平依旧倒数三名，她说："紧张了。就像被推进手术室生孩子一样，怎么使劲都没用，干着急。"

半个月后，大平回学校了，那时候距离高考已经不到两个月，她常常独自一个人在座位上坐着，别人找她去玩，她总是把别人骂走。

大课间的时候她向我走过来，把纸条给我："以后有话就当面说出来，写纸条就像背后砍一刀。"

"这叫……"

"这叫江湖道道。"

我早已经习惯大平口中的江湖道道，虽然说出来颇具江湖气，有些场合听起来就像耍流氓，可是遇到事的时候想起这些江湖道道，会觉得她已经看透了人生。

其实大平真的看透过人生，在某一刻，停留了几秒。

有人问她："平姐，以后你毕业了，谁还罩着我们？"

大平说："毕业了那就解放了，还罩啥，以后找个山头盖座房子……"

“咋了平姐？你是想立山头啊！只要你一句话，我立马跟你上山去！”

虽然只是玩笑话，可是大平跟我说过，她想一个人静一静。

·4·

高考前一周，大平失踪了。

学校里没有人知道她的消息，她的书桌还在那里一动不动，课本半合着，封面上有一个没有画完的乌龟。

教导主任开高考动员大会，拿大平举例子，他说：“曾经不努力的人都后悔了，比如王平同学，除了学习，什么都学，这不，临场畏惧跑了，三年的努力白费了。”

有很多同学都在骂娘。

动员大会结束后，我就去了大平家，来回转了好几圈，找到了一家木头门、墙头上长草的人家，只是家里没有人，打听起王平，都说大平这孩子孝顺，前几天刚出去打工了。

我说：“不是还有一个奶奶吗？”

他们说：“死了。”

直到高考前一刻，我还在想着大平，想象着她在某个犄角旮旯洗碗洗衣服，如果被人欺负了，不知道她还会不会有那股子傻劲，那些江湖道道还会不会有用。

直至高考结束的时候，她仍旧没有出现。

后来我如愿考上了理想的大学，不知从哪儿听说大平也在这个城市。大一的时候去兼职发传单，在某一个路口，有一个身影出现在视线里，而当我收缩眼瞳细细寻找，却发现只是幻觉一场。

现在，大学毕业，时间也不知轮回了几遍，我还是只想和大平坐下来喝杯酒，谢谢她当年的大道理。

情人节

那本写作书，教给她如何开头，如何结尾。

·1·

左边那位穿着红色怀旧高领毛衣的胖妹是云云，家里做大生意，是个富二代，背后藏着一个黑色的LV（路易威登）包包；对面那位肉丝毛裤上套了一双过膝高跟皮靴的是囡囡，自己奋斗成了公司小领导，一向过着小资生活；那位眨着眼睛、睫毛耸拉着的，是阿晴，她是我朋友圈里唯一的一位公办人员，仕途一帆风顺；还有一位气质泼辣、在十二岁寒冬穿着单薄的丝袜的，夜晚的困意让她眼泪止不住地流，暴露了她廉价的假睫毛。

我坐在花枝招展的姑娘当中，入眼的却只有一位，她看上去无比平常，白色的外套，蓝色的牛仔裤，涂着粉玫瑰色的口红。

她盯着我看，目光如炬，我向她传递出暧昧的眼神，拍拍衣领，整了整格子衫，下意识地轻咳了两声。但她丝毫没有反应。

大家都喝醉了，嘴里蹦出来各种恶趣味的笑话，我不免有些担心在接下来的游戏里会挑中一个不中意的对象。她们的妆容早已经花掉，敷在脸上的化妆品成了她们的负担，很庆幸，她们各自挑选了自己中意的对象，去灯光四射的舞台上跳舞去了，头发像科幻片里的各种射线，随着身体的摆动飘摇起来。

至此，整个桌子上只剩下我和她，她自顾自地用牙签插着盘子里的无籽西瓜，目不转睛地盯着我身体的某一个部位。这感觉甚至有一丝可怕，她的眼神告诉我，她要得到的东西，或许我不能满足。

我想邀请她跳舞，但是她高高在上的姿态告诉我，我很有可能失败。她是茵茵带来的姐妹，最近刚刚失恋，男朋友背着她去旅游，回来后变成一个十足的娘炮。她碰到了世界上最糟糕的状况，曾经相爱的男友成了如今的闺蜜。

四周的男男女女没人注意到我们之间的尴尬，主持人的喊麦声伴随强烈的节奏震动着耳膜，刚刚下去的那几位扭动的少女，早已和舞伴贴近身子准备最后的攻坚战。

这家经营了十几年的同人酒吧藏着三层的狂欢，顶层是大家共度良宵的酒店，下面两层是上海所有同人寻找激情的天堂。但是有时有几个完全不符的不速之客，比如我。

然而周围这嘈杂的环境并没有让我失恋的心情有所改观，我的女朋友江蕊，多么温柔的一个女人，我们从小青梅竹马，最后三年才真正在一起。异地的时候她从未背着我和另一个男人约会，她痴情，比我勇敢，能够忍受没人陪的孤单。我带她去国外旅行，在新西兰的老街上看文艺表演，给她拍很多照片，晚上在酒店给她修图，她在床上看着电视，等着发朋友圈。

在从瑞典飞回来的路上，她整个人靠在飞机上，睁着眼睛望着窗外的漆黑一片，我在她的旁边呼呼大睡。她突然扭过头对我小声说：“我们分手吧。”

声音很小，根本压不过我的呼声，但是我却醒了，猛地睁开眼睛以为是一个噩梦，我梦见我和江蕊在海边拍婚纱照，她跳起来，摄影师掀起她蓝色的长裙，像一头蓝色的鲸鱼。

·2·

“你好，能邀请你一起跳舞吗？”

最终我还是伸出手，用十分绅士的态度微微躬身，那一刻，我觉得周围都静止了，安静到她每一个呼吸我都听得到。我听我的作家朋友说过，别把自己框在有限的生命里，忘记一个人比踩死一只蚂蚁要简单多了，心一横，一使劲，这个人就彻底消失了。用不着留恋后悔，好像你的悔意能让你脚下的蚂蚁复活似的，还是能让粉身碎骨的灵魂有栖身之地？

我的手在空中停留了三秒，她甚至没有停下嘴里咀嚼的动作，也没有正眼看我一次，一直等到她吃完了最后一块西瓜，从桌子上抽出一张手纸轻轻地擦拭嘴巴。

“不好意思，我还有事，先走了。”她起身走了，没有丝毫的留念。

她冷漠，冷漠得像一块冰，但是我的直觉告诉我，她内心火热。在这个灯红酒绿的同人酒吧，如果有异性搭讪，遭遇白眼和拒绝非常普遍。但是我认为，她一定和我一样，是来这里散心的。只是来散心的，仅此而已。

她走后我在她的座位上捡到了她的包，还残留着她身体的余温。在我眼里，这是我们第二次见面的希望，是让我彻底忘记一个人的开端。

我向茵茵要了她的电话和微信，茵茵劝我，别打她的主意，失恋的人什么都做得出来，没有心智，丧失了对事物的辨别能力。

而事实上，我并没有想和她发生什么。所有事物的开端都是单纯而美好的，只是后来才变成意料之外的凶狠复杂，谁都阻挡不了内心的本性。

我答应了茵茵，在第二天约了她见面。她叫宣美，多好听的名字。宣美没有拒绝我的见面要求，态度也稍微好了一点儿，毕竟我拿着她的东西，她肯定明白我的意思，要不然只是归还一个包包，用不着约在南京西路的三楼咖啡厅。

她依旧穿着蓝色的高腰牛仔裤，黑色的皮衣，白净的面孔上有一双烈焰红唇。我向她招手，她坐了过来，开门见山地问：“我的包呢？”

我没说话，小心翼翼地把包递给她。

"谢谢。"她接过包就要走。

男人就是这样反其道而行之的动物，越是这样高冷且特别的女人，就越想走进她的生活。自古以来的征服欲让我成为宣美的手下败将。

"你很忙吗，要不要喝杯咖啡再走？"

她回过头，淡然一笑："好吧，一杯奶昔。"

她坐在我的面前，毫不忌讳地打开包翻着里面的东西，好像在一样一样检查失物。我作为一个归还东西的好心人，只好忐忑地等她检查后的结果。

"谢谢，这是我男朋友送我的包，所以我有些着急。"我有些开心，她能主动和一个几乎陌生的我谈及过往的感情。

"别谢，我刚好看到了，就顺便还给你，没丢东西吧？"

"嗯，没有。"

我加了勺糖，小心地问她："听茵茵说你分手了？"

她显然已经默认了自己失败的感情，点点头，没说什么。

后来聊到我自己的感情时，她似乎找到了感情共鸣，慢慢打开了心扉。

·3·

瑞典飞上海的飞机落地后，出了航站楼，外面冷风飕飕，对面马路的荧光灯牌在车灯的照耀下泛出灰白的光，多像电视里离别的场景。

我和江蕊各自手持一包，她说："别怪我，其实我也很爱你，但是我就是一个现实的人，很俗的人。”

我说：“谢谢你，给过我最美的回忆。”

我们上了两辆方向不同的出租车，我从后视镜里看着她的影子慢慢走远，眼睛慢慢模糊了视线。

宣美听得入神，我想听她讲自己的故事，但是她低头思索了片刻，说：“不说我了，太恶心。”

本来想约她晚上一起看电影，她说太累了，想早点睡觉。其实有时候越累，我们就越整夜难眠。

和宣美分别后的一个星期，我们没有停止过聊天，她的各种动态都停留在半个月前，烧了一桌子菜，开了瓶红酒，摆着两个高脚杯，电视里放着张国荣的告别演唱会。

但是那顿浪漫的晚餐也是他们两个人最后的告别，至此花开两朵，天各一方。

她去看了心理医生，怀疑自己得了严重的失恋综合征。她每天晚上十一点赶在楼下超市关门前买一堆东西回来，沿着小区前面的河边小道走着，刚好可以看到自己那栋房子上的电梯，载着陌生的人，上上下下。

刚开始，是一瓶酱油。她不小心把它砸碎在地，情不自禁地冲它说：“你可真能折腾啊！”接着，是一条从怀里滑落的毛巾，她无奈地责备：“你怎么那么不乖？”然后是暖气，“没关系，你慢慢来，我等你。”接着是柜子、衣架、一棵生菜。

每晚入睡前，她会对着手机录音。录一句，播一句，像在跟自己对答。

心理医生诊断她得了抑郁症，给了她一本畅销书。劝她学着写东西，每天五千字，晚上发给他审阅，如果不通过还要惩罚。

但是那本书拿回去后，被丢在了桌子下，她骂了一句狗屁医生，再也没去过。她在网上跟我吐槽，说那家心理咨询室太坑，真不知道是怎么做下去的，就算把那本书背下来能怎样，失去的一切能回来吗？

“反正时间会治愈一切。”宣美一副无所谓的状态。

有天，宣美主动约我去她家里，帮她搬家。那是她失恋后的第三个星期，也是我分手一个月整。

她家里四面白墙，墙上挂着世界各地的知名建筑，还有她男朋友以前画的画。她男朋友大学学的是服装设计，班里三十六个人，有三十个女生。宣美拆着墙上的画，随意地丢进纸箱子里。

我问她：“你不准备再去试试其他心理咨询吗？”

她似乎已经看透了一切，望着地下的箱子：“喏，该丢的丢掉就好了，再厉害的心理医生也不过如此了，劝你丢掉，或者劝你捡回来。”

那个箱子里都是前任的东西，刮胡刀，白色衬衣，牙刷，画，两本书，安全套。丢东西是弱智女人才会做的事情，只是做给自己看的把戏而已。我说：“你寄给他，意思是，带走你曾经的生活，老子不需要。”

宣美在一旁哈哈大笑，三秒后，她突然停了，意识到那是她半个月来第一次笑，还是在同人酒吧认识的一个陌生人面前，这破坏了一向沉重的心情氛围。

我问：“你为什么会去那个酒吧?

她瞬间又变了一副面孔，刚才绽放的笑容收缩并冷冻，说：“因为他在那里。”宣美扯开胶带，封了那个箱子。用脚踹了两下，踢出门外。

那天晚上在酒吧，宣美看着我，吃着水果盘里西瓜。在我的背后是她男朋友，只不过在和另一个人拥抱，在那个昏暗的角落，两个人喝多了酒，他们激吻，他们肆无忌惮，他们歇斯底里。

宣美盯着我的背后，一口口吃掉水果盘里的西瓜，水果盘上的西瓜汁，多像情人的眼泪啊，红色的。

“就想看他最后一眼，知道他心情还不错就行了。”

我帮宣美把东西搬上车子，她坐在副驾驶，望了一眼住了三年的房子，厨房，沙发，客厅，阳台，在每个欲望高涨的晚上，房间的每一个角落都曾是他们恩爱的天堂。

而如今，随风而逝了。

新房子距离这里有三公里路程，那是一个新小区，刚刚装修好，朝阳，带飘窗。把所有的东西搬到六楼，对她来说是一个新的开始。至于那箱东西，丢掉就丢掉吧，不过她再三强调自己不是傻女人。

可我呢，是一个傻得不能再傻的男人。

分开后江蕊换了份工作，她身材比例好，做了平面模特，她曾经说过，她这辈子就想做一个靠脸吃饭的人。

我在无数个孤独难眠的晚上翻开她的微信，看着她的头像，仔细研究她最近几天动态，企图窥探她背后的心情，看她对我还有没有一丝留恋。

最终，我鼓起勇气给她发了一条信息："你从法国代购的 YSL（圣罗兰）口红好像落在我这了。"

我等她的回复，从凌晨一点等到第二天天亮，她匆匆回了几个字："不要了。"

我欣喜若狂，问："那你用什么？"

"我买了新的，旧的谁还用啊。"

"也是法国买的吗？"

"不，韩国的 MAC（魅可）。"

"我还是还给你吧，在我这儿也没用，挺贵的，别浪费了。"

我想借此机会见她最后一面，然后好好地忘记她。我们都这样，总想等一个机会再准备更好地忘记，可是在等了无数个机会后，这件事情被无休止地延期。

我以工作的名义约她出来，公司刚好需要一个广告模特，我找江蕊试镜，她毫不犹豫地同意了，并答应见面。

那天天气突然下降了五度，我在衬衫外面加了一件毛衣，戴了厚厚的围巾。这条围巾上，沾满了她头发的味道。

在我和宣美见面的那个地方，提前五分钟帮她点了她最喜欢喝的咖啡。她准时出现在我的视线里，我站起身来好好地看着她。

看上去，分开后她开始了新的生活，包括发型和衣服，我一向不允许她穿暴露的衣服，但是离开我后，她仿佛焕发了新生机，她是那么美丽性感，可是已经不属于我了。这个店里响着周杰伦的《开不了口》，我们开门见山地谈工作，她递给我她的资料，上面写着她的联系方式和三围。

我多想笑出声来，她的腰围和体重，口味和喜好，都是我最了解的，她牛仔裤的尺寸和内衣的号码，外卖要几分辣，爱喝什么饮料。我曾经是世界上最了解她的人。

如果今天见的不是我，她也会向另一个男人传递她的隐私信息。她就想做一个靠脸吃饭的女人，我知道。

我当初那么不顾一切地阻止她喜欢的东西，扔掉暴露的衣服，逼她染回原来头发颜色。我帮她找新的工作，让她去宠物店上班，让她和世界上最没有伤害的动物打交道。我坦白我的私心，我心胸狭窄，让她脱离和人类之间的交往，来增加我的安全感。

也许是我极度缺乏安全感，我从小生活在单亲家庭，我得到的东西永远是别人的一半。父母离婚后，父亲每个月打来三百块钱，来支撑我和母亲的生活。她身体不好，还总是不吃药，身体拖垮了以后，干不了重活，只能在家里做一些手工维持生计。

记忆中父亲出现过两次，有次母亲病重倒在家里，我哭喊着找邻居送她去了医院。她没钱支付医药费，医生没有给她手术，我守着母亲，她拉着我的手，戴着氧气罩，听着床头的氧气泡“咕噜咕噜”地叫，多像我家里的鱼，靠着氧气做一条欢快的傻鱼。

我跑出去问邻居阿婶借钱，她告诉我父亲的电话号码，我拿着两枚硬币跑到街上的电话亭，小心翼翼地拨通。

那是我记忆中第一次听到父亲的声音，他声音很洪亮，但是很有礼貌，听筒传来他的声音："你好，哪位？"

我没有喊爸爸，我捂着听筒小声地说："你好，我叫李格，我妈妈生病了，在医院里，你有没有钱救她？"

电话那头，几乎可以听到他挣扎的内心，他们离婚后，母亲让我改了姓，撕掉了墙上的唯一一张全家福，丢掉了关于他的所有东西。那时我不懂事，但是现在经历过爱情的喜悲，逐渐成长为一个用脑子思考事情的男人，我觉得她是一个傻女人。

她不准我提起关于父亲的一切，小学毕业前的家长会，她骑着自行车来参加，坐在我的座位上，看着我的作文本，翻到其中一篇作文，题目是《最想拥抱的人》，我开头写着"我最想拥抱的人是我爸爸，虽然我从没有见过他，但是我想抱抱他。听同学们说父亲的肩膀是最宽厚的，是结实的，能轻易将我抱起来，骑在后背上。"

母亲眼里落下两颗圆浑的泪珠，落在本子上打湿一片，她窝在手里撕了那页。

父亲来的时候母亲睡着了，他站在病房里，摸着我的头，看着母亲的脸庞，询问医生病情。他晒黑了的脸庞上戴着一副眼镜，现在的他和全家福上的他完全不一样。

他走的时候给了我一千块钱，想说什么，又没有说出口，后来被外面的一位阿姨挽着胳膊拽走了。

我有了钱做手术，在医生拿来的本子上重重地签了我的名字。在手术的前天晚上，母亲知道钱是他给的，拔掉氧气就要回家，我奋力地从后面抱着她，她似乎力气大了很多，宁愿死，也不愿接受他的帮助。那晚我们俩哭得很惨，直到她答应我好好活下去。

第二次见他，我高中即将毕业，在老家母亲的葬礼上，我跪在离母亲最近的地方。我看不清他眼里的波纹。他低头，鞠躬，留下一束鲜花，然后消失得无影无踪。

那时我特别想不通，他们之间有什么样的深仇大恨，一个宁愿死也不愿意接受帮助，一个始终放不下也忘不掉，却始终不能走在一起。

可是现在我懂了，母亲由爱生恨，父亲爱不由己。

我突然觉得，我可能是世界上最不了解江蕊的人，我也是全世界最自私的人，一心想给她所有的爱，结果弄巧成拙。她想过上自己想要的生活，不惜和富二代上床，成为别人的玩物。而我却用我的感情把她囚在我的手掌心。

江蕊端起桌上的咖啡，轻轻地打断了我深邃的回忆，她性感的长发披在肩膀上，指甲也涂成了黑色。

我站起来，把资料推给她，深深地望了她一眼：“对不起，我还有事，先走一步。”

我的双腿如同灌了水泥般沉重，我知道我离开后，我们从此变成仇人。我艰难地下了楼梯，在马路上穿行。本来我准备了一肚子的话对她说，希望能挽回这段感情，但是我觉得所有的挽回都像在控诉一个不回家的人。像我父亲那种。

·4·

我帮宣美收拾好了房间，瘫痪地躺在她家的阳台上，看着外面一公里外的江边瞭望塔，还有公园里的小孩钻着爬梯防空洞。我随手拿起心理医生送的那本书，厚厚的那些页码，写着如何开头，如何剧情转折，如何结尾出乎意料。

“这里只是我的一个落脚点，我在这住不久的，我也不想在一个地方住久了，免得什么都舍不得丢，人啊就怕恋旧，恋旧了你就输了。”宣美穿着拖鞋端着一杯水，出现在我的视线里，看着远方的瞭望塔。

“其实你可以在这里重新开始的。”我坐起来，望着她茶杯里冒出的热气，期待她的回复。

“我和闺蜜约好了，下个月去意大利，所以想请求你一件事情，我不在的时候帮我打扫下卫生，可以吗？”

“好。”我垂下内心的情绪，“你要去多长时间？”

“说不准，看心情吧。”

宣美递给我一串钥匙，包括小区的门卡、防盗门和各个抽屉的钥匙。

期间茵茵生日组了一个局，在同人酒吧的三楼，一个不大的房间里，五六个人的狂欢，那些姑娘们在没有男朋友的支配下大口喝酒，说着各种荤段子，楼下的嘈杂被悉数拒之门外。

宣美喝醉了，茵茵打电话给我，让我开车送她回家。我一路狂奔，她坐在后座胡乱讲着话，在小区门口，宣美下了车就吐，扶着外面的绿化树，弯着身子，我帮她拍着后背，然后又一阵咳嗽，她说：“我好难受，真的。”

她回过头，眼睛里挤出泪水：“我还是忘不了他，七年啊，从二十到二十七，那是一个女孩最好的时光。”

“我懂。”我说。

“你不懂，你懂个屁啊。”她接近咆哮地吼我，踉踉跄跄地走进小区，我跟在她的后面，照顾了她一晚上。

第二天晚上，宣美坐上飞机，去了意大利。

·5·

她从意大利传给我许多照片，每一张都有笑脸，笑得特别傻，身后有抢镜的各国人群，有文艺复兴的古老建筑，有巨大的商场海报。

我每隔一天都会去她家里看看，打开楼下的邮箱，取出里面的邮件，其中大部分是装修广告，偶尔有几张朋友寄来的明信片，我放在她床头。

天气转暖的时候，宣美回来了，那晚我没有加班，迫不及待地去机场接她回来。停车的时候甚至撞到了门桩。

宣美坐在后座，开心地给我讲述在意大利的所见所闻，因为蹩脚英文闹出的笑话，还有闺蜜的各种糗事。我附和她笑着，偷偷从后视镜里看着她熟悉的脸庞，格外亲切。

我没有随她上楼，我还钥匙给她，她拒绝了。“你留着吧，我记性不好，以后还有备用。”我看着她上楼，两分钟后，她家里亮起灯。三分钟后，她打开窗户，冲我喊：“谢谢你啊！”

我奋力向她摆手：“早点睡吧。”

情动时哪里还能有所保留？宣美从意大利回来后，我便再也绷不住感情的弦，总想大张旗鼓去找她。哪怕端坐在咖啡馆，体内的思念也万鼓齐鸣，尽是唢呐与风笛。走在路上风吹过，情意也剧烈地嗡嗡作响，像随时会砸落的广告牌。

经历过爱情的悲喜，再遇到真正想爱的人就像走过十万八千里的征程取得真经，当着别人的面解剖自己，把血淋淋的五脏六腑双手奉上，哪怕对方会落荒而逃。爱的阵势太过欢天喜地，爱的结局便凄惨兮兮。屡试不爽。

可是有一天，她对我说：“大格，我们或许就点到为止吧，你知道，我们都一样。”她的口气突然变得很陌生。

我从她的口气里读出她的谨慎和恐惧，我不遗余力地往后退，像是想要避免一场惨剧。“你可以再相信最后一次，最长再坚持个半年，就是正果了。”

“在我眼里，爱情已经不美好了，它是一种缺陷，令人难过。”

“可是有缺陷的齿轮才能运转，凹凸不平的鞋底才能摩擦稳固，为什么爱情非要两颗健全的心？为什么要为一棵树而舍弃整片森林？”

宣美看着我，并没有正面回答，只是平静地说：“我要离开了，这次会搬到意大利长住。”

我突然哽住，震惊地看着她：“什么时候？”

"后天。"

"为什么？"

"个人原因。"

"再也不回来了？"

"是。"

· 6 ·

这次她真的不回来了，把钥匙全都交给了房东，把带不走的东西打包给了茵茵，我决定送她最后一程，这次我们打了一辆车，我们并排坐着，汽车驶过桥底隧道时，整个车子暗了下来，我们两人的脸映在两旁的车窗上。我冲车窗挤了一个笑脸，拱了下鼻子，龇牙咧嘴地装成小丑的样子。透过车窗，我看见她露出了笑容。我们一直扭着头看身旁的玻璃，全程都没有侧过头看一眼身旁人的脸，却也一直注视着对方。

送她上飞机时，她递给我一本书当作离别礼物，是心理医生送给她的那本写作书，教给她如何开头，如何结尾。没有拥抱，没有泪水，没有肝肠寸断撕心裂肺，没有巨大的悲欢离合。只是在一个普通的下午，两个人微笑地挥了挥手，飞机便像往常一样，飞离了地平线。

两年后，天气周而复始地回暖，我租了宣美之前的房子，每天晚上都趴在阳台上看着外面的瞭望塔，江面来往的货船，点点星光。

我已经有了新的女友，开始了新的恋情，情人节那天她搬到了这里来住。

那晚，我们开着阳台的窗户释放着荷尔蒙。事后我靠在床头，翻到那本书的最后一页。我才发现书的最后一页竟然写着一段话。“亲爱的先生，我不小心遇到你，又不小心爱上你，但我始终担心写不好开头，又写不好结局，如果你真能写好这个结局，就来意大利找我吧，我等你。这是我的地址……”

烟灰节节掉落，凌晨十二点，情人节已经落幕。女朋友从被子里探出头，抱着我的胳膊，吻了我一下。

回家过夜的男人

可惜我懂得太晚了，所有的誓言都是有代价的。

·1·

我出了一场意外，死掉了。

我的照片挂在墙上，看起来很粗糙。我应该提前美颜，免得朋友来祭拜我的时候，面子上挂不住。在这之前我还吹牛说垫了一下鼻子，现在尽管隔着一层黑色透明的幕布，他们仍会看到我凹陷的鼻梁，我打赌这件事一定会成为他们茶余饭后的开胃小菜。

我并不埋怨那辆闯红灯的日本本田，因为当我被撞的新闻铺满人们的眼球时，人们不仅为我失去年轻的生命感到惋惜，同时还会更加珍惜自己的生命，我就像一条公益广告，发挥着最后一丝余热。

我死后一个晚上，我的家人拿着我的手机通讯录通知了我所有好友。有的人在电话里就痛哭流涕；有的故作惊讶，说我搞什么恶作剧；有的说，我跟他不熟，说了一声节哀就完事了。最后一种我记住了，半夜我要在你窗外飘来飘去。

祭拜我的那天下了一场雨，淅淅沥沥的，看不见太阳，估计是老天也伤心吧，我看着外面的花圈和浪漫的雨帘，终于要跟这个薄情的世界告别了，可是真正要离开的时候居然有些不舍。为什么好人多薄命？为什么世界上会有孤独和寂寞？为什么曾经相爱的两个人没有走到最后？

算了，都过去了，让我再看他们最后一眼吧。

·2·

第一位。

是她，胡丽娜。看到她我有些失望，不是不想见，而是怕她的到来会让我下辈子投胎的时候想起我的前世，其实前世并没有什么不好，只是自从遇到胡丽娜后，我的前世就偏离了我二十岁那年给自己设定的人生轨迹。

其实，我以为萧婷会第一个来看我，虽然我们早已经各奔东西，分赴前程，可当初我们是那么不分彼此啊。

这个站在灵堂的女人是我在奥克兰那两年认识的，说实在的，她是一个傻女人，如果被情绪冲昏了头，一加一都不知道等于几，无论十八还是二十八，性格叛逆起来就像八岁一样。我和她一样，所以后来，我们成了最好的朋友。

在奥克兰，我身无分文流浪街头，背着双肩包在华人街找活儿干，最后被好心的华人老板收留。我被撞的那一刹那，所有的回忆快速回放了一秒，而在奥克兰的日子在那一秒中占据了七成以上。那是我最怀念的日子，在那里我遇到了一些天南地北的朋友，说着各地的方言，陌生而又亲切。

胡丽娜是那家饭店的领班，听说领了四年，与我同龄。她替我安排了住所和伙食，她是北京人，从小富养长大，可从来没把自己当过公主。那天晚上客人走后，我们坐在靠窗的玻璃旁，品尝当地的香肠和红酒。

胡丽娜是典型的耐看女人，第一眼看上去不会惊艳，可她的鼻子嘴巴眼睛都很精致，声音很好听。她大学没有毕业就叛逆到了奥克兰，就因为一本书中讲述了一个姑娘在奥克兰的自在生活，并在奥克兰找了一个有胸毛的肌肉男人，那样的生活是她喜欢的。

我好奇她的口味，无法想象一个五官精致的女人和一个猩猩在一起是什么情形，觉得她挺傻的。

她遇到那个长着胸毛的肌肉男人是在里斯州的美亚草原上，猩猩的车子丢了，白色的奔驰，警察从录像里调出来，看着那辆车子开出城外，胡丽娜朋友的房车被充公去追赶，还好在出城等红灯的时候赶上了。

猩猩晚上约了她们吃晚餐，并慢慢走进了她的生活，在走到汉水街的时候，那个男人在街头为她表演了一段踢踏舞，听说还把胡丽娜抱起来转圈。把胡丽娜转晕了之后，就抱去开房，猩猩是半个中国通，在中国待过两年，去过嵩山少林，去过峨眉武当，最后学了“五步拳”和“白鹤展翅”，他对中国女孩格外感兴趣。

相处不久，胡丽娜和猩猩就在一次酒会结束后在一起了。晚上她摸着他的胸毛，然后回忆那本书里的场景，感觉八九不离十吧，等她从回忆的幻想中醒过来，猩猩把她压在身下，一夜激情。

·3·

三个月后华人街举行的聚会上，突然出现了一个体态肥胖的刁蛮女人，闯进中国式的大院里，一把将桌子掀了，随后掐着胡丽娜的脖子用英文叫骂着，表情无比凶悍，我英文不好，那又是地方的一种方言，餐馆里的同事翻译出来就是“臭不要脸”的意思。最后我和同事将那个胖女人拉住，第一次知道原来不止中国女人会这样。

胡丽娜脖子上留下两道深深的红印，那个奥克兰女人叫骂了一阵，警察赶过来的时候，女人已经停止了咆哮。去附近的局子里录了份口供，警察证实了那个奥克兰女人是猩猩的原配，夫妻关系和谐，并有一个孩子。

胡丽娜打电话给猩猩的时候对方已经关机，想去找他，突然想起自己根本不知道他的住所，甚至连名字都不清楚，只知道叫他“猩猩”。看着这个傻女人渐渐失去了平日的激情，我和几个同事尝试着让她开心。

可是她拒绝所有人的帮助，好在和猩猩相处并不是太久，伤得不是太重，要怪就怪自己太傻，太容易动真感情。直到胡丽娜决定回国的前一天，电话也没能打通，胡丽娜说："我就想要一个解释，别的什么都不要。"中国女人都是这样，闹的时候不是要挽回什么，而是希望从他嘴里证实自己的傻。

"我只希望你们一辈子在一起，最后让那个女人掐死你。"胡丽娜在机场对着空气给猩猩留下这句话。

胡丽娜和那个猩猩失去联系后，在国内的一段时间很是漂荡，爬了长城，去过故宫，看了中国几年的发展。本来大家都是玩玩嘛，谁认真谁就输了，反正也尝试了那本书中依偎着男人胸毛的感觉，只是现在想想，多恶心。

胡丽娜回国后不久，我因为在奥克兰打了人，老板劝我回国，还给我买了机票。在北京我和胡丽娜见过两次面，她至今单身，一个人在市中心的湖景酒店住，我给她介绍我身边的朋友，她果断地拒绝了我："迟早都要离开，朋友多了反倒舍不得。"

可是她给我介绍了一个女朋友。

就是萧婷，萧婷是胡丽娜在国内的密友，微博上每条微博都要相互 @[1] 的那种。我们三个在一起吃饭，我看到她的第一感觉挺违和的，她喜欢我的性格，有些不靠谱的浪漫情怀，我喜欢她欣赏我不靠谱的浪漫情怀，我们发展得很顺利。

---

① 网络用符号，提醒对方查看。

我和萧婷确定关系后，还为胡丽娜准备了答谢宴，那是我最后一次见她，最后那场答谢宴是胡丽娜去厕所时候偷偷付的账，回来后她举着杯子倒满红酒要告别。

“去哪儿啊？”我问。

“奥克兰。”胡丽娜说。

“工作吗，还是去看朋友？”萧婷问。

“这辈子不工作能活，不恋爱谁也活不了！”胡丽娜晃了晃杯中酒，红酒的酒渍挂在杯壁上。

胡丽娜回到奥克兰后，消息渐渐少了，偶尔和萧婷在微博互动，她很骄傲我和萧婷在一起发展得顺风顺水。萧婷说：“她在奥克兰开了一家酒馆，天天把自己喝醉，说是为了工作，其实还是太孤独了，一个人的时候总是习惯用各种理由为自己开脱。”

那年胡丽娜三十二岁，留了长发，戴着大大的耳环，发给萧婷看的时候，我们正在床上翻云覆雨，她便回了一句语音：“好看，更有女人味了！”

折腾了很久，萧婷在我身边睡着之后，我给她发信息，劝她爱护自己的身体，别再碰到那些不靠谱的男人。其实酒精和男人一样，接触多了，喝多了，就控制不住自己，我说要从中国给她寄去一些解酒药，国外的药力太强，怕她不适应。

转身要睡下的时候，胡丽娜打来了电话，振铃响起的那一刻，我完全没有了睡意，关上声音看着她来电的长发头像，下意识看了看睡熟的萧婷，然后慢慢走出房门。

不知为何心跳会加快，呼吸着寂静的夜里，那种悄然的气息，那边传来胡丽娜好听的声音，她说："完事了？"

我不明所以，迟疑了片刻："嗯？"

"你们刚才……"胡丽娜声音慵懒，似乎碰倒了手边的酒瓶，听到了"叮叮"的声音，她娇嗔地骂了一句："该死！"

"你在喝酒？"我问。

"是啊，要不要喝一杯？"胡丽娜打了一个酒嗝，整个走廊很静，只有我的脚步声和她喉咙蠕动的声音，我能想象到胡丽娜舔着香艳的嘴唇，慵懒地卧在沙发上，手里夹着一根达芬奇香烟，茶几上立着半杯的红酒，还有碰倒的红色液体。

"我听到萧婷……"胡丽娜又提起这件事，看来我们在投入的时候已经忽略了一切。

我下意识地回头望向我来时的走廊，只有上面的吊灯闪着微光，我已经走出了酒店大堂，声音放开了些："我们打扰到你了，不好意思啊。"

"没事，我也有过，感觉挺好的。"

"你和那只猩猩？"

"嗯……不过，他太温柔了，和猩猩可不一样。"

"可你看着不像那种啊。"

"是吗，眼睛有时候可是会骗人的哦。"

我不知道回答什么，是顺着她的话接，还是该另取话题，如果在遇到萧婷之前，也许我会乐意接下去，自从萧婷来到我的世界，我从来没觉得心里这么踏实过，她从二十二岁以后就没谈过恋爱，单身持续了五年，换作是我，我承认自己坚持不住。而且她们还是密友，或许这个话题根本就是一个俗不可耐的圈套，那一头萧婷正拿着菜刀在门口等着我。

我迟疑的那两分钟，谁也没有说话，似乎可以听到对方的心跳声，酒店外的钟表敲出两道悦耳的钟声，将我们的尴尬气氛击破。

胡丽娜开口："你还会来奥克兰吗？"

我说："或许会，可是萧婷不喜欢待在国外。"

"不是，我是说，你！"她语气强硬了几分。

"我？我挺喜欢那里，但是萧婷一个人在国内，我怕……"

"那就让她留在国内！"胡丽娜突然打断了我的话，"我说，你来这里我们一起经营这个酒馆，哪儿也不去，我也能给你那种快乐！"

那一秒，我竟然没有感到吃惊，平淡地听完她的话，说："我考虑一下。"

我不知道为什么会说这句话，我脑海里竟然浮现出和胡丽娜在一起过平凡的生活的场景，白天经营酒馆，晚上夜夜笙歌，我像一个被偷心的贼，挂掉电话，蹑手蹑脚地走进酒店。

我推门进来的时候，床上没有人，四周只有安静的白墙和悬挂的三级临摹画，后来洗手间传来冲刷马桶的声音，哗啦啦的水声随着我内心的一口气吐出来，然后我侧躺到床上。

"你去哪儿了？"萧婷身上披着一件白色的睡裙，拉开卫生间的门。

“我出去抽根烟，怕吵到你。”我说。

“我不信，你手机也拿走了。” 她看着我，容不得我说一点儿谎。我最怕她的眼睛，每次和她对视，败北的总是我，她像一束光穿透我内心的秘密神经。

“我真的去抽烟了，你闻闻……”我从床上起来，凑近她的鼻子，一股香浓的烟味伴随她身上的香水味，我用嘴包住了她的唇，相拥倒在床上。

但是那次做爱，我却无法投入进去，脑海里浮现出胡丽娜的身影，她躺在沙发上，手里夹着香烟，抿一口高脚杯里的红酒。

和萧婷做到一半的时候，她停了，双手端着我的脸，问我：“你在想什么？你平时不是这样的！”

“我累了！”我找不到比这个更好的借口。

我看着她怀疑的眼神，对她发誓：“我如果骗你，我就被车撞死！”那句话说出来，我已经后悔了，如今我被挂在墙上，剩下一个空荡的灵魂，我一直在期待她的出现，我想我已经彻底悔过了。

和胡丽娜那次电话以后，有很长一段时间没有再联系，而萧婷也没再提起那天晚上的事，他们两个密友照常在微博上互动交流自拍心得，我看着她们的评论，心里一阵灼热。

第一次和女人同居，我已经快三十岁了，在北京的一个大一居室里，虽然贵了一些，但是萧婷喜欢。她看房的时候我正在上班，她微信里给我发来一段视频，问：“这里好吗？”没等我回答，她就表明了立场，她说：“我很喜欢这里，阳光很好，很简洁。”她是一个聪明的女人，我情商也很足，我说好，那里就成了我们的家。

省去了开房约会的费用，却多了一些日子里的柴米油盐，萧婷学着煎牛排，厨艺见长，我口味也越来越刁，有时甚至会有矛盾。等到卧在沙发上看着电视的无聊广告时，我们就会抱在一起，很快乐。

那个周末，我陪着她坐在沙发上看电视，她的头埋在我的怀里，右手摸着我的胸肌，我忽然想起胡丽娜和那个猩猩的画面，我说："这个女人有点像胡丽娜，你说呢？"

"哪个？电视里的吗？不像啊。"

"我觉得像。"

萧婷忽然坐起来，看着我的眼睛，我没有回头看她，装作随口说说。

"你想娜娜了？"她问。

"怎么可能，我就是感觉有点像！"我解释道，她的直觉总是那么犀利，容不得一丁点沙子，可她越是这样，我就越想变成沙子，随风飘走。

我们吵过一次比较严重的架，她看到我和陌生女人在微博上互动频繁，评论了其他女人的照片，便正儿八经地找我谈话，收了我财政大权，改了她的密码，后来她在通州买了一个小房子，付了首付，我没有反对，也没有表态，毕竟那是我的钱，而萧婷是我的人。

· 4 ·

我没想到会再见到胡丽娜。两个月后，她回来了，我和萧婷去接机，看着她们两个久别重逢地拥抱，开心得不得了。胡丽娜声音还是那么好听，剪短了长发，染了黄色。我接过她的行李箱，不经意地对视了一眼，我说："辛苦了。"

她对我一笑，答："没事，谢谢。"

我从她的眼睛里看到我眼睛里的她，想到那天晚上的电话，想到另一面的她，女人和男人不一样，外表越是平静，内心就越疯狂。我开着车子一言不发，时不时对他们的谈话露出微笑，表示赞同。

车子停在了南京路，我们在茶花楼吃了接风宴。这一年，她变了很多，她说一个人在奥克兰经营酒馆很辛苦，这次回来就想散散心，找一个知心的朋友说说话。

元旦那天，我开车带她们去郊外出游，郊外也就是松江了，萧婷刚下车就跑到河边拍照，我和胡丽娜从车上抬下烧烤架，我问她："你一个人过得好吗？"

她说："就那样呗，对半地活着，一半真，一半假。"

萧婷跑过来帮忙，我们从车里取出羊肉和蔬菜，胡丽娜在烧烤架旁边烤肉，撒上孜然，味道从她身上弥漫。萧婷不吃羊肉，我故意拿着羊肉在她嘴边晃，她一把打开："我最讨厌肉腥味！"

我逗她："我就喜欢偷腥。"

话后，我后知后觉，下意识地看了看胡丽娜，好在谁都没有发现。

在郊外一直待到下午五点，太阳渐渐落山，我将萧婷送回通州的新家，还没有进行装修，只有一张简易的沙发床和四面白墙。她让我送胡丽娜回酒店。

在车上，胡丽娜坐在副驾驶。她抽出一根细长的烟，火红的嘴唇咬着烟头蠕动，我知道她是想咬碎烟头的薄荷，最后点上火，摇下窗户，吐出一道薄荷烟味。

我从镜子里打量着她，逐渐放慢了车速。

她转头看我，嫣然一笑，无奈却占了一多半，最终车子停在了路边，我看着她头枕在座椅上，眼睛看着前方。

“还有烟吗？给我一根。”我说。

“呵呵……”胡丽娜挪了挪身子，从包里的烟盒里递给我一根。

烟头是一个红色的心形，这种女士香烟尼古丁含量很少，跟她借火的时候，我们对视了，慢慢凑近，最终我吻住了她的心形嘴唇。她没有反对，慢慢地顺应着我的意识，直到感觉到她身上突然的颤抖。最后我把车座放下，打开了音乐，声音放到最大。

回去的时候，在街边的卫生间洗了一把脸，镜子里的自己满脸的口红，胡丽娜说，希望和我一起回奥克兰，不回来了。

那时候我犹豫了，我爱萧婷，我离不开她，我曾向她承诺过，我的下半辈子一定有她的参与。胡丽娜那天晚上回了酒店，让我上去坐坐，我借口吃坏了东西，去了街边的卫生间。

可是女人这种高级动物天生有一种超能力，那就是第六感，我在车上抽着剩下的半根女士香烟，看着后视镜里的自己，面容仓促，或许我真的过了年少轻狂的年纪。萧婷打来电话的时候，我被呛了一下，咳嗽了一阵，原来只要是香烟，无论尼古丁有多少，都能呛人。

我挂掉了萧婷的电话，甚至害怕听到萧婷的声音，我给她发了一段语音，我说："我在开车，在路上，快到家了。"

萧婷立即回复："嗯，路上小心。"接着又发了一条："对了，晚上吃太油了，我帮你煮了点粥。"

我看了一眼胡丽娜酒店的方向，丢了烟头，十二点了，平时没这么晚回过家。

那是通往胶州路的路口，四周没人，红灯在漆黑的夜里显得格外明亮，我摇下窗户看着显示屏的倒计时，十、九、八、七、六、五……原来人真的可以一心二用，我摸着后座，体会胡丽娜躺过的余温，我看着车头放着的萧婷照片。

这时，有一道闪光从对面驶来，我被撞飞的那一刻，我知道，我不能回家过夜了。

·5·

她来了，她在雨里出现的时候，我看着她的身影，就知道她对我还是有感情的，我不敢奢求她为我流泪，但至少来送我最后一程。萧婷穿着黑色的连衣裙，她看着我的照片，半天没有说话，然后轻轻地抚摸我的脸，我就知道她舍不得，一定是这样，没有更好的解释。

她拿出手机，在我照片前面放了一段录音，那是一段不堪入耳的男女之欢，她说："这是那晚胡丽娜发来的，你懂吗？"

我懂，可惜我懂得晚了，所有的誓言都是有代价的。

爱的保质期

这下，终于过上想要的生活了。

·1·

同往常一样，早晨八点起床，褪下柔滑的睡衣去卫生间冲个澡，吹风机有规律地吹着热风，媛媛看着镜子里飞舞的自己，恍然间看到了十年前那个二十出头的小姑娘，长发掩盖着年轻和羞涩。

十分钟后，头发吹干，披散在肩膀上的金色波浪一直保养得明亮，就像脸上的皮肤一样，靠着昂贵的化妆品滋润着，随后便是水乳拍打脸蛋清脆的声音，最后从几个精致的衣柜里挑选一套搭配天气的衣服。

媛媛出门的时候刚好九点整，半小时后到达自己上班的地点，虽然每天做着有规律有节奏的工作，却像一个行走的木偶人，在自己的美容院里例行打卡，和零星的几个客人唠嗑，大部分时间是一个人看着路上过往的行人陷入莫名的空洞。

以前这条街生意好，直到附近开发了新的街道，客人逐渐去了新的步行街，人类就是喜新厌旧，周围已经有人陆续将店面转让。当初开这家店的时候，并不是希望生意有多好，或能赚得大把的钞票，而是丈夫为了不让她闲出病来，才盘下这一家美容院，让她做了女老板。

这一切并没有什么不妥，身边的闺蜜富太太们也是这样，不是开美容院就是开美甲店，看起来风光无限。平时几个姐妹在一起消耗猫屎咖啡的时候，纷纷吐槽自己的遭遇。丈夫们夜不归宿，半夜莫名来电，洗澡时也把手机带在身上，两个小时才出来，这些都见怪不怪，按照她们的话说，听见不如不见，看见也要睁一只眼闭一只眼。

媛媛在一旁端坐着，喝着咖啡，只听不说。婚后十年，激情化为平淡，所有的不平凡归于平凡，要说十年前那些相恋的日子，现在只能教人回忆，况且过久了安逸无忧的日子，心早已经被磨得平稳如水。

一杯咖啡过后，已经打发了半天的时光。

几个闺蜜起身去商场逛街，媛媛拿上包跟着。一下午的购物，双手拎满了衣服包包，刚才还在议论的生活中的种种不悦统统消失不见。

·2·

就在刚才，媛媛一个无意的回头，看到一个惊慌的眼神从自己身上挪开，随后躲进人群里，变成一张张乏善可陈的脸。她觉得有人在跟踪她，从出门去车库取车，到美容院，再到商场，一直有一双眼睛盯着自己，就像一个失灵的导航，不为赶路，只为躲开那双眼睛的碰撞。

媛媛并没有感觉到恐惧，而是继续和姐妹们穿梭在林立的店铺间。甚至有意无意地摆一些造型，给藏匿的那个人拍摄。

自从那天感觉有人跟踪之后，接下来的一段时间她都在刻意地打扮自己，不管出于什么目的，都力争在每一个镜头前表现出自己的美丽，这是即将陷入更年期的女人的最后一丝挣扎。

有时和闺蜜出去玩，看到好看的衣服就一门心思地扎进女人最初的世界，而忘记了那件事。直到上下楼梯，无意间回头，心里才会突然一惊，立马表现出自己得体的一面。

那天周末，媛媛往常一样出门，去美容院例行打卡，消耗一杯猫屎咖啡，和店里的美容师交代两句，去楼上换上一件普通的白色衬衫，戴上墨镜，把自己包裹得很严实，一个人开车去了外环线外的一家公司。

那座写字楼虽在郊外，却格外显眼，上到十五楼，左拐进一道走廊，走到头轻轻叩门，有人开门请她进去。

里面不到二百平，和自己住的大三房差不多，当然不算大大的阳台。头顶的中央空调发出轻微的轰鸣，对面的墙上用板书写着几个字——“婚姻侦探社”，几张办公桌，几个西装整齐的人埋头梳理着文案。他们似乎越来越忙了，这个世界上只要有婚姻的存在，他们就永远不用担心失业，而且永远不会饱和。

这个地方她再熟悉不过了，十年前，她通过闺蜜介绍认识了这家侦探社的老板。和丈夫结婚的这十年间，她不止一次因为怀疑丈夫出轨而来到这里，恳求他们的帮助。她清楚地知道丈夫在外面的那些女人，对她们的身份和目的了如指掌。

媛媛径直进了一间办公室，里面坐着一位和她年龄相仿的中年人，带着黑边眼镜，肚子略微发福，一张普通至极的脸，放在人群中丝毫不会引人注意，但是谈到工作，他就像一块大海的礁石，气场立即上来，他微笑着请媛媛坐下。

“老夏，怎么样，有什么新的发现吗？”媛媛推了推自己的墨镜，胸部微微前倾，一副急于知道答案的样子。

“你自己先看吧，都在这里。”老夏推回来一个黄色的信封，信封里有一个黑色的优盘，还有几张零散的A4纸。

媛媛迫不及待地拿到信封，翻出里面的纸和优盘，那些纸上详细记录了目标的活动时间和地点，以及接触了什么样的朋友，去了什么店，买了什么东西。把优盘插进电脑，屏幕上布满了那个女人的照片，虽然是偷拍，又相距甚远，画面也有放大的颗粒感，但仍然掩盖不了女人骄傲的身材和纤长的双腿，简约的时尚搭配和明亮的波浪卷。

老夏看着眼前的女人若有所思，虽然有长达十年的交情，但是从未看到过她真正的长相。只是在工作上为她的婚姻排忧解难，帮她跟踪不同的女人，挖出她们的底细，抓拍她们的证据。

可是这又有什么用呢？这些证据一样都没有用到，刻在硬盘里，加上了密码，存在这里的保险柜里，一锁就是长长的十年。而且还要支付高额的跟拍费用。

老夏十分理解媛媛的遭遇，撇开工作关系，老夏以十年老友的身份不止一次劝过她，别再给自己徒增烦恼，我们只能在过期的感情下苟延残喘。关于这一点，老夏有自己的感触。

老夏有过两次失败的婚姻。第一任妻子在婚后两年，生完孩子以后，为了恢复身材去健身房健身，整天不在家里。有一天他抱着一岁的儿子去健身房找妈妈，看到她和一个肌肉发达的男人在泳池接吻拥抱。第二任妻子，在婚后三年去了国外进修金融，再也没有回来，听说在那边有了自己的家庭，比在国内幸福。

媛媛在口罩下干笑两声，她看到老夏，仿佛看到了未来的自己，说起过去的时候眼神充满了幽怨和悔恨。起码他们两个是有共同点的，一起在漫无目的地努力挽回，最后都朝着同一个方向坠落，这个方向就是恼怒和不甘。

·3·

“还要继续跟拍吗？我并没发现目标有什么奇怪。”老夏起身倒杯茶，递到媛媛身边，想看她摘下面罩喝水的样子。

“你还不知道吗，我不喝茶，我喜欢喝咖啡，但是你这里没有。”媛媛知道这里没有咖啡，委婉地拒绝。“不过，还是要继续跟，继续拍，至于费用，我会先付一部分，你不用担心。”

老夏并不担心费用的问题，在媛媛身后转了一圈，说：“好吧。”

媛媛起身回去，原路回家，在路上她卸下自己的伪装，看着黄色信封里的资料，脸上露出微笑。

原来镜头下抓拍的自己还是那么的美丽，身材依旧那样挺翘，可是有些人却视而不见。不过如果有人知道自己找人跟踪自己，会不会当她是一个神经病。还不是上个月无聊到焦虑的自己，突发奇想，自己派人跟踪了那么多花花草草，不如跟踪下自己。

过了一会儿，媛媛的笑容僵住了，她问自己，女人精心打扮，四十岁还使劲往二十岁边上靠，是为什么？

还不是为了爱的人。

可是爱的人已经不稀罕看你了，结婚十年，五年前就开始分居了，丈夫偶尔回来，但只是把这儿当成一个落脚的旅舍，而自己就像一个陪睡的玩具，比妓女高尚不了许多。

她现在能这么平静地接受这一切，其实早就看开了，在变心的男人面前，哭和闹是最没用的，都是不太高级的辩论。倒不如花着他的钱，少惹点事，享受自己的快乐。

·4·

媛媛一路高速开回家里，把车子开进车库，上了楼，把黄色信封里的东西塞进卧室的化妆台里。拉开抽屉的瞬间，她自己都惊呆了，原来里面已经塞满了各种女人的资料和照片，她们都有一张美丽的脸蛋，却都有一颗愚蠢的心，有时难免会为她们发出一两声叹息。

她把抽屉里所有的照片都倒在地板上，挑选拍得清楚的照片，贴在墙上，用笔在照片上写下她们的名字以及偷拍的日期。这些都是媛媛过去十年的回忆，尽管和丈夫两地分居，但是这些照片代表她没有闲着，只是用这么无聊的方式来对抗自己内心的空虚。

看着墙上贴满了各色的年轻脸，她曾经为她们茶饭不思，想着用最恶毒的方式把她们杀死，可是如今再也不会泛起任何波澜。

有一张日期标记在五年前媛媛生日的那天，拍到丈夫和一个留着马尾、身材高挑的女孩逛街。那个女孩叫Kiki，舞蹈学院学民族舞的，是即将毕业的大学生，身段柔软，据说丈夫供养了她一年，还答应送她去国外的舞蹈学院进修，女孩对丈夫像恩人一样报答。有次媛媛私自去找女孩谈判，让她离开丈夫，当初她在媛媛面前是那么高傲，盛气凌人地逼媛媛让位。

可是女孩毕业后，丈夫却对她视而不见，主动跟她做了了断。事后，Kiki无心实习工作，辞职回了老家，一步步变成黄脸婆。回去的时候她还哭着给媛媛打电话，说："你赢了。"

媛媛傻笑，因为她赢了比输了还惨。

还有一张日期标注在前年的冬天，一个刚进公司的小职工，从进丈夫的公司就一步步上位，成了丈夫的私人秘书。一时得宠的她居然找上门来摊牌，让媛媛开一个条件主动离婚。丈夫知道后，狠狠地扇了她两个耳光，并立即辞退了她。因为她太傻了，从来没有小三能高傲到这种地步，丈夫羞愧地跟媛媛道歉，说这是个疯女人。

这些被当作插曲的女人，永远当不了一部正剧的主旋律，因为她们脑袋短路，情商堪忧。不懂得婚姻的取舍，以及一时的相见之欢和两个人的相处不厌。

看着她们的遭遇，也看到了自己过去的半辈子人生。

·5·

从大学毕业后，媛媛就进了一家私营企业，没有休息日，每天忍受着变态女经理的疯狂加班，三个月后果断辞职。媛媛回家沉寂半年，为了躲避相亲而再次去大城市游荡，做过餐厅服务员，做过奶茶店的配茶师，甚至去酒吧卖酒，练出一身的好酒量。媛媛是在酒吧里认识丈夫的，两人聊得投缘，便让媛媛去了他的公司上班，那时她就明白自己只是他风流账里的简单一撇，所以想着自己能有份稳定的工作就足矣。

后来在一次次的相处中，丈夫对她表现得特别殷勤，带她吃饭看电影，给她前所未有的体验，每当自己即将沉沦的时候，理智都告诉她这都是假的。后来媛媛刻意表现得忽冷忽热，这种忽冷忽热恰恰可以杀死一个男人的好奇心，丈夫在公司会议上当场求婚的时候，媛媛还是瞬间沦陷了。

要说是爱，媛媛到现在还想不清，起码那个时候很感动，看着年长自己五岁的男人，又想到自己糟糕的生活，算是找到了归属。

可是这种归属感也只有短暂的保质期，婚后两年、三年，两个人之间的矛盾逐渐展露，丈夫不再对她百般宠爱，只剩下一笔笔零用钱。他以为这样就能弥补一切，就可以光明正大地在外面沾花惹草，在一段段周而复始的恋情中，媛媛一点点割让自己的婚姻，出卖自己的领地。

到最后才发现，自己的上半辈子一直在逆流前进，从上学、工作、结婚、分居、美容院，走的每一步都伴随着孤独和空虚，跟踪了那么多年轻漂亮的女人，最后发现自己就是下一个 Kiki。

·6·

以前是以前，现在是现在。媛媛现在找人跟踪自己，每次出门都像一个生活中的明星，时刻保持自己的气质，衣服鞋帽都有固定的搭配。就算和闺蜜出去玩，她都觉得有人在某一个隐蔽的角落用摄像头对着她，必须让自己开心起来。

媛媛隔一段时间就会开车去郊外老夏那里，拿回自己的照片和出行记录，看着照片上的女人一点点变美，一点点变得有气质，她的目的就达到了。

紧接着，她做出了下一步的决定，就是卖掉美容院，去学习自己从小喜欢的话剧表演。她把美容院的照片挂在网上转卖，每天都有人来咨询，对于价格媛媛没有太大的坚持，因为心里对这个消磨时间美容院没有留恋，只要有人出价差不多，她就出手。

然后报名市里的话剧培训班，尝试去不同的培训班上课，认识不同的新朋友。她每天最多的时间就是在公园里开嗓，练习话剧里的动作和表情。

一段时间后，媛媛再次去了老夏那里，她得意地给老夏表演了一段新学的《沙家浜》，老夏很惊讶，这是第一次看到媛媛这么开心，问："我还需要继续跟踪吗？可是我真的没有发现什么可疑之处。"媛媛平静下来坐在沙发上，看着手里的照片，慢慢欣赏自己，照片里的女人，眼睛里开始闪烁出从容和明亮。"继续跟吧，没关系。"随后把剩下的账给结了。

丈夫知道她把店卖掉后，并没有什么反应，也许在他眼里，这些年来，只要不影响自己的面子和生活，她做任何事都加以支持。

接下来就心无旁骛地学习表演，在表演中每一个表情和动作都那么到位，她喜欢每一个戏里的角色，每一个人物都有自己的眼神和心灵。无论是唱戏还是说台词，她进步得很快。媛媛开始希望能够登台演出，台下坐满观众。

不出半年，媛媛的愿望终于实现了，她在一场话剧里客串一个角色，虽然台词不多，出场的时间只有短短十分钟，台下坐满了观众，还有很多好朋友捧场，让她体验到了梦想实现的感觉，一下子回到青春时期的自己拿到第一桶金的激动。

她看着抽屉里的跟踪记录，最近半年的生活转折，就像话剧里的剧情一样，充满快感。

她第一次感觉到生活的快乐，开始紧紧跟随生活的节奏，去演好每一个角色。她有那么一瞬间对未来充满了期待，开始屏蔽掉琐碎的事，迎接新的未来。

但是时间总是喜欢捉弄人生，它用寡长、淡漠的时长来折磨一个人的向往。当你开始充满能量走下去的时候，转眼就是一场无情的大雨，将你淋得湿漉漉。媛媛安静下来的时候，躺在床上，望着空荡的房间，又忽然觉得那些难得的激动，不过是日常的小打小闹而已。

时隔半个月，丈夫回来了。

那天媛媛把自己打扮得精致漂亮，换上白色的连衣裙，穿上黑色的高跟鞋，丝毫看不出她真实的年龄。晚上还做了丰盛的晚餐，开了新的红酒。

丈夫回来后，冷淡地打个招呼，去卫生间洗澡，出来后坐在桌子上吃饭，甚至都没抬头去欣赏媛媛的新衣服。饭吃到一半，丈夫从包里拿出一个精致的礼盒，刻意避开了媛媛的对视，媛媛没有打开，推到了一边去盛饭。

她不稀罕那些礼物，不用打开就能猜到不是戒指就是项链。一定是他没有经过大脑思考就买来的礼物，她不喜欢。

丈夫还是丈夫，洗完澡之后和媛媛在沙发上、窗台上释放久别重逢的激情。事后，他疲惫地躺在床上抽烟，媛媛穿着睡衣靠在床头。

媛媛说："我有个事想跟你说。"

"什么事？"

"我们离婚吧。"

·7·

听到离婚，丈夫从惊讶转为愤怒，最后又回归平静，他不是舍不得，而是想不到。他起草了一份离婚协议书，拿给媛媛签字，她分到了一笔钱和这套房子。

终于，媛媛恢复了单身，她明白自己现在的处境，离了婚的单身女性。好在这些年唯一没有荒废的就是自己的脸蛋，说她二十岁，也有人信。

她去了老夏那里，拿回最后一次的跟踪记录，让老夏暂停跟踪。

自己转身投入话剧表演中，开始决定以此为生。

后来，媛媛在一次登台表演中认识了一个人，每次她出场的时候都会奋力地鼓掌，还在人群中呐喊，在观看话剧的晚上，一声声惊呼显得多么突兀。媛媛在台上看不清台下的脸，表演结束后，那个人去后台约媛媛共进晚餐。

媛媛看清了他的脸，不过二十多岁。他们之间相差至少五年的代沟，换做以前的她，最多只是多看两眼，然后找理由拒绝。但是这次，她没有拒绝，妩媚一笑，答应了。

在相处几个月以后，两个人渐渐走到一起，男孩在一个晚上求婚，随后去了酒店，紧接着闪婚， 他们陷入这种情境中无法自拔。他们的发展就像电影里的剧情，快得不现实。

媛媛身上有一种别的女孩身上没有的魅力，对于涉世未深的丈夫来说，她开放又稳重，很好地处理着两人的关系，从不会感到琐碎。这是致命的吸引力，他一头栽进来，越陷越深。

当他从痴迷的热恋中平静下来时，才觉得媛媛魅力的背后藏着未知的危险。他们住在媛媛离婚后得到的大三房里，经常在激情过后陷入争吵。

新任丈夫让她别再买昂贵的化妆品，别再去买高档的包包，随便一两个瓶瓶罐罐，就是他一个月的收入。

当然媛媛花的是自己的钱，也正因为如此，年轻的丈夫心理不平衡，觉得男人的自尊心受到了伤害。

丈夫虽然不平衡，但是还是住在媛媛的房子里，在生活上有意无意地对媛媛唠叨，甚至提出财产共同保管的想法。

媛媛自然明白丈夫在日常中那些看似无意的脾气，所以她不再逛街，不再约闺蜜去保养，在阳台上养一些花花草草，研究厨房秘籍。

丈夫就像胜利的一方，不再抱怨。

·8·

但是时间长了，丈夫渐渐和她有了距离，起初还会送一些廉价的礼物，不过媛媛却很喜欢，在她眼里比那些戒指项链有意义多了，有时候还会约她去外面吃饭，晚上在公园里散步。

现在丈夫和她一起出门的时候，很少牵她的手，甚至刻意避开人群。这些变化，媛媛都感觉得到，但是她也明白，是自己老了。

没有了化妆品的保养，脸上的皱纹开始多了，从眼角开始，鱼尾纹像疤痕，越来越深，无情地爬满了她整个脸。

她甚至不敢照镜子，每次在镜子上看到脸色暗淡、皱纹突起的自己，便一把将镜子摔得粉碎。

有时候看到抽屉里那些青春的女孩，还有离婚前被偷拍的自己，那种自卑感充斥着全身，她剪碎了那些照片，还摔碎了家里所有反光的东西。

她开始堕落，衣柜里的衣服和高跟鞋落了一层灰尘，她整日穿着红色的睡衣在客厅里游荡，阳台上的花草无人问津，也随她一起慢慢枯萎。

她变得有些疯狂，把阳台的花草连根拔起，从十三楼丢下去；把衣服脱掉，光着身子在房间里走来走去；她的头发开始变白，指甲开始变长；闺蜜来看她的时候，她在用剪刀剪自己的衣服，自言自语，谁也不理会。

丈夫也开始酗酒，晚上在外面过夜，她独自坐在阳台上，看着和丈夫做爱的地方，每一个画面就像恶魔一样，她呻吟放荡的叫声在脑海里回荡。

终于，丈夫忍不住了，他要结束这段盲目疯狂的婚姻，媛媛收到了丈夫的短信，说今天晚上回来商量离婚的事情。

媛媛去卫生间洗个澡，坐在阳台上把头发吹干，穿着拖鞋，换上裙子，她从手机的屏幕里看到自己变白的长发，傻傻地笑。

那天晚上，丈夫带来了离婚协议书："媛媛，对不起，我也不想这样，可我还想有个未来。"丈夫把文件放在桌子上，随后低沉着头，不敢看向她的眼睛。

媛媛拿着协议书，看着丈夫："陪我去阳台晒晒太阳吧。"

丈夫抬起头："好。"

他想陪她晒最后一次太阳，今天的太阳落山后，就是他们结束的时候。

媛媛光着脚丫，走在阳台的地板上，阳台上微微有风，吹乱她美丽的白发。她坐在阳台上，脚丫伸出围栏，看着远方的车流像看大海的波浪。

"媛媛别这样，危险。"丈夫在身后提醒她。

媛媛没有回应，手里的协议书在阳光下白得刺眼。

可能是风太大了，手里的白纸滑落，从楼上飘飘扬扬落下，媛媛看了一眼身后的男人，说：“对不起，我帮你去捡。”

媛媛跳了下去，一个白色的身影伴随零落飞起的白纸在半空飞舞。

这下，终于过上想要的生活了。

落地请开手机

可是那个梦却像偷走了岁月，实在可怕。

·1·

十点过后，才是真正夜生活的开始，才是属于年轻人的真实世界。上海市郊的白领公寓，一号线终点站转五号轻轨，到闵行开发区下车，步行十几分钟，有一幢六层高的公寓大楼，楼顶挂着大大的家具广告牌。广告牌下人来人往，由于远离商场和购物中心，相对比较安静，房租也便宜，成了单身青年的蜗居地。上班族们白天奔往不同的地铁站和公交站，晚上挂着疲惫的妆容陆续在这里汇集。

此夜无眠，像程怡这种拿时间当流水的人，头一次懂得了时间概念。

程怡每天六点下班，整理资料，关掉电脑，跟同事打招呼，打卡，下电梯，等上了地铁已经7点半，再经过一个小时的路程到达公寓。在外面的餐馆吃个晚饭，买一盒口香糖和一包薯片，9点匆匆上楼。

钥匙插进门锁里，锁头转动的声音才给了她一些安全感，甩掉高跟鞋，光着脚丫走在木地板上，随手打开灯，一头栽倒在床上。

背包里响着耳机里的民谣音乐，单曲循环了一个星期，在狭小的空间里像电视里的留声机。那是美国歌手唐·麦克林的最新专辑，程怡就喜欢这种文艺冷门的歌曲，起码不怕跟别人撞星，说出来还带有那么一丝清流气质。

窗外挂满了昨晚洗的衣服，几件相同的黑色西服外套，两条短裙，还有系在衣架上的长筒丝袜。六楼是女生公寓，窗外是在建的新工程，据说是某家开发商投资了几亿美金的大型商场，这里将会围绕这个商场成为新的购物中心。这里的房租将会涨价，这里的生活将被打乱。

凌晨四点，天色灰蒙蒙的，夜空的飞机化作一点微红从头顶划过，窗外刮进来的风吹着屋里墙头上挂着的小苹果彩灯，圆圆的投影在墙上摇曳，一切悄无声息。

可能是夜风太凉，程怡迷迷糊糊睁开眼睛坐了起来，随即打了一个冷颤。突然拍了下床沿，好像想到了什么事情。她慌张地冲到镜子面前，匆忙解开自己衬衫的扣子，褪掉短裙和丝袜。一把拉开衣柜，拿出所有的衣服，脱了试，试了脱，最后还是穿着那套黑色的内衣。

“我就往床上一躺，怎么睡着了，该死该死。”程怡一把将衣服扔在床上，来不及取下衣架，一件件挂在身上对比。红色礼服，碎花吊带裙，低腰牛仔裤，这些她都不满意，焦急地看了一眼桌子上的闹钟。“真的来不及了，还有两个小时他就到了。”

程怡盯着镜子里被内衣钢圈扩出的下胸，一边自责地问自己为什么每次见他都是慌慌张张的样子，就不能早一点儿把该穿的衣服都选好，包括发型和香水。为什么会那么在意他的评价，有时甚至只是一个转瞬即逝的眼神，或者一个下意识的细微动作。

“哦，差点忘了。”程怡像抓到了一根救命稻草。她飞快地跑到窗台，把手伸出窗户，外面稀稀拉拉地下着雨，雨水从窗台上扫进来，在灯光下弯成一道道弧线。“天杀的，怎么又下雨了，我的裙子啊！”程怡把裙子收回来，在手里不断地滴着水。

·2·

这下连见他的勇气都没有了，程怡望着滴水的裙子，绝望地坐在地上，按亮手机屏幕，看着时间一秒秒闪过，心里着了火，可是又没有灭火的水。她埋怨自己昨天晚上为什么要在同事面前臭美，为什么要跟着参加狗屁聚会，才弄脏了这条裙子，最后又挂在外面忘记了收。

这条裙子是从法国代购的，在电视上看巴黎时装秀时注意到的，放了大半年也没舍得下单。可是女人喜欢一样东西是不论代价的，得到才是最大的赢家。直到他发来短信说他下个月要来上海出差，那一刻她就像突然得了严重的心脏病，再也压抑不住自己，给了自己一个购买的理由，颤抖地加入购物车，按了确认键，花了自己五位数的存款。等了大半个月，裙子才漂洋过海寄到上海。

天杀的，昨天裙子寄到了公司，经不住同事们的好奇和夸赞，得意地跑到卫生间换上，大小合身，果断撕掉了牌子，这是程怡一直以来的习惯，省得自己事后心疼后悔。换好衣服在镜子前转一圈，有种被众星捧月的感觉，好看的衣服就是这么神奇，能轻易让女人体验到公主的感觉。

可是那天晚上，硬生生地被闺蜜拉着去参加了一个聚会。喝着酒，大家奇奇怪怪的玩笑和色色的冷笑话，让气氛愈加浓烈，一杯杯红酒推杯换盏下肚，胃里发生了微妙的生物反应，大家同朋友们互吐着心声。

酒后，大家去 KTV（歌厅）唱歌，一个比程怡小很多的男生，非要拉程怡起来唱情歌。那是一首“90 后”的网络流行歌曲，程怡压根没听过几次，本想委婉地拒绝，可是男生已经把话筒递到了嘴边。

程怡对着口型，音响里放着原唱的声音，气氛不至于太尴尬，程怡被男生拉起了手，四目相对，周围有人鼓掌。可是气氛再怎么暧昧，心里也没起半点的涟漪。“现在的小男生都喜欢我这种老女人吗？”程怡想。

后来，有个女生喝多了手舞足蹈，一杯红酒不偏不倚洒在自己的裙子上。碍于面子，程怡握紧拳头咬咬牙忍了。还没等拿出纸巾，一个冰淇淋又盖在了自己胸口。程怡的第一反应是，完蛋了！那一刻就像高中时听说喜欢的男生瞒着自己考到了另一所大学，一种明知被欺骗还舍不得质问的郁闷。至于那个女生是否故意，程怡没有心思追究，只记得一年前争夺过同一个项目，结果自然是程怡胜出。如今时间过去那么久，而女人之间的战争可以持续得比岁月本身更长，何况那个女生也确实有点小气刻薄。可是程怡漂亮，漂亮的人看起来总会先原谅别人的错误，很多人不喜欢程怡，这她知道，她眼皮下也没瞧得起过几个人。

·3·

程怡坐在床沿发呆，脑子里乱糟糟的，从抽屉里拿出吹风机，插上电源，将那条湿漉漉的法国裙子铺在地板上。“希望这样能有用，两个小时，应该可以的。”可是十分钟后，她精疲力竭地倒在地板上，惊叫了一声，震亮了走廊上的一盏灯。裙子不知是什么高级材质，被吹风机的高温烧黄了一块，就像雪白的皮肤上长了一块胎记，无论其他地方再怎么完美，也没人喜欢了。

“这下真的完蛋了！”可是来不及懊恼后悔了。程怡立即从柜子里拿出一条红色的露肩裙子，他们第一次见面的那个晚上，她穿的也是这条裙子。那天他的手指从头发上柔顺地划过，说喜欢她的细小的锁骨。程怡觉得他是一个经验丰富的多情男，多情男之所以多情，说到底是女生们喜欢，然后心甘情愿地上当受骗，明知道自己傻，还愿者上钩。可是那晚，程怡还是让他得逞了。当他的手指划过她的锁骨时，程怡那颗隐忍的心终于不安分了。从那天开始，她和他在微信上有一搭没一搭地联系着。

程怡至今不清楚两个人之间算什么关系，比朋友暧昧，比情侣疏远，也不知道是喜欢，还是追求一时快感。听他讲曾经，他有很多的前任，发来照片让程怡猜测他喜欢的类型，照片上的她们都是模特身材，无论气质还是脸蛋，程怡没有勇气去猜。

·4·

程怡在半年前那场聚会上，本着“见识见识”的态度认识了他，罗瑞。

她看着泛泛之交的朋友在酒桌上觥筹交错，一群油光满面的金融人士和商人，围绕着“你有钱我就是你兄弟，我有地你就是我朋友”的话题发展着革命友谊。真真假假，都是不太高级的心理战。

程怡坐在朋友身边，喝了两杯就停下，听着众人嘴里的是是非非，倒也有趣。罗瑞是迟到的，开场半小时后才从门口走进来。那是程怡第一次见到罗瑞。一身灰色西装和浅色领带，谈吐泛泛，少了几分果断和从容，带着几分稳重和老实，与这些把酒言欢的人格格不入。

罗瑞脱下西装倒挂在椅背上，几个看似熟悉的好友要他自罚三杯，边说边给他满上，五十六度的飞天茅台从瓶口里散发出一股浓郁的酒精味。有人说罗瑞年轻有为，是我们在座的学习榜样，把他高高地捧到天上，等待他的却可能是重重的摔落。

“所以，酒量一定不会差了！”那人嬉皮笑脸地端起来一杯酒，在众人的眼皮底下，罗瑞没有推辞，喝完以后，皱了皱眉头，不过一秒钟的承受，看起来没那么多酒桌上的心理战。

程怡看着他喝下了三杯酒，觉得他有点傻，明明可以推脱过去，找一个合适的迟到理由就能躲过他们的死缠烂打。看得出来他没想和他们推杯换盏，为一杯微不足道的酒而称兄道弟。也许他的目的就是尽快摆脱他们的纠缠。果然，他喝完之后，大家谈起各自的合作，不再理会与利益无关的人和事。

酒会到了尾声，一个光头中年男人满脸通红地走向程怡，帮她拿起酒杯，眼光沿着程怡裸露的香肩往下探索。程怡有意地避过，往旁边两个穿着暴露的吧台女的方向使了个眼色："不好意思，你认错人了，她们或许你会更喜欢？"

"我不喜欢那些女人，我就喜欢你，多少钱你说，我不差钱。"醉酒男人打了一个嗝，难闻的酒气从身上蔓延开来。程怡下意识后退了一步，男人又往前一步，手里的酒杯转来转去，眼神在程怡身上四处溜达。

罗瑞转着酒杯走过来，盯着那个男人，微笑着给他倒满，又给自己添平，两个人对了对杯子，然后一口喝完，看了看身后的程怡，说："我好朋友。"这才帮程怡解了围。

时间差不多了，大家拍着肩膀陆续撤离，讨论着哪里的姑娘漂亮，哪里的姑娘多。对于他们来说，早已经过了体验爱情的年纪，也没有了孤注一掷的精力。最简单的方式就是用钞票去换女人，少了不必要的追求过程，直接得到爱情的最终结果——上床。

罗瑞走路扶着墙，在酒店的卫生间大吐特吐，程怡帮他从椅背上取下衣服，在卫生间门口等他，一阵翻江倒海过后，响起水流的哗哗声，罗瑞从卫生间出来，水滴顺着脸型的轮廓滴湿胸口的衬衫。程怡递衣服给他，低声说了一句谢谢。

罗瑞回头，眼睛里泛着血色。然后将程怡逼到墙角，不知为何，她心里竟然没有一丝反抗的意思，大概是因为他刚才替自己解了围，心里存在一丝好感，要不然早就一巴掌过去了。

罗瑞和程怡越靠越近，贴到了墙角无法后退，程怡胸前微微起伏，连呼吸都努力保持着应有的节奏，后来罗瑞停下来，伸出一只手顺着程怡的秀发划下去："我喜欢你细小的锁骨，很美。"那一刻，程怡全身像触电一样。

程怡一时恍惚，慌张地推开罗瑞的胸口，把衣服塞进他怀里，说："今天谢谢你，改天请你吃饭。"

"不过，下次人多的时候别露肩膀，女孩子要学会保护自己。"他嘴角露出一丝笑容，衣服搭在肩膀上，走了。

没过几天，两人在一家西式餐厅靠窗的位置再次见面，只点了两杯白开水。

因为上次帮程怡解围，他说，他失去了一个不错的客户。程怡并不相信，这是男人为了让女人内疚的把戏，程怡不傻，又不是初出茅庐的小丫头，前男友没教会她好好爱人，不过分辨男人的功夫还是学到了。

罗瑞说："世上的人分三种，常客、看客、过客。常客是追求安稳一生，平坦顺遂的老实人；看客对别人的爱情和生活点评论足，评价得头头是道，自己却过得稀里糊涂；过客才是只看重曾经拥有，不在乎永久停留的洒脱者。”

程怡心想，你不过就想说自己是个过客，大家山高路远有缘相聚，千万别赖上你？

可尽管心里知道这些，现在还是深入狼穴共进晚餐。

那晚的气氛的确够安逸，两人分别喝了几大杯水，以致服务员脸都拉到了地上，把杯子往桌子上一摔。最后罗瑞点了一瓶红酒，给程怡满上，剩下的全留在了那儿。

晚上罗瑞没说送她回去，程怡竟然也没提回家的事。两人看了一场午夜的无聊电影，男女主角相爱相杀，最后各奔东西，放映厅里的各个角落依偎着热恋的情侣，在电影的音乐下，发出奇怪的声音。最后程怡说困了，找个地方睡觉。

凌晨两点，罗瑞裹着浴袍从卫生间出来，他说自己其实是个香港人，前天刚从那边飞回来，可是普通话说得很溜，还夹杂着地道的四川味。程怡鼻子一酸，没说话。

他擦干了身子，从包里拿出一支小羊皮口红，是最火的 306 号，刚好是程怡喜欢的，带着一丝成熟的性感。他的情调和眼光让人无法抗拒。

他说那是专门为她挑选的，可她无法相信。这种独到的眼光和轻易猜透女人心思的功力，一定不是突然被打通了任督二脉自学成才，而是经过众多的爱情洗礼和床上的翻云覆雨才练就的。谁能保证这原本不是送给其他女人的，现在程怡刚好成了这只口红的新主人。他打开递给程怡试，口红带着清香，他的手法是那么熟练，比程怡自己还稳，力道均匀。

那个晚上两人什么都没做，程怡小心翼翼地保护着嘴唇，抱着枕头蹬了一晚上被子，并且做了一晚上噩梦。她有点失望，心里期待着发生点什么，又埋怨自己没带来刚买的蕾丝内衣。清晨醒来后，房间空无一人，窗帘拉着，罗瑞后来解释说是为了赶飞机，所以不辞而别。

·5·

白领公寓，凌晨四点。

天亮得很快，还有一个小时就能看到晨曦了。程怡呆呆地望着地板上的白裙子，还有烟头大小的焦黄，巴不得那焦黄烫在自己身上，这样还可以隐藏。再次按亮手机，还有百分之十五的电量，预约的计程车师傅发来了一条短信，他正奔驰在沪闵高架上，一会儿就到。

这会儿，程怡还没穿好衣服，懊恼着。

罗瑞在微信上跟她聊天，他说自己最怕离别，更怕相聚，没有相聚也就没有离别，这就和鸡生蛋蛋生鸡的原理是一样的。上次在酒店的不辞而别就是个例子，他走的时候涂了口红，偷偷亲了一下程怡，留下了一个大大的唇印。

三十岁的男人不懂爱情，常把爱情当婚姻，已经过了制造浪漫的年龄，所以罗瑞所有的前任都是因为这个分手。他曾经和一个在飞机上偶遇的女人订过婚，一只脚都步入了婚姻的殿堂，另只脚却因落得太远，没进来就被上帝关了门。分开的时候罗瑞对未婚妻说，该还你的都还你了，就是这些年的感情还不了。

对方很是心碎，给了他一巴掌，眼泪喷涌，走的时候头也不回，包甩得很有节奏，没有一点儿眷恋。其实她哪是想要他还，只是想要他继续欠着，等往后的日子慢慢还。

没过多久他就和另外一个女人好上了，要说男人忘记一个人比换衣服都快，所以罗瑞压根没伤心，这种人和程怡有点像，爱得快，靠感觉来维持自己的心理活动。

上次分手，程怡平静地问前任：“我和她，你要谁？”对方犹豫了一会儿，最后选择了另外一个女人。程怡问为什么，对方说：“她比较有情趣。”程怡冷笑着问：“不就是骚吗？”

还有一会儿，程怡穿上手中的露肩裙，梳了个空气刘海，来不及化妆，只涂了一层气垫。反正他看过太多的女人，见过各种妆容，在他眼里都是极为普通的装扮。

她拿出手机在朋友圈点赞，那些千篇一律的标题党和刷屏的微商广告越看越烦，最可恨的是虐狗的蜜月旅游，炫耀着免税包包和钻石戒指，吃着好看的食物，顶着一张打过玻尿酸的脸，看起来都像网红。

这一会儿，是程怡人生中最长的一会儿，它轻易地躲过了时间的测量，漫无目的地溜达着，滴答，滴答……看着秒针周而复始地转圈，脑补着一幕幕无厘头的画面：首先是爱了五年的男朋友突然和别的女孩结婚，狠狠甩了她；后来是罗瑞下飞机时牵着另外一个女孩，程怡泪眼朦胧……

时间还在焦灼地分秒必争，凌晨五点，司机师傅在楼下鸣笛，尖锐的喇叭声仿佛可以震碎玻璃，在寂静的清晨显得格外刺耳，程怡猛然睁开眼睛，拿起手机匆匆下楼。

·6·

计程车在前往机场的路上飞奔，车道上基本没有什么人，大家都还在睡梦中，享受最后一刻的床上时光，而程怡几乎一夜未眠。

中途，程怡看着倒退的写字楼和层出不穷的高架桥。嘴里不断地催促司机快一点儿，像是要赶在黎明前投胎。车上放着上海交通广播，罗妈又开始倾听情场失意的女孩来电哭诉，随后大骂渣男。程怡靠在后座上看手机，她想给罗瑞打个电话，可是又怕他手机还没开机，犹豫好久才发短信过去，问："到哪儿了？"

手机电量还剩百分之十，呼吸灯已经开始闪起红色亮光，索性按灭丢在一旁，可是不到十秒后还是按亮了屏幕。接连几次，电量急速下降。

没多久，手机响了起来，听到那个声音，程怡就有种预感，这是罗瑞的信息。太在乎一个人，就会感觉与他心灵相通，随时跟随着他的情绪。

手机电量的提示音已经将程怡的心情打乱，她看着窗外雾蒙蒙的风景，时间仿佛慢了下来。想发一条短信过去，可他仍然处于关机状态，该死的信号就像阻断了两人的生活，分割在两个世界。

最后车子在高架桥上突然一个急刹车，程怡整个人撞在前面的座位上，手机顺着窗户飞了出去，慢慢地落在桥下奔腾的河水里。

·7·

程怡突然惊醒，满头大汗。

仿佛胸口被巨石压着，呼吸困难，面色微红。

程怡慌乱地看着房间的白墙，耳机里响着唐·麦克林的声音，月光如潮水般涌进房间。

程怡打开手机，清醒了一阵子，现在时间是晚上十二点。她跑到卫生间洗了把脸，忽然意识到时间还早，距离罗瑞下飞机还有八个小时。

程怡以前一直不清楚两个人之间算什么关系，是朋友还是情侣，是暧昧还是爱情。如今终于有了可以解释的答案，仅仅是梦里要见他而已，就已经卑微到失去自己。假如还牵扯到一丝感情，那就真的卑微成尘埃了。

程怡回头，那件漂洋过海的白色裙子依旧轻飘飘地挂在窗外，窗户半开着，吹进一阵凉风，衣柜里的衣服整整齐齐地摆放在一起，手机上插着耳机，单曲循环着那首歌。

程怡吐了口气，自己还有大把的时间，可是那个梦却像偷走了岁月，实在可怕。

拔掉耳机，插上充电器，十分钟，电量充足。

百无聊赖地过了半个小时，她把衣服收进来，关上窗户，拉上窗帘，将手机远远扔到沙发上。程怡缓缓地躺到床上，看着白墙上的投影，慢慢催眠自己。

沙发上的手机突然响了起来。

程怡拖着疲惫的身子，跳过去拿起手机。

是罗瑞发来的：“不好意思，今天不去上海了，临时有点事，忘记告诉你。”

程怡苦笑一声，原来你也配合我演这场梦。

随后将手机关机，扔到一边，将窗帘彻底拉开，让月光尽情地洒进来。

这下可以睡一个好觉了。她想。

爱情法则

因果循环，爱情铁律。

·1·

我有一个奇怪的习惯，每次想起李瑶，就会闻到一股火锅加白酒的味道，无论是在雨后的公园还是在夜晚的梦里，想得越清晰，味道就越浓。

我走进住了十年的小区，习惯地按亮电梯，再推开房门，顺手脱掉浸透了白酒和火锅味道的衣服，一丝不挂地躺在房间的地板上。房顶的吊灯开始在脑袋里转圈，花花绿绿的人物关系，每个人背后似乎都挂着绳子，他们在脑海里走来走去，最后编织成一张蛛网。

几年前，具体记不得了，也不想用力去想。

那天是凌晨，几点也不记得了，那时街上都没有人，楼下亮了几个灯牌，忽闪忽闪的。我从李瑶的生日派对上回来，乍一离开喧嚣的酒吧，耳根子瞬间清净了，男男女女的荤段子在酒精的作用下，在脑海里清晰地展露出画面的轮廓。大家都没有了平时的羞涩，妖娆地展示着自己的独到之处。

我背着醉醺醺的李瑶下了楼梯，坐在路边的长椅上等车，等了半个小时，她差点睡着。我问她："你为什么从东京回来？"

她抬起眼皮看看我，又闭上眼睛，没有回答。我们依旧坐着，我借给她一个肩膀，她很快就睡着了。晚上起了风，我给她披上衣服，路上的塑料袋像白色的雪球滚来滚去，最后飞到绿化树上，摇摇欲坠。

·2·

那次生日聚会，大家都喝多了，起码一半以上都醉了。李瑶是当晚的女王，我比她自己都清楚她的酒量，白酒掺啤酒立马就醉，可她还是喝了，而且喝得很多。

她喝醉之后就大声说话，一杯一杯地和朋友碰杯，极力掩饰自己的醉意，表现自己的海量。后来她捞起桌上的酒瓶，踢开水果盘，站到了桌子上，我看到了她牛仔裙下面的打底裤。有人劝我把她拉下来，打车送她回家。我迟迟没有动身，其他人看我没有动身也没有动身，大家在下面伸开胳膊围成圈招呼着，生怕她摔下来。

她在桌子上对着瓶口唱歌，唱的是《海贼王》的主题曲，吐字模糊，大概只有我能听得懂了，唱两句喝一口。后来老板堵在门口，怕砸坏了他家的桌子，朝着我们喊："谁结账啊，赶快结账走人，再不走，出租车都没有了。”

很快，他的声音就淹没在欢呼中，我相信他们都听到了，有人看向我，意思是我作为李瑶的男朋友，今晚的账得我来结。但没人知道我和李瑶早已经山穷水尽，再走一步就是深渊。分手前所付的每笔账，在分手后都有可能是悔恨的量码。

但是，在从东京回来的轮船上，我看着大海，在船尾拿火腿肠喂满甲板的海鸥的时候，我就想过了，只要她还没说出“我们分手吧”这句话，我们就还是男女朋友。

我小步跟着老板走向柜台，他在电脑上操作着，屏幕上的数字越加越大：“3220，零头就抹掉了，就 3200 吧。”我拿出一张信用卡，输入了密码。

回到包厢后，大家都安静了，李瑶从桌子上下来，坐在椅子上哭，大家手足无措，我说：“大家都散了吧，我送她回家。”朋友们陆续走过我身旁，有人小声问我：“刚才李瑶说，你们分手了，是真的吗？”我看看他，又看看李瑶，答：“现在是了。”

只是她跟我分手，我作为当事人之一，竟然没能亲耳听到，这是这场爱情唯一的遗憾，对我来说起码不是善终。

·3·

在东京，第一次在国外过冬天，穿着厚厚的羽绒服，你要知道，在不喜欢的城市过了两年是一种什么样的体验，海岛的湿气重，每到晚上空气像暧昧的巧克力，没人吃却又融不掉。就像和不喜欢的人谈恋爱一样，佯装幸福。李瑶大学毕业后去日本进修室内设计，我欺骗了所有朋友，借钱去了日本，说去学习写作。

出发前我是真心想去学习写作的，但是半年后，学费和生活费渐渐不支，就连我和李瑶的恋爱经费都要从饭钱里克扣。我就在日本做起了寿司，其实我并不喜欢吃寿司，在国内吃寿司的次数一共不超过三次。做寿司的师傅说我很有天赋，因为我天生手凉，可以保持食材的原汁原味。我没想到我会这么受师傅器重，有几次他去国外旅游，整个店都交给我打理，我也能从薪水中得到相应的奖励。后来我听说一个正经的寿司师傅要学习八九年才可以出师，这是我承受不了的，我本想学习两年，等李瑶学业结束就回国内沿海城市开一家寿司店，结婚生子，我脑里有一个完美的计划。我做了两年的学徒，才终于学会做厚蛋烧，可是李瑶却出了事。

周末店里人多，平时下午四五点钟的时候，李瑶都会过来找我，然后在店里的沙发上坐两个小时等我下班，我们去附近的海边散步，晚上在便宜的旅舍过夜，第二天早晨分开。然后每隔一周，重复以上。

那天我等了她很久，从十二点就开始期待，等到下午三点，再等到四点，我想五点她一定会来的。我开始不专心工作，店里每进来一个人我都抬头去看一眼，师傅骂我不专心，但也没能让我专心几分。

直到六点半她打电话给我，那时我正在厨房忙碌，腾出手接通电话后她却不说话，我喊了她两声，听到她小声抽泣的声音。我说：“你怎么了？出什么事了？”

她哭声更大了，说：“你过来打我吧，我做错事了。”

“到底出什么事了，你别吓我。”我很惊慌。

我说完这句话，李瑶就挂断了电话，我再打过去的时候被她挂断了。紧接着收到她的短信：“我怀孕了。”

我瞬间恍惚了一下，脑海里飘出婴儿的哭声，说实话我也想过以后的事，这是爱情的结晶，我们会因为这个孩子而紧密联系在一起。只是这件事来得突然，让我猝不及防。

我短信回过去：“那我们就回国结婚，借家里的钱在沿海城市买个两室的房子，在肚子变大之前拍婚纱照，一切都是美的。”这不是安慰，是我真实的想法。

她隔了一会儿，发来一句：“可孩子不是你的。”

我看到那句话的时候正在片鱼肉，鱼片必须切很薄，再撒点椒盐，当地人很喜欢这种吃法。但是那片鱼肉被我切断了，还切到了手指，白色的刀印上慢慢渗出了血。

“为什么不是我的，我们每周末晚上都在一起，不是我的，是谁的！”

“我对不起你，其实还有一个人，有过一次。”

手指还在渗血，案板上流动着我的鲜血，我放下刀，缓缓脱下围裙，手指已经变成了红色，我没觉得手疼，只觉得心口像刀子捅一样，鲜血从五脏六腑中涌出。

师傅在背后叫我的名字，叫的是日文名字，是我来到这家店里，他给我取的，我由着他叫。我愣愣地走过马路，闯过红灯，逼停了几辆快要撞到我的车子，那时候生死在我心里已经没有份量，我在反思，到底是我做错了什么，这种事为什么会降临在我头上。我在公园的草坪上坐着，手指已经不流血了，结了一层红色的痂，不知过了多久，天上出现了月亮，手机上有她的未读短信。

“是我对不起你，我错了，但是我真的想把孩子生下来，你懂吗，一个女人，如果有了孩子，会不顾一切地去保护他。我想你不懂，你不是女人。”

看完短信，手机已经没电了，我在草坪上睡了一夜，早晨起来的时候，浑身湿漉漉的，头发紧贴着头皮。我起身打了一辆车，去了渡港码头，买了廉价的船票。

我在船上给师傅和李瑶发了一条短信说：“我回国了。”

师傅来了电话，让我把这个月的薪水领了再回去，我说：“不要了，算是我孝敬您老人家的，就当谢谢您给我取的名字吧。”

可是等了很久，李瑶都没有回复我。

·4·

我在北京沉寂了一段时间，那段时间我想清楚了，错不在李瑶，错在我。

刨根问底，还要追溯到上大学那会儿。我追李瑶的时候，她正和学长分手，不到一个星期我就跟李瑶表白了，她就答应了我。

现在看起来，李瑶和我在一起是因为年轻气盛，临时找一个备胎来掩饰自己的难过，告诉对方：“我很好，比你好，分手后过得依旧洒脱风流，我才是赢家。”起码那时候她是这样认为的。

所以我就是那个备胎，一直备胎到现在，就连李瑶去日本留学，都是为了当初的那个学长，顺便甩掉我这个备胎，错就错在我这个备胎太粘人，只知道傻傻付出。

但我明白李瑶还是爱我的，真的。

回国半年后，我参加了一场同学的婚礼，和曾经最要好的同桌聊天，聊过这件事，他们都知道我去了日本学习，也知道是为了李瑶去的。

“什么时候回来的？回国筹备婚事了？”

“不是，在那边待不惯。”

“那她呢，回来了吗？”

“没有，她比较容易适应，你知道，我是北方人，那里一下雨我身上就痒得难受。”

“那你们可就是异地恋了，最容易出现问题的，你想清楚了。”

“嗯，算了，我也不想瞒你，她怀孕了。”

“现在都流行这个，今天的婚礼就是奉子成婚。”

“我知道，可是，这孩子不是我的。”

“靠，不是你的？那你这帽子戴得可够大的！”

“你小点声。”

“那你可真够淡定的，都欺负到这份上了，你居然败逃了。”

“我没逃，准确地说是我压根就没赢过。你记得大学那会儿的王旭吗？”

“那不是李瑶的前男友吗，一个花心鬼，这跟他有什么关系？”

“那花心鬼大学毕业就到了日本，李瑶是为他去的。”

“那孩子也是他的？”

“是吧。”

“狗男女，你怎么不揍他们一顿，打个半死，再回国。”

“我现在不管别的，我就想知道，李瑶到底是不是真的爱我，要不然她应该早跟我说分手的，我们在日本两年，每周末我们还会在一起，我说过等她毕业后，我们回到国内开个寿司店，就这样过一辈子。”

“我问你，你多大了？”

“二十七。”

“你怎么说话还像七岁小孩一样，成年人不是这样谈恋爱的，憧憬归憧憬，别一下子把未来给定死了，女人都喜欢神秘感，要留点余地去幻想，你这样把将来说得那么透明，谁还愿意跟你开一辈子的寿司店。”

“那你说，她是不是真的爱我？”

“爱，爱过。”

“那到底是爱，还是爱过？”

“以前是爱，现在是爱过。”

·5·

我在北京找了一份工作，同时兼职写作，最近半年不再看日本的小说，对我来说片段太琐碎，在脑海里拼不起整个的画面。中间我遇到过几个比较聊得来的读者，她们打听我的感情故事，我跳过了李瑶那段，直接从高中说起，再说到现在。她们聪明地发现了端倪，问我大学时候有没有谈恋爱，我被问住了，尴尬地说没有。

我一直努力把李瑶的名字从我的记忆中剔除，巴不得出一场车祸，选择性失忆。

当我准备好把李瑶当成青春期的调剂时，李瑶又出现了。她的出现让我猝不及防，心态瞬间决堤，她的手机号码没换，发短信给我，但是我早把她删除了。我看到那串号码的瞬间，就知道是她的号码。

她约我在秋水广场那边的咖啡厅，让我想起我们第一次约会的场景，现在角色反转，我成了被约的那一方，但是我心里没有一丝的兴奋，更多的是惆怅和不安。那天下午天气还不错，我上了二楼就看到了她，她还是那样，成熟了很多。我走过去的时候，在心里飞快地计算了下时间，我离开日本已经快一年了，按理说，孩子已经生下来，正在哺乳期，可惜的是出门太急没有给孩子准备礼物。

但是她见到我的第一句话就是："孩子被我打掉了。"

我吃惊地看着她："为什么，你不是说要生下来吗？当初你那么不顾一切……"

她缓缓地低下头："可是他不想要这个孩子。"

我追问："那你就打掉了，你这么愿意听他的话，愿意为了他而背叛自己，背叛我。"

她小声地抽泣，肩膀抖动着说："对不起。"

我长长地叹了一口气，点了两杯拿铁。我替她加了几勺糖，她说现在不喜欢加糖了，喜欢原味的咖啡，苦的。

“其实没有什么可对不起的，我们都是跟随内心，就像我，你让我在东京做一辈子寿司，我也会做出一些出格的事，但是我想知道我们之间发生了什么，你们之间又发生了什么，我并不是追究谁是谁非，我只想给这场目前为止最难忘的感情做一个交代。”

“我和他是高中同校，高中的时候我们就恋爱了，他给我写过纸条，还当着很多同学的面说喜欢我，你知道的，那个年纪，在那么多人面前，我把他当成了我的唯一。他学习差，我背着父母偷改了志愿，跟他来到同一个大学。相比一个好的大学和一个对的人，我感性地选择了后者。但是后来我明白了一件事，高中时候的爱情和大学时候的爱情是两码事，他跟朋友说他是单身，和我只是同学，我认了，只要我们两个人知道就可以。”

李瑶停了停，用勺子搅乱了咖啡上的白色心形，粘稠的丝状慢慢变成一个漩涡，我从她口气里听出一丝无奈。她告诉我，过去都是假的，回忆是一条没有尽头的路，一切以往的春天都不复存在，就连那最坚韧而又狂乱的爱情，归根结底也不过是转瞬即逝的幻梦。

“我们经常吵架，我有几次撞见他跟其他女生逛街，还从他忘记加密的空间里看到他和女生的亲密照片，我们开始漫无休止的争吵，我提出了分手，他想了三秒同意了。”

“再后来我就出现了，但是我的出现只是你用来防御他的武器而已，对吗？”

“不是，我从你身上看到了曾经那么傻的我，我当时想报复他，真的，恰好你出现了。”

“所以你就用了同样的方式来报复我。”

“在和他分手后，我就认为天下的男人没有一个好人，直到毕业后，我也是这样认为的。但是我没有想到你会追到日本，那时候，我仍然觉得你就像当初我追他到同一个大学一样，高中和大学不一样，中国和日本不一样，爱情都是随时变化的，对吗？”

我点点头，没有说话。

“我去东京真的是为了学习，是为了远离那片伤心地，我本想一辈子就在日本工作生活，平凡地过一辈子，但是你让我改变了想法，让我重新燃起了对爱情的渴望。”

我望着窗外的晴朗天气，天气不冷不热，多像马克杯里的温度。李瑶喝了一口咖啡，抬头看着我。

那杯咖啡我们喝了一个小时，她说她是无奈的，他在东京过生日，约了她，他们去逛街吃饭，最后在电玩城玩电动，他真诚地对李瑶说我爱你，他想和她复合。这句话让李瑶的报复心理瞬间转变，眼前的这个男人身上有自己全部的青春，五年的时间啊，在同一个男人身上体验从牵手到上床的过程，那晚她还是决堤了。

·6·

我们在路上走着，我决定送她回去。

以前我是反对分手即朋友这句话的，一刀切出了两半西瓜，怎么也不能愈合了，更何况还流出了那么多鲜红的汁液。但是现在我和李瑶并肩走在街上，像情侣在散步，像在学校的时候，只是我早已经没有了感觉，年龄越来越大，内心越来越粗糙，感觉这个东西早已经在心里磨平了。

“老江今年年初的时候结婚了。”我说。

“就是以前学生会的老江吗？”

“是他，那时候在我们眼里傻得冒泡的老江，我收到了他的婚礼请帖，请帖上提及了你，开头写的是：‘送呈大川和李瑶’，看来在他们眼里我们早已经是眷属了。”

李瑶沉默地低着头。

“我和他不算熟，所以找理由推掉了，微信转了一个红包给他，遥祝新婚快乐。我怕和他走太近，这个人太危险，刚上大学的时候就跟着宿舍里的富二代混日子，代写作业，装流氓搭讪女生，让富二代英雄救美。后来富二代在校外打架，出事了以后他主动站出来给富二代顶包，那时候我们都看不起他，觉得他是一个轻贱的人。现在觉得傻的是我们，大学毕业后，富二代就把老江调到了家里的公司，虽然专业不对口，但是富二代拍着桌子说，这个人将来我需要，老江进公司没两年，就靠公司的福利买了房，如今老婆是大学老师，高学历美女。”

“我们都错看他了，还是老江的思想超前。”

“可是老江家里还有一个‘原配’——没结婚的女朋友，在家里等了他五年，老江眼界高了以后就把‘原配’甩了，据说被甩的时候‘原配’十分淡定，在她看来，结果是早已预料到的，没必要去纠缠一个铁定的事实。”

李瑶可能想到了什么，停下来问我：“你怀念以前的日子吗？”

“不想，我不想回忆过去，刚才这个故事只是想告诉你，爱情本身是脆弱的，没办法修复如初。”

·7·

和李瑶分别的时候，她说下周过生日。

故事回到开头，那晚我们都喝醉了，李瑶在桌子上拿着酒瓶子唱歌，我付完账，背着她下楼梯，在街边的长椅上等出租车。

我问她：“你为什么从东京回来？”

她说：“和你一样，奋不顾身地因为一个人去了东京，这次又因为一个人来到北京。”

因果循环，爱情铁律。

陈佳敏，你路痴

她像一头大海里的鲸鱼，她的心事，没人能懂。

·1·

毕业第二天，陈佳敏就一本正经地把毕业证贴在行李箱内侧，坐着火车北上了。但她始终不觉得自己是个“北漂”，她觉得“北漂”这个词太功利，仿佛一定要历经千辛万苦才能衣锦还乡。

陈佳敏的家在南方，吃软软的香米，说软绵绵的方言，但是她本人并没有半点邻家女孩的气息，她凶起来的时候，全世界都不放在眼里，她泼辣，甚至无理取闹。

北京对她来说只是生命中的一站，她从来没想过在哪个地方停留，也没想过在哪里安定，她就在有生之年四处看看，仅此而已。谁也说不准余生会悲惨还是灿烂。

在北京短暂停留后，她的手机就关机了。机械女音在我耳边磨出了茧子，仿佛她已经从这个世界消失一样，正如那个午夜突然弹出的聊天栏，蓝色鲸鱼的头像喷出尖锐的赫兹，像转瞬即逝的烟花，记忆像鱼一样，七秒，就消失了。

陈佳敏从此悄无声息地消失在这个世界上，她是路痴，而且有些健忘。三十岁不到的年龄，她的智商就退化到了这个程度，她说想找一个伴侣，在一起的时候自己智商可以低到三岁小孩那样，让对方哄她吃饭，唱摇篮曲，跳橡皮舞。事实证明，她真的需要一个人这样陪她。

我们在网络上认识，网络是个神奇的东西，总能发生一些科学无法解释的化学反应，比如我和陈佳敏的相遇，没有人能说得清。

她的昵称是“第三个和尚”。陈佳敏给我讲过 “一个和尚扛水喝，两个和尚挑水喝，三个和尚没水喝”的故事，她说自己就是第三个和尚，她一直觉得自己是多余的，从幼儿园到大学都是多余且孤独的。大家在一起排队吃饭，她总是最后一个走过去，坐在最后一排吃饭；大家都在谈恋爱，她一个人在寝室看书。她像一头大海里的鲸鱼，她的赫兹，她的歌声，她的心事，没人能懂。

我说：“我也是孤独一人，我们同病相怜，有什么事可以对我说，或许我能帮到你。”

她说：“我们都一样，我为什么跟你说，你能帮我什么？”

我说：“没人规定会做手术的医生不能得阑尾炎啊，虽然我们病症相同，但是各有病因，我或许是你的医生，也可能是你的病人。”

就这样聊了两个月，我们在微信上互相“治疗”，一直以来都是以文字的形式互吐心声，谁也没索取照片或者提过见面。长相在我们眼里不重要，甚至连年龄都不追究，即使年过更年，只要聊得来，这些都没有意义。很显然，陈佳敏是我心灵上的一味药，那就没必要用生理的需求来相处。

那两个月我不再孤独，隔半个小时不说话，微信上就会弹出蓝色鲸鱼的头像问我：“在吗？”我从陈佳敏的头像里找到了归属感，而我也会在凌晨问她睡了没有，唠叨个没完没了。两个月时间，可能只是半个季节的更替，但是足以让两个素未谋面的网友缘定今生。

我承认我爱上了她。

她消失后，我把我们所有的聊天记录都打印出来，贴满了整个房间，每天睁眼闭眼都是那头蓝色鲸鱼，但我从来没有在意过它们。当这些聊天记录成为我唯一的希冀后，它们忽然开始发出尖锐的赫兹。那些隐藏在标点符号后的感情动词，像是一场低调却华丽的化学实验。我企图从每个标点符号之间找到她所走过的路和将要去的地方。

那时候起，我决定要找到她，那个路痴。

·2·

我和陈佳敏素未谋面，甚至没有看过她的照片，她的朋友圈里都是一些经典语录和教堂照，她内心是一个虔诚的基督徒，凡事都说“上帝自有安排”，她所有的事情都是上帝决定的，无论对错，都无关自己。

我想到了陈佳敏的老家，那个有山有水的地方，但她普通话说得标准，不带一丁点口音。她说因为从小就梦想去欧洲旅行，她的语文和英语成绩都是最好的，当了十二年的学生，足以让她从一个偏远地区的姑娘蜕变成在这个世界上横走的“球漂”。

但是，我每天早晨看着满墙的聊天记录，找不出一丝关于“家”的回忆，她只说自己从小家教严厉，问我：“是不是很少见到闺女被从小打到大？”

我说：“没见过，哪怕在农村也不打姑娘。”

她说：“那你开眼了，我就是。”

我说：“可我从未见过你，没这个福气了。”

她说：“是你不提见面的，不进不退，搞暧昧？”

我从来没用“暧昧”这个词形容那些女孩，其实她们比我们更放得开，比我们更狂野，是我们的眼光束缚了她们，或者是束缚了自己。

我辞掉了令我厌烦的工作，说要去找一个人，我从来没有如此决绝地下过决定，公司里的同事当我是一个神经病，可能我在他们眼里难得开窍了。

我把寻找陈佳敏寄托在一张张聊天记录的背后，挨个从房顶看到角落，最终从她的记录中看到一个截图，头像是一个穿着西装的中年男人，我记得那个男人，她说和他有过一层微妙的关系，但她保证现在和他绝无可能。

于是我加了那个男人的微信，希望从中得到一些陈佳敏的消息。

男人很快同意了我的验证，我把他的动态翻到底，希望找到有关陈佳敏的过去，他转发了很多花边新闻，看起来像一个关注社会的良心公知。但是一直翻到三年前微信注册时候的动态，也没半点陈佳敏的影子，一个男人不愿将他的女人公开是多么可怕的一件事。

我发了一条消息说，陈佳敏是我表妹，一个月前在北京消失了，希望能寻找一些蛛丝马迹，并提议在他公司楼下喝杯咖啡。

他没有直接拒绝我，也没有答应我的要求，网络是多么好的保护伞，可以隔着千山万水装扮成小丑，可以肆无忌惮地意淫整个世界。他谈到自己的工作和生活，用无比夸张的形容词添油加醋地秀出来。

我没有心情陪一个前任上演各种伎俩，用了最简单粗暴的方法，甩出了一个红包。

这次男人没有想太久，答应了我。

我到北京的时候已经是傍晚，我们约在七点的上岛咖啡店，男人看似比我成熟许多，发福的肚子，板寸加黑边眼镜，斯文稳重的外表下藏着一颗伪善的心。

他说和陈佳敏认识是偶然的相遇，不，是邂逅。

那天晚上下班回来，已经是晚上十一点，在走了无数遍的黑暗小道上碰到了背影妖娆的陈佳敏，那时他从未那么大胆过，勇敢地上前和她搭讪，陈佳敏不仅没有受到惊吓，还加了他微信。

微信对于大部分男人来说都是个复杂而矛盾的东西。一方面希望自己足够幸运交到个贴心女友，另一方面又总想着能约一炮是一炮。

红白玫瑰之类的纠结是亘古无解的问题。即使是毫无选择的废柴也会困扰。我理解。

他们正式的第一次见面是在酒吧，这种酒色浓烈、散发荷尔蒙的地方，到处充斥着青年男女的欲望。

陈佳敏坐在吧台上斜对着男人，手里转着高脚杯，不说话，也不微笑，就这么看着眼前的人。

男人说陈佳敏不算惊艳，但是十分耐看。

男人主动给她倒了杯酒，陈佳敏也没有说话，男人认为这是默许，而这场约会，男人早就当成了一场猎艳活动。

陈佳敏不傻。这是两个月来我对她的理解，她很聪明，能识别她眼里的各色男女，给我讲她爸妈的离婚，讲她爸爸的二婚，讲她爸爸或许下辈子投胎不应该做一个人，该做一头狼，狼心狗肺。这些高难度的婚姻问题她都看得清，这场猎艳一定也可以看得清。

但是结果非我所愿，那场猎艳成功了。

我从那家咖啡店走出来，三月份的北京还有些凉意，我裹了裹黑色大衣，打了一个喷嚏。

我刚才居然听了一场男女风花雪月的故事，凉风吹在身上刺心地疼，搞不清楚自己是替她惋惜，还是在嫉妒。

路边有个电话亭，投了几个硬币，拨打那个熟悉的号码，依旧关机。

·3·

陈佳敏，我越来越看不透你，你在我眼里是正能量的化身，你厌恶那些不公平的待遇，你身上没有一丝的铜臭味，你不爱钱，不爱势，你单纯，你美好。但是，是我错了吗？

我从她的动态里找到了一个月前发的一条合租信息：“本人女，现在住在大兴，爱干净，会做家务，喜欢安静，如果有同类女生可以联系我。”

下面有一条“兔子”的留言，我顺利加了她的微信，好友验证里写的是“陈佳敏哥哥”。兔子很快同意了我的验证，并立即回复了两个问号。

我仍然以陈佳敏哥哥的身份和她聊天，开门见山地进行寻人游戏。兔子显然比我更激动，问我：“你是陈佳敏的哥哥吗？”

我回复是：“是。”

“她一个月前突然就不见了，电话关机，你知道她的消息吗？”

“我也不知道，所以来向你打听打听，希望能找到一些线索。”

“哦，那下午五点半见面谈吧。北桥头，就是四号线枣园那里。”

那天下午我穿戴得格外精神，把架在鼻梁上的黑框眼镜都擦了几遍，女孩比我早到，她坐在靠窗的位置，点了一杯奶昔。

我到了之后，首先自我介绍，然后叫服务员过来点了晚餐。“兔子”自顾自地吃饭，然后叽叽喳喳地跟我说陈佳敏的事情。她显然很活泼，边吃边说，狠狠地补充能量。

在她眼里，陈佳敏是一个很安静的人，安静得不可思议，甚至让人觉得有些孤僻。

“这也是为什么跟她合租的原因，我在外面疯闹惯了，不想回到家里仍然如此，这样我们刚好互补。”

“那她在这做什么工作？”

“嗯……我不知道。”兔子后来又想了想，“但是她每天晚饭后都背包出去，晚上很晚才回来。”

“晚上出去做什么？”

“做什么？不知道。”兔子停下嘴里嚼着的东西，眼睛直直看着我，若有所思，“跟她在一起这么久，她好像从来没说自己做什么工作。”

我看着她眼睛里真挚的样子，大概不会因为我说是陈佳敏的哥哥而对我撒谎。

我看着她把饭菜吃完，叫了服务员结账。准备走的时候，兔子突然叫住了我，给我补充了一个重要信息：“因为我喜欢和朋友在外面玩，曾经在后海的一家剧场里看到过陈佳敏，我上去跟她打招呼，她回头看了我一眼，然后拿起地上的包就走了，叫也叫不住。”

她看着我的眼睛，有些自嘲：“当时我和朋友还挺尴尬的。”

我谢过她，转身走掉。

·4·

第二天晚上八点，北京的后海酒色浓烈，各色男女扭动着身子挤在各个角落，接吻，拥抱，抚摸。很多酒吧挂着闪光的招牌，如同扭动的蛇舞，吸引着身体里潜藏的荷尔蒙。

我在兔子所说的那家小剧场找到了吧台上的服务员，我照兔子所讲的那样给她描述了陈佳敏的样子。我话刚说到一半，服务员白了我一眼，转身倒了一杯冰啤，照顾另一个客人去了。

我从兜里抽出两张一百元，压在玻璃杯下面，叫了服务员，他顺着我的眼光看去，立刻走了过来，换上一副廉价的笑容为我倒满了酒，然后习惯性地抽掉下面的钞票。

看着杯子里碰撞的酒花，有时候真羡慕这些能轻易被收买的面孔，廉价而不卑微。这个不大不小的剧场，每天都上演着各种廉价肤浅的表演，还有一大群轻易买账、被逗得哈哈大笑的肤浅观众。其实人该如此，走过不同的屋檐，经历下雨，经历电闪雷鸣，经历晴空万里。

我再度向他描绘陈佳敏的样子，刚蹦出一个字，服务员就贴过来："她呀，天天来，来得比我都准时，每天晚上都要一杯威士忌，把自己灌得酒意朦胧，然后和那个人出去鬼混。"服务员朝对面的方向撇了撇嘴。

那个方向音响轰隆，主持人故意扯紧了嗓子憋出的沙哑喊麦声此起彼伏，头顶的彩色灯光打着圈地在人群里跳跃，我从雾霾似的灯光下看到那个在钢管舞上盘旋的男人，他性感，肌肉线条丰腴，逗得那些女人阵阵欢呼。

"去问他，他比我更清楚。"服务员嘴角倾斜，有些别样的意味。

晚上的表演结束后，男人从台子上走下来，脸上带着倦容，宽厚的肌肉肩膀闪着晶莹的汗珠。我跟他到了后台，礼貌地跟他打招呼。我向他表明了来意，他脸上露出意味深长的笑容，自顾自地换下湿透了的白色 T 恤。

“她就是一个疯子！”他回头，说了这句话。

后来我们走出那家小剧场，在外面的路边摊吃烧烤，抬来一打啤酒，他让我请客，啤酒畅饮。我笑了，他不过是一个充满流浪味的“北漂”，满嘴的理想和远方，却始终没有迈出去一步，一直待在昏暗潦倒的角落，被灯光和眼光扫了一遍又一遍。哪怕和剧场的老板娘成为包养关系，内心的反抗始终抵不过身体的诚实，更何况老板娘根本不需要那诚实，在她走过来的四十年里，现在就要当下的满足，很现实。

他回想起和陈佳敏的相识，那天他正在舞台上表演，下台的时候看到一个长发女孩坐在昏暗角落里灌着一瓶又一瓶的啤酒，单身女人，喜欢喝酒，对于男性狩猎者，这是多么诱惑的野味。

他上前搭讪，陈佳敏睁着蒙眬欲醉的睡眼，下意识里让他骨头酥软，他形容陈佳敏是一个漂亮的女孩，比起平时认识的那些人，还多了一份单纯。

他拿着酒瓶不断往陈佳敏的杯子里续酒，陈佳敏没有反抗的意思，他装作众多泥流中的知心大叔，不断地询问，试探，套路，一步步朝着深渊处前进。

那天晚上他以知心大叔的身份带着陈佳敏走遍了后海的各个角落，然后在无人的巷子里深拥接吻。

知心大叔的礼貌和绅士，加上身上凸显的肌肉线条，很容易让一个初来乍到的姑娘倾心，仿佛在这个陌生的城市里瞬间找到了归处。

钢管男倒了满杯啤酒，一口气撸了一串羊肉，孜然味从细小的竹签里渗透出来。“那时候，她多像一个任人摆布的木偶，谁曾想是一个彻头彻尾的疯子。”

陈佳敏每天晚上都会来这个小剧场，无论刮风下雨，都会坐在最后一排点一杯最廉价的啤酒，看着舞台上那个几乎裸体的男人爬上爬下，像一个努力为生活挣扎的蚕蛹，一步一步地爬到顶端，然后瞬间降落，人群里发出拍桌子的惊呼，仿佛人们就愿意看别人的落魄。

钢管男每次从台上下来，走向陈佳敏的座位，他们一起饮酒，但是一句话不说，无论钢管男怎么对她，拥抱，亲吻，双手在身上游走。陈佳敏仍旧沉默地往自己胃里灌酒，让自己永远不清醒。

钢管男再也忍受不了陈佳敏无声的沉默，最终爆发的那天晚上下着大雨，两个人从出租车上跑出来，厮打到雨水瓢泼的大街上。陈佳敏死死地扯着男人的衣领，甩他耳光，留下五个大大的指印，男人挣脱她的手，踹开她的身体，她躺在雨水里，头发紧紧贴在脸上，她立即爬出来甩出更狠的耳光。仿佛每天晚上的沉默，都积蓄在这一晚爆发，男人无意跟这个疯女人纠缠，一路小跑回家。

第二天晚上，陈佳敏仍旧出现在剧场的最后一排，点一杯啤酒，等待钢管男的表演。他似乎有些怕她了，仓促地表演完之后立即消失在了剧场。

我眼前的男人一口气灌了一大杯啤酒，我从他无助的眼神里看出一丝恐惧。他一个人把那些啤酒喝完，跟我告辞，我谢过他，他宽大的背影消失在灯红酒绿中。

我付过钱，走在这个娱乐至上的大街，无数次回头看，真希望背后站着那个疯女人，好去揭开她隐藏的各种面孔。陈佳敏，你这个疯子。

·5·

兔子在微信上给了我一个地址，友善地提醒我记得去她家里收拾东西，我打了一个出租车左拐右拐到了一个老旧的小区，敲门。

兔子面带笑容迎接我，她穿着睡衣，头上带着兔耳朵的发箍，前面还竖着几根黄黄的杂发。阳台上透来几束光线，整个房间充满了阳光，两张小床，小碎花的墙纸。

兔子很热情地招呼我喝水，我知道她只是想让我早点把这些东西搬走，给她腾出地方。

她早已经帮我把陈佳敏的东西打包好了，整整一个大纸箱，刚好一个人可以搬得动，出了她家门口，她开心地对我谢谢再见。

在宾馆的卧室里，我扯开窗帘，让大大的阳光涌进来。我蹲在地上一件件地翻看她的东西，几本书，一套化妆品和几根红色头绳，几支彩色铅笔，一双白色平底鞋，一瓶香水。

在房间的上空喷了几下，绿茶的清香缓缓地落在地板上，水雾中仿佛可以看到她的影子。

她的东西很少，生活用品都在这里，她也许没想走很远，还会回来的。

她看的书很杂，《我所理解的生活》《白色流淌一片》《1980 年代的爱情》，厚厚的一摞《海贼王》漫画，还有几本《舞》的杂志。

海贼王上有几页纸张发卷的痕迹，那几页布满泪痕，翻到娜美用刀扎自己身上的恶龙海贼团的纹身、乔巴加入海贼团的时候，我能想象到她落泪的样子。

突然内心迸发一股火，狠狠地将书丢在一旁。陈佳敏你可以为几个虚构人物轻易落泪，你可以在大雨滂沱中和一个健壮男人厮打，你可以轻易地被一个中年男人勾走。说真的，你真的令人讨厌。

后来我从散落的《海贼王》里找到一张照片，相纸泛黄，照片中两个十四五岁的马尾女孩牵着手笑得很甜。里面一定有一个是陈佳敏。

照片的水印上写着 2007 年 4 月 12 日，我从那本老旧的日记里找到了那天，另一个女孩叫王雅楠，是她很好的朋友，每天一起上课放学，她们是同桌，她们是邻居。

陈佳敏的日记记着她们之间的点点滴滴，在曾经书信传情的年代，我能体会到女生之间这种细腻暧昧的感情，在课桌下偷偷写下想说的话，然后从背后传到她的手上。

她没有带走这本青春的纪念册，也许是故意的，想忘记这个开始，也许她们之间发生了什么，现在我怀疑陈佳敏的消失和王雅楠有着很大的关系。

晚上，我捧着那套《海贼王》看了两个小时，在和她泪点相同的地方落泪，然后折上，看着外面的夕阳，感觉自己特别苍老。

后来，我在楼下办理退房手续，外面突然来了一辆警车，下来几个人果断把我请到了当地的派出所，他们给我泡了杯茶，我从来没想过会在这里结束我的北京之行。

他们毫不客气地对我放狠话，让我老实回答接下来他们所问的所有问题。

如我所料，他们问了很多关于陈佳敏的事。

但是我的回答，他们很不满意。他们打死都不会相信一个素未谋面的微信好友会大动干戈地来寻找陈佳敏的行踪。

他们把那几个问题变着法地问了很多遍，然后在本子上写写画画，直到出现了一个带着针织帽子的中年男人，说他是陈佳敏的父亲，我才知道这其中的一切。

陈佳敏失踪后，她的家人来北京寻找未果，就通过合租室友兔子找到了我这个所谓的哥哥。

就这么简单的推理，中年男人抽着老家带来的香烟，给两个警察一人递了一根。

他要求和我单独谈谈，两个警察识趣地去外面抽烟，他坐在我对面，抬了抬帽檐露出一双经历过岁月磨炼的眼睛，他紧紧地盯着我，不太友善。

我对他重复了一遍刚才说的供词，没有落下任何一个细节，听陈佳敏说他是一个退伍军人，有军人敏锐的直觉和处理能力，他一言不发地抽完整根烟，和我搭了几句话，走出去和警察说了声，就顺利把我带了出去。

晚上，我拖着行李箱走在他后面，我们在一家山西面馆停了下来，叫了两个小菜和一瓶五两的白酒。

“她从来都不是一个让我省心的孩子！”他拧着酒盖，这句话瞬间冲破了他心理的最后防线，一下子哭了出来。

我看着他，听他讲完所有的故事。

军人家庭有着特殊的生长环境，从陈佳敏出生，家里就帮她安排好了这一生，从小学到大学，走的每一步都是他所安排的。整个童年和青春期都是在父母的打骂下度过，但是陈佳敏越来越反抗这种既定的成长规划。

她开始反抗父母安排的每一件事，初中让她转学去了重点学校上学，她逃课打架欺负同学，成了全校出名的混混。大学毕业后父母让她去考公务员，她撕碎了所有寄来的书，然后一把火烧掉。她骨子里有一股反抗精神，她觉得自己孤独，没人懂。

我安慰着老泪纵横的他，对他讲述我心里的陈佳敏。她单纯美好，但是没人能懂她的美好，但是从我们的聊天记录看，她骨子里并不反抗， 她喜欢随遇而安的生活，喜欢女孩所喜欢的每一样东西，用现在的话来说叫崇尚自由。

他喝完了酒，很感激我，让我随他一起回家。我没有反对，我想看看陈佳敏二十几年来的生活环境。

我们当天晚上坐上南下的火车，陈佳敏是我们之间最大的话题，填补了路上的无聊时间。

·6·

下了火车，又坐两个小时的大巴。中国所有的城镇都一样，一条看似宽广的主街道，两旁一排排整齐的两层房子，都有一个叫人民公园的地方，记忆中的童年，总是在那里发生一些难忘的事。

她的家乡很美，有山有水，家庭并不富裕，但是足够衣食无忧。陈佳敏的妈妈准备了一些家乡的特色菜，让我住在陈佳敏原来住的房间。开窗就是大海，咸咸的海风吹过来，窗帘和各种挂饰微微晃动。

我在那里短暂地住了两日，睡在陈佳敏曾经睡过的床上，她的房间没有任何个人特色，没有明星海报，没有除白色之外的其他颜色，一张写字台上整齐地摆放了一些书。

我拿那张合影照片给陈佳敏父母看，严母一眼就认出了那个女孩，曾经就住在隔壁，后来就搬了家，听说女孩后来做了小学老师，专心教书。

通过他们我找到了王雅楠所在的学校，那天下午响过课间铃，安静的校园瞬间热闹了起来，像一个欢快的乐园。

办公室里的那个姑娘穿着白色衬衫，戴着一副眼镜，眼里看不出任何心事，小城镇上的女教师，也许只需要找一个最终的归属，平静地过一生。

我走过去，直接提及了陈佳敏。她抬头看着我，本来平静的眼睛泛出一丝波澜，然后又迅速回归平静。

“不好意思，我不知道陈佳敏的事，我还要工作，没什么事的话请回吧。”

“她失踪了你知道吗？我想你应该知道些什么，毕竟曾经你们那么亲密，比如她喜欢去的地方，或者，喜欢的人？”

“我什么都不知道，麻烦另找他人吧。”

王雅楠开始收拾桌子上的书本，准备去上课。看得出她的急促和不安，我没有把别人的往事重新强加在她身上的意思，只是想得到一个答案。

我没有抑制住自己，伸手拦住了她，她显得特别无奈，从我手臂够不到的地方走了出去。

我一个人走出办公室，诺大的校园里没有一个人，各个教室里陆续响起“老师好”的声音，曾经我们也这样，最享受上课期间的宁静，老师走到讲台上享受大家的起立问好，此时瞬间觉得自己长大了，时间对我们撒了一个弥天大谎，终于再也回不到过去。

我走到操场上，坐在高高的演讲台上，看着草坪上踢球的学生。双脚踢着台面，像激起的水花。

王雅楠从背后出现，我知道她还是会来的。

“我们谈谈吧。”

“好啊，坐吧。”

“曾经，我和陈佳敏也这样，坐在一起，傻傻地笑。”

初高中是最敏感也最残忍的年纪，陈佳敏一直保护着王雅楠，她倔强，固执，不懂得讨好老师，不懂得融入同学，在嗅觉极其敏感的女生堆里，她成为大家攻击的对象。

她不是可以玩到一起的同类。这是那些女生给她的罪名。

王雅楠说，这个世界太不公平了，那时候在食堂吃饭，坐在前面的女生突然被几个男生围上来辱骂了一顿，骂得很难听，不知道为什么。

陈佳敏告诉她，其实这个世界是公平的，如果那个女生是他们的女朋友，或许他们会掏心掏肺，用生命去保护她。所以不要依靠别人，要靠自己。

陈佳敏经常一个人走在操场上，沿着操场走完一圈又一圈，享受脚下每一步的自由，无视上课铃声的催促，慢悠悠地走到教室喊声报告，老师愤怒地问她去了哪里，其实只想听她编一个合适的理由，找一个台阶下。但是陈佳敏说："我刚才去操场散散心，来晚了。"

随着同学们嘲弄的笑声和老师的嘶吼，她在外面的走廊上罚站了一个上午。

"那时候的我们羡慕校外的混混，对女生来说，只是想得到保护。"王雅楠说，"是陈佳敏给了我人生中最大的安全感。"

那时候学习好是罪，特立独行是罪，被喜欢也是。王雅楠被某个男生喜欢，收到了夹在书里的纸条，被几个女生逼到墙角，让她离开他。当时就是这么无厘头的爱情，模仿着偶像剧里坏女人的口气。

在王雅楠受欺负时，陈佳敏主动站过来说："别怕，我保护你。"

围在她们身边的人最见不得这种打抱不平的人，拳脚肆无忌惮地砸过来，她用弱小的身体护住王雅楠的全部，一声不吭地让她们打完，拉着王雅楠的手到校外的小卖部买刨冰，在十二月的寒风里，冷得全身颤抖。

大概怕了她这种蠢蠢的保护方式，或者找到了新的目标，没有人再骚扰她们。

市里中学生运动会，陈佳敏的名字被恶作剧地报了上去，她跌倒在三千米的长跑的红色跑道上，她努力爬起来，眼睛盯着墙外的夕阳，王雅楠在她身边紧紧地注视着，默默地为她加油。

她用尽了所有的力气，一步步走过终点，然后彻底倒在了线外，学校的老师早已经乘车回了学校，她被大家遗忘，谁也没想起。王雅楠背着她走出校园，走在市里的大街上，精疲力竭地躺在长椅上。

王雅楠眼含泪水，起身终止了我们的谈话，我跟在她身旁沿操场的跑道走着。

“她身上有股我抗拒不了能力，她像一团火焰，我怕她，真的。我只想一辈子过得无惊无险，安安稳稳地走完这一生，世界变成什么样，人为什么活着，怎么活得有意义，这些都和我没关系。”

我明白，一个小城女教师对人生未来的规划，就是这样平静，然后波澜无惊。

王雅楠说：“我要结婚了，在五一，我丈夫是曾经给我写纸条，给我带来伤害的男同学。”

也许从头到尾这只是一场戏剧，早已经注定了结局，陈佳敏的出现只是让她们的戏剧变得饱满。起码对陈佳敏来说。

我们告别后，操场的墙外出现了火红的夕阳，多像陈佳敏倒在操场上看到的最后一眼，焦灼的亮光。

我明白女生之间微妙而细腻的感情，能牵着手一起上厕所，也能瞬间翻脸变成这辈子最大的仇人。我似乎明白了这一切。

就像过去的我，那个我一直不愿提起的自己。

·7·

我决定结束这段寻找之旅，回到我安稳工作的城市，和一群熟悉的小伙伴开开玩笑，删除微信里不必要联系的人。

我刚到公司，桌子上放了一个快递，箱子上缠满黄色的胶带，寄件人写着：鲸鱼。

同事说一个星期前就寄到了这里，我兴奋地把胶带扯掉，里面放着一张光盘。

我的面孔投影到镜子一般的光盘上，我知道里面藏着我想知道的所有答案，我找了很久的陈佳敏，和我不愿提及的自己。

戴上耳机，把光盘放进电脑，一阵白光闪烁之后，我看到了那个陌生又熟悉的脸，像清晨窗外的阳光，照在她惺忪的睡眼上。

陈佳敏，我最熟悉的人。

看到你，我想到三年前快要订婚的前女友，她跟我分手的那天早晨，就是这样的情景，她洗完澡走出来，湿漉漉的头发滴下水珠，落到酒店的地板上。那是在马来西亚的仙本那，后背晒得红红的，还没有消肿。

她说："今天我们去潜完水就分手吧。"

我什么也没说，打开吹风机帮她吹头发，然后狠狠地抱住了她。

我本想在那次潜水中干脆溺亡，沉到海底。最后为了多看她一眼，我浮了上来，看着她，分不清脸上是海水还是泪水。

她要去国外生活，再也不回来，那时的我们再也不热衷于活力四射的酒吧，也不信奉诗与远方的旅行。我没想去陪她，她也不再需要我。

陈佳敏，你多像她呀。

光盘中的画面，从阳光明媚的早晨闪到酒店外的电梯上，五彩缤纷的灯光牌，全聚德门口的大鸭子，上海特有的有轨电车，来来往往的上班人潮。

陈佳敏背后那么丰富多彩，可是表情却那么淡然可怕，镜头跟着她慢慢地走着。

她说："雅楠，这里好大，但是我觉得好空旷，我真的觉得你比我勇敢多了，坦然接受了现实，做了一位小镇老师，比我满腹漂泊的理想和横冲直撞勇敢多了。"

陈佳敏逆行在人行道上，镜头对着她冷淡的表情，不断有行人撞到她的肩膀，闪过无数双嘲讽的眼神。她在镜头里弯下身子，坐在公园的石椅上，抽出一根女士香烟，叼在嘴里，引燃，抽了一口，等它自然燃尽。

"雅楠，我们终究回不到过去了，不知道是我失去了你，还是别人把你从我手里抢走了。对了，你快要结婚了，我还是从别人嘴里得到的消息，你故意瞒着我，无论是出于善意还是恶意，但是在我眼里都是恶意。曾经我们之间没有任何的距离，你第一次看到杂志上的钢管舞，就无可救药地喜欢上了叛逆的舞蹈，我们俩经常在上课的时候偷偷翻着舞蹈杂志，憧憬着有一天爬上那根滑稽的钢管，台下有人鼓掌欢呼。所以，我尝试去喜欢你喜欢的东西，和一个跳钢管舞男人谈恋爱，虽然不知道你恋情的发展，但是可以体会你恋爱的心情，为了麻痹自己的神经，我每天用酒精把自己灌醉，再投进他的怀抱。”

画面从陈佳敏的身上移开，满屏的蓝天白云，几缕泛黄的光束，只听到她在一旁小声地哭泣，痛到骨子里。

她再度出现在画面里，脸颊挂着重重的泪痕。

镜头往下，那是我最熟悉的地方，我工作的办公楼，高高的楼顶，一个大大的钟表，早晨九点整。

“雅楠，最近我碰到一个知心的朋友，我愿意跟他聊天，有聊不完的话题，我从未从另一个人身上体会到被治愈的感觉。说也可笑，我们是网上认识的网友，都是感到孤独的人。我在他身上找到另外一种感觉，即使那不是爱情。就像我们小时候牵着手，毫无顾忌地做一些常人无法理解的事，别人越是眼光异样，我们越是肆无忌惮。他就是人群中能够一眼看穿我的人，让我的生活无所遁形。”

镜头一晃，晃到了地面那条弯弯的河流，两旁整整齐齐地停满了车子，乍一看眼神恍惚，像跳楼机落下的那一刹那，全身瘫软。

再晃到她的脸上，她微笑着，发丝随风在动。

我挣扎着，费了好大的劲儿接近电脑屏幕，颤抖的双手想帮她理一下飞舞的头发。

可是屏幕晃过一帧帧白光，她又消失了。

我承认，佳敏，我无可救药地爱上了你。

我爱你，像蓝天白云一样美丽。

我会一直找你，你别忘记了，我说过要做你的备忘录地图和导航仪。

一个人的爱情

这场初恋被陈凡走出了一场万人狂欢，唯独主角在落泪。

·1·

谈情的人都自命不凡，陈凡算一个。

当时星座还没有流行，陈凡自命属火，将迈克尔·杰克逊当成毕生偶像，还带着一大批死忠粉在女生宿舍楼下飘来飘去。

自从那天和一个女孩碰面，他就无可救药地着起了火，再没熄灭。女孩叫李楠，大我一届的学姐，每次出门都是浓妆艳抹，甩着八厘米高跟和长筒丝袜，生生地把陈凡的鬼魂勾得一览无遗。

传闻说李楠是“绿茶”，还特浓，一日三餐靠包养，每周换一个男朋友，不重样。

陈凡说："我喜欢。"

从见面到决定追她不过一根烟的功夫，这根烟比白粉还毒，当时电视机播放着缉毒电影，吸那玩意儿全身抽搐，颤抖得要散架。陈凡就像吸白粉一样，提起李楠心跳得就像中风，吸走了他大半辈子的人生。

都说单恋的人智商都是负数，可偏偏陈凡百分百地陷了进去。

我好心劝过陈凡："那种女人没真爱，全身上下都透着那股劲。"

陈凡问我："啥劲？"

我说："骚。"

陈凡不管，说是缘分。我说这是王八绿豆看对眼了。

后来为了搭讪，陈凡把我们宿舍的四个人都拉过去助威，临行前就像要去赴刑场，还一口气闷了半瓶二锅头，三秒钟脸色通红。我们这才突然想起来陈凡喝酒红脸，半天都消不下，后来他跑到厕所把头埋在脸盆里半小时，差点没命。

陈凡走在最前面，在宿舍楼下召集了为数不多的杰克逊死忠粉。陈凡坐在路边的石凳子上大喘气，走路腿都软，问了我八遍："脸还红吗？"我摇了摇头，他才放心。

李楠出来的时候身边还跟着一个闺蜜，光是美腿就闪瞎了我的眼，陈凡简直瞎透了。不知被谁一脚踹了过去，他的脸瞬间红到耳朵根，我们几个在后面偷看，后来这梗被我们笑了一年。

陈凡扭扭捏捏说不出话来，李楠踩着高跟鞋高陈凡半头，撩着头发露出好看的锁骨："怎么了帅哥，有事吗？"

原先在宿舍练习了好久的开场白愣是在陈凡嘴里憋成了两个字：“电话……”

李楠和闺蜜哭笑不得，从包里拿出一支笔在陈凡胳膊上写了一个电话，末了还画了一个心。

回到宿舍后，陈凡得意地向我们炫耀，并且放言这辈子都不洗胳膊了。第二天晚上陈凡就跑到文身店，按照李楠的笔迹将电话号码文在了胳膊上，还有那个爱心，别致而霸气。我就知道陈凡彻底拜倒在李楠的石榴裙下了，毫无生机。

可是没过多久，李楠就换号了，陈凡差点跳楼。当然这是后话。

陈凡发过去短信，对方很快就回应了，不知从哪儿听说美女都爱吃大排档，所以陈凡特意在校外预定了一个包间。

李楠还没到，陈凡就喝下了三瓶酒，脸红得像猴屁股，好在晚上灯光暗，看啥都黑不溜秋的，本来陈凡就不白。李楠来的时候，陈凡已经六分醉，鼓起勇气问她：“有男朋友吗？”

对方抓起酒瓶放进嘴里，“嘎嘣”一声，瓶盖从嘴里吐出来，仰头就是半瓶，一看就是久经沙场的酒吧女王，陈凡看得心惊胆战，小心翼翼地给李楠满上。

“男朋友啊，有很多。”

陈凡“哦”了一声，端着胳膊倒酒，摆成一个霸气的爱心，李楠“噗嗤”一声就笑了。“那不是我的号码吗？没想到现在还有这么纯情的小男生，哈哈。”

陈凡拼命地掩盖，不敢抬头。

李楠笑得很洒脱，丝毫都不掩饰："要是我吻你一下，你是不是得在脸上文个唇印啊。"

李凡竟然不怕死地凑过来，等着接受这一吻。

天杀的，这时隔壁包厢哥们喝大了，一屁股把墙砸了个窟窿，不过也拯救了陈凡这张自命不凡的脸。

·2·

半夜十二点，陈凡顶着一张熟透的脸回来，把我们统统叫醒，带着哭腔说："她有男朋友了。"就像失恋一样，把自己当成救世主，口口声声要拯救她脱离水火，还说所有火坑里的姑娘都是受过伤的。

"呸，不要脸。"

陈凡说："你不懂爱情。"

陈凡闷在被窝里将对方的QQ空间拉到底，不放过任何蛛丝马迹。李楠两年前还是扎着马尾的傻姑娘，大学以后才朝着女神的方向迈进，换中分，穿短裙，化浓妆，一步一步地迷失自我。

再往前翻，高三那年的动态什么都没有，整个人就像在高三的时候失踪了一样。陈凡半夜在被窝哈哈大笑："肯定是被爱伤过的好女孩，还得靠我来拯救。"

第二天一大早，陈凡就跑了出去，回来的时候带着几张海报，海报上印着李楠的美照，他大摇大摆地贴在墙上，躺在床上睁眼闭眼全是她，还把她的照片保存下来当壁纸，那时，陈凡的智商低到了底限。

陈凡第二次和李楠见面，换在了附近稍有情调的餐厅。从进门到起身离开的半个钟头中，全程都是李楠问，陈凡答。都说陈凡以后肯定怕老婆，他还狡辩，还有一个冠冕堂皇的理由，说太在乎一个人的时候就会怕一个人。

有这样一个规律，激吻中总是率先停下的一方会在日后的共同生活中占据主导位置，热恋中更崇尚自由的一方会永远掌握爱情的支配权，这是命中注定。

临走前陈凡一口气喝了大半杯，憋出一句话："你和你男朋友咋样了？"

李楠开怀大笑："你还真信啊，本姑娘不缺男人，但也不需要男人，日子照样过，过得也不错。"

陈凡似懂非懂，但他至少懂了中间那句话，那就是她没有男朋友。

"可是别人不这么认为。"

"生活是自己的，关别人什么事。"

李楠提议猜拳，不知是故意还是运气不好，大都是李楠输掉，最后酒意肆虐，李楠趴在桌子上一动不动。陈凡那天当了一次正人君子，背着李楠压过了几条大马路找到了一家宾馆，其实像李楠这种混迹各色酒吧的人压根没醉，被陈凡背到附近的宾馆时，看着陈凡胳膊上的纹身，眼睛还闪着白光，那种感觉就像刺到心里一样。

陈凡那天本想放任荷尔蒙，却在解开第一个扣子的时候扇了自己一耳光，然后在沙发上睡了一晚。这是陈凡回来后声情并茂跟我们讲述的版本。其实是因为他是初恋，不懂男女那回事，后来回到宿舍恶补了一晚上之后，肠子都悔青了。

·3·

追女孩有两种，一种是谈情，另一种是走心。很明显，陈凡先走心，后来才谈情。

其实陈凡表白过几次，不过都以失败告终。李楠踩着八厘米的裸色高跟鞋以高人半头的气势往那儿一站，撩起黄色的长发就足以碾压一切。每次她都问一句："你懂爱吗？"

陈凡无论摇头还是点头都是同一个结果——拒绝。

走心的那段日子，陈凡使出了他能想到的所有招式，生日送花，节日送花，各种叫得上来的日子都送花，包括全国爱眼日，植树节，就连 3·15 打假日都送了一捧康乃馨。

李楠后来真的有了男朋友，隔壁学院模特队的，一米八三大高个儿，走路带风带尖叫的那种，相比当时只会滑几个太空步的陈凡来说，根本不是一个档次，前者是走秀，后者像耍猴。

可是追女孩就是这样，遇水则涨。

陈凡晚上托人去门口超市买了两双增高垫，外加一双篮球鞋，全部加起来勉强凑够一米八，走在路上像踩高跷，终于体会到了"女为悦己者容"的深层含义。后来他穿着下楼，当众发疯耍帅，音乐还没开始，鞋就飞了出去，陈凡尴尬得再也不敢穿那双鞋。

陈凡总结原因，归纳于自己的青春期被该死的体重带走了一半，后来为了弥补青春期的损失开始严格自我改造，从减肥开始，每天只吃一顿，一顿分三次吃，半夜饿得肚子像打呼噜，早晨六点去操场跑步，每次都是一个小时才回来。

直到有天在操场上看到李楠和男朋友吵架，陈凡的自我改造才最终瓦解，对方甩了她的胳膊，李楠索性头也不回，就这样走，谁也没回头。

那天晚上十点钟，李楠给陈凡发来一条短信，说在老地方等他。

陈凡瞬间从床上蹦下来，抱着海报亲了又亲，那段时间宿舍关门早，墙上刚装上铁丝网，门口贴着告示："禁止翻墙。"

后来陈凡不顾一切地翻了过去，脚抽了筋，一瘸一拐地去赴约，当时备胎这个词还没流行，就算是备胎，我想陈凡也乐意，随叫随到，比大姨妈还准时。

当时李楠蹲在路边，手里夹着烟，一口气从嘴里吐出来，像仙女一样。

陈凡走过去，凑到跟前瞧着她："你还抽烟？这玩意儿抽多了不好。"

李楠干笑了两声："我好不好，又有谁在乎？"

"我在乎！"陈凡突然抬高了声音。

对方看了陈凡两眼："你多大？"

"二十三。"

"我比你大两岁。"

"我妈说，女大三抱金砖。"

“你听你妈的，还是听我的？”

“我妈让我听你的，嘿嘿。”陈凡傻笑。

“走！”李楠从路边站起来，弹走烟灰，索性将高跟鞋脱下来，陈凡偷偷地比了比，到耳朵左右，心里傻乐。

只是当时所有的超市都关了门，两人半夜在街上挨个踹，狗叫声此起彼伏，接连被骂以后，翻了两条街才在一家二十四小时便利店买到两扎啤酒。

两个人顺着马路边走边喝，李楠将酒瓶放在嘴里咬，那爽朗是陈凡这辈子都难忘的瞬间。

·4·

她的分手特别坚决，头也不回，越走越远。

李楠说：“分手的人就像裂过痕的手机，早晚都要换，必要时走得坚决一些，比起怀念好受些。”

分手就没有和好的必要了，那些常把分手、离开这种词汇挂嘴边的人，心里早就把你丢远了。

李楠将高跟鞋往地上一扔，盘坐在天桥上：“你为啥喜欢我这种女人？”

陈凡坐在李楠对面，答：“你是好女人。”

“好女人是什么样？抽烟喝酒谈恋爱？”

“好女人懂情，和其他的没关系。”

李楠是懂情，还学会了绝情。李楠很少谈及过去，对她来说过去就是耻辱，李楠说：“我高中时候就堕胎，把自己整疯，站在六楼差点想不开。”

她问陈凡：“傻不傻？”陈凡摇头，李楠扇了他一耳光，说：“你们男人都一样。”

李楠甩了瓶子站起来，夜风一吹，吐得稀里哗啦。

这次李楠是真醉了，本来这点酒勉强够七分，可是李楠心里还藏着一瓶酒，那瓶酒度数太高，藏了好几年，浓度不减反增。

·5·

这条路不知道通往哪儿，李楠眼睛红红的，气憋足了就吐，沿路歇了好几歇，不省人事。

陈凡把李楠送到宾馆就回来了，翻墙的时候又栽了个跟头，脚肿得像面包，一瘸一拐地摸回了宿舍。灯都没开，抓着洗手盆就吐，陈凡心里也藏着一瓶酒，只是藏得更深，第二天早晨陈凡收到一条短信。

李楠发的：“为什么不上我？”

陈凡哈哈大笑：“女人隐藏太深真假难分，谁知道真醉假醉，我又不是你的心。”

对方回复了一堆惊讶的表情，末了还加了一个爱心，和陈凡胳膊上文的一模一样。

那年的暑假是四年里最长的一次，陈凡没回家，在学校附近的超市打零工，暑假前和我们来了个短暂的告别，都说他脑子进水了，竟然做起了零工，像陈凡这种人就应该继续祸害国家。

我和陈凡一起上厕所，他偷偷告诉我，李楠也不回家。

我惊讶地看着他，说不出话来。

“尿我身上了！”

我说：“你他妈真赖上了？”

陈凡提起裤子，抖了两下膀子，露出胳膊上的纹身：“没办法，刻上去就洗不掉。”

李楠在对面的酒吧工作，每次出门都醉醺醺的，陈凡在超市收钱，每次都是收到一半，钱还没找，看到对面有个踩着高跟鞋背着单肩包的女孩出来就跑过去扶，顾客有几次以为他要携款潜逃，叫着抓流氓。

被老板严重警告后，陈凡安稳了一阵子，李楠那段时间经常看到街对面有一个傻笑的人冲她挥手，夜色下只看得到一副白牙。

有天晚上，李楠喝醉了，在门口的垃圾桶旁狂吐，有两个男人在酒吧附近转悠，对李楠上下其手，李楠挥着手里的包往他们身上砸，晃晃悠悠地站不稳。

陈凡拿着超市的 POS 机就往外跑，和那两个男人厮打起来。陈凡挨了揍，起来以后鼻青脸肿，当晚被老板开除，还赔了二百块钱的 POS 机修理费。

两个人回了宾馆，陈凡捂着鼻子在床上坐着，李楠拿着睡衣去洗澡，洗手间就隔了一层玻璃，热气覆盖一层朦胧。

李楠裹着睡衣，坐在床上：“不就是摸两把吗？替我挨打，你是不是傻？”

陈凡捂着自己的胸口：“摸着疼。”

李楠看着陈凡，眼泪瞬间从眼眶决堤，泪珠子啪啪地掉下来。然后她抓起陈凡的手按在隔了一层睡衣的胸口，问他：“还疼吗？”

陈凡愣着摇了摇头，“不，不疼。”

窗帘开着，月光投进来，此时，所有的喧嚣与沉寂都与此无关。

·6·

暑假开学后，陈凡第一个来到宿舍，将所有的东西收拾得井井有条，我亲眼看着陈凡完成一个男人的蜕变。

我说：“你家女王真厉害，两个月把一个混蛋调教成三好学生。”陈凡一脚踹过来，摆弄着胳膊上的爱心。

可是暑假开学第二天，李楠就失踪了。

陈凡几近疯狂地找遍了李楠的所有朋友，甚至去了隔壁学院的前男友那里，结果还打了一架，一米八三对一米七三的悬殊可想而知。为了报仇，我召集了一帮人，陈凡低着头，说：“算了。”

陈凡看着胳膊上的电话，疯狂拨打，每次听到的都是重复的机械女音。后来陈凡看着海报发呆，手机换了几个，壁纸依旧没变。他不顾我们的反对，去了李楠的老家，一个月后才回来，我和他在一起吃饭，他就像逃荒的难民。

我问他：“找到了吗？”

他头也不抬："没有。"

"那你还准备找吗？"

"不找了"。陈凡毫不犹豫，可能早就想好了，其实分开的时候多坚决，心就有多痛。可世界那么大，人又那么小，寻找又不是偶然，何况她是主动躲着他。

之前的相遇是因为缘分，后来分开是缘分散尽，等时光涌尽，我想一定会紫气东来。

毕业时，陈凡和我并排站着拍毕业照，看着前方相机闪出的白光，陈凡狠狠掐了一下自己的胳膊。

那天陈凡在人群中看到了一个女孩，拍照的瞬间从台子上跳下来冲了过去，他说："很像，特别像，可惜不是。"

结果那年的毕业照上没有陈凡，后来还是辅导员找人PS[①]了上去，看上去一点儿都不自然。

离校前，陈凡又拨打了胳膊上的电话，仔仔细细地把机械女音听完，然后挂断。

后来，我和室友纷纷朝着北上广奔去，陈凡留在了这个城市，他总觉得李楠还在这儿，总有一天会回来找他。

·7·

一晃半年，陈凡进了一家创业公司实习。他看着窗外沉寂的车

① 用图像处理软件处理。

流，将胳膊搭在窗台上，手机换了大屏幕，壁纸显得越来越模糊，却从未换过，这让周围的人特别佩服。

宿舍同学偶尔聚会，还在学校门口的那家餐厅，点上一桌子菜，眼睁睁地看着，都不舍得吃。

酒后大家各奔东西，忙于彼此毫不相干的未来，陈凡一个人往东走，我们顺着车站的方向往西走。

我回头看陈凡，一个人的背影是如此的落寞，纤细得像条线，模糊得像老照片，在这条路上偏执地走了好几年，还没和对的人相遇。

陈凡再度拿起手机，那个号码早已不只是刻在胳膊上的，而是刻到了心里。

“最后一次了。”陈凡拨出了那个号码。

这次电话里终于不是机械女音，陈凡蹲在路边石头上，想起在宾馆的那天晚上，其实这些年就想问她一句话：“为什么不辞而别？”

可是传来的是另外一个女人的声音，那个号码已经换了主人。

那天晚上我们都没有走，回头看到陈凡蹲在石头上痛哭，把手机甩出去老远。

我们都明白，这场戏剧般的初恋愣是被陈凡走出了一场万人狂欢，唯独主角在落泪。

·8·

几年后，陈凡去南方出差，在酒会上碰到了一个女孩，短发，大眼睛，和陈凡的耳朵齐高。经朋友介绍后在一起喝酒，女孩问起陈凡过去的情史，陈凡说：“谈了一辈子的初恋。”

女孩哈哈大笑：“一辈子还早着呢，做人不能那么悲观。”

天气热得难受，空气中凝聚着雨后的蒸汽，陈凡撸起衬衫，露出清晰的号码文身。

女孩指着号码瞬间笑喷：“原来你还这么痴情。”

对陈凡来说，爱情已经不是期待，而是在原路上一直徘徊，几次要将手臂上的号码洗掉，就怕在遇到下一个之前失去对爱情的忠贞，那年陈凡二十七岁，单身四年。

就像重新回到那年初恋，一个人的爱情活出万人的狂欢。

七年杀

原谅我的隐藏，也原谅岁月漫长。

·1·

相处七年，你有没有杀死她的冲动？

此时，王大花正气喘吁吁地躺在床上，一动不动地盯着我。

前几天在商场买的裙子被撕扯成碎片，落得满地。我攥着拳头在窗边来回踱步，时而看看楼下悠闲的情侣和宽松的街道，时而蠕动喉咙咽口唾沫，看似紧张，其实内心一片平和。

我知道你此时已经彻底绝望，脸色红润，胸前大大的D罩杯从衣服里挤出来一半，白嫩如水，还是以前那般风韵。昨晚真是疯狂的一夜，现在想起来忍不住打了个激灵，扪心自问，一点儿也不后悔，反正离就离了，七年的感情付诸一地的零碎而已。

阳光从窗户射进来，一切都是新的开始，我也想要小花，可是小花只有一个，所有的东西都能撕碎，小花是我们唯一的共同财产，希望我们一起珍惜。

走了，王大花！看在我们恩爱一场，走之前为你掩上门，希望你的未来比我幸福。

·2·

王大花！

别以为我带你出来旅行就代表我脾气好，说不定这次旅行就是我们浪漫的终结。我都懒得说你了，要不是我一直包容理解体贴，估计我们俩早就吹了。明明三十出头，看上去就像四十岁更年期提前，前头还在和沙滩上的帅哥搭讪，回头就给我摆一副女王范，亏我还排了半个小时的队给你买椰汁。知道我为什么带你来三亚晒太阳吗？就是想让你想起蜜月的日子，一瓶椰汁都要插两个吸管，喝得其乐融融。你眼睛水汪汪地盯着我，要说眼睛就是会说话，当初看我一眼都能把我电趴下，现在多看一眼都像是造孽！

你的身材，确实不如以前，最近半年胸围猛增是好事，可别带动大腿和腰围一起增啊。这句话我一直藏在心里不说，这是真爱。屁大点事都要说一通那不是爱，气头上闹分手的人不在少数，那叫大意失荆州，后悔莫及。

我想你大学毕业，应该明白这些浅显的道理吧，夫妻之间不比普通朋友，比如逛街的时候，女的付钱是夫妻，男的付钱是情侣，男的女的抢着付钱，那才是普通朋友。

跟你举这个例子的时候，你白眼一翻，说我太肤浅。我当初并不太在意你的胸围和脸蛋，说到底你是我喜欢的人，你说我越来越肤浅，借口一年不如一年。

两个人在一起，刚开始是因为爱，后来是因为习惯，再后来就离不开了，没办法，心累了，时间又不让我们重新开始，要怪就怪老天啊。

这几年我一直秉承互相谦让的原则，可还是吵了这么多架。每吵一次，心就凉一分，现在已经凉了半截，直到前天我下班回家，敲了十分钟的门，你才慢悠悠给我打开，背后还站着一个男人，说是修水龙头的，水声太大没听到。

其实那个人我有印象，三年前跟你参加过一场同学聚会，那小子三十岁还单身，酒后对你贼眉鼠眼的，听说你们之前还有过一段恋情，高中那会儿？不对，肯定是我们中间分开的那一年，我以为你默默等了我一年，谁知你有了新欢。

你的闺蜜秦琴对我说，那个就是来修水龙头的，只是和老同学长得有点像而已，人家早已经结婚生子，家就在附近的小区，把地址都给了我。

看在秦琴的面子上，姑且信了你这老套的借口，本以为你会跟我承认错误，可你却埋怨我的眼神对你充满质疑，将我凉了半截的心彻底浇灭！

那时，我想该结束了。

·3·

记忆中最难忘的，是高考前后，彼此都在蛮横地努力考大学。

我们是一个县城的，高考那几天我和朋友在县城的宾馆租了房子，说是宾馆，不过就是普通的农家小院，像是北京的四合院。刚租下来的第一天，就看到你和朋友背着双肩包来了，看到你的第一眼我就感觉完了，这次考试肯定要砸在你的手里。那时候的你，扎着两个辫子，眼睛水灵得很，胸围发育得出奇地好。刚刚背下的两篇文言文分分钟被你的影子挤出脑海。

那次考试我真的考砸了，你也考砸了，怪我，我不否认。考试前一天的晚上十点钟，房间依旧通明，你住在我房间对面，透过玻璃看着你趴在桌子上看书，有时抬头望着天花板背东西，有时候回头和朋友开几句玩笑。那月光下的投影堪比仙人。

我在院子里踌躇了好一阵子才凑到你窗户下面，用石子轻轻地砸过去，然后飞奔回房间，趴着从门缝里看你的样子。

你打开窗户一阵张望，我才好不容易看你一眼。

砸了三次，我看了你三眼。你撩着头发摔门而出，站在院子里扯着喉咙喊："谁不要脸，骚扰良家妇女！"

话音未落，你意识到说错了话，羞羞地遮住脸跑了回去。我和二狗躲在门后哈哈大笑，我继续扔石子，在扔最后一个石子的时候被当场抓获，就听到房东大妈的一阵吼，今夜注定彻底无眠。

考试那天，你坐我前面，我们中间隔了三个人，他们和你同校，你扭头过来和他们说话，眼睛周围有一层黑眼圈，看到我一脸坏笑地和你打招呼，你立即翻了一个白眼。

我为了吸引你的注意，使劲地咳嗽，差点把血咳了出来。可你愣是头也不回，我举手示意上厕所，特意绕到你前面走过去。回来的时候在你桌子上弯腰眯了一下，你根本连头都没有抬，立即用手捂着试卷，老师以为我偷看答案，把我当作重点看管对象。后来我再次举手上厕所，老师说我有诈，全程在后面紧紧地跟着，就差帮我脱裤子了。

回来的时候从后门绕到前门，路过你的座位时，特意给你抛了一个媚眼，这次我瞄到你的名字，王大花！霸气而不外露，好听又不庸俗，我觉得你的名字是世界上最美的名字。

那次考试，我上了四次厕所，每次都从你身边过，老师给了我严重警告，说再想上厕所就拉裤子里，引得全班同学哈哈大笑。

不过，你没笑。

最后一次上厕所回来的时候，假装走路碰到你的桌角，可惜速度、力度没掌握好，将桌子撞出了六十度的倾斜，腰被撞得疼了三天，也害得你倒数第二道的应用题被重重划了一笔。

你猛抬头，狠狠地瞪了我一眼，我感觉那是无比的温存，这下你记住我了，可是我心里愧疚啊，斩断了你最后一个大题的思路。因为这一下，你铁定要恨我一辈子，不过挺好，来日方长，你就记我一辈子吧。

考试结束后，我尾随在你后面，偷偷瞄着你的表情，在林立的教学楼之间穿来穿去。本想发挥不怕死的精神去拦截你，跟你道个歉，顺便要个联系方式，可还是眼睁睁地看着你出门就被父母接走了。

·4·

一个月后报志愿，我在学校门口的网吧碰到了你，当时你电脑前摆了一大摞高校宣传册，南北高校对着吹牛皮，培养了多少国家栋梁和多少风云学长。当时我妈说："去济南，你二舅在那里混得风生水起，去了有个照应。"

我也没什么概念，去就去了。

你盯着报志愿的页面，眉毛皱起来，抓耳挠腮。手里拿着上海和济南推敲不定，两个都是二本大学，各有各的优势。我想你一定恨透了我，将你最后一道数学题扼杀在摇篮里。

我默默地走过去，对你说："真巧啊，我也报的这个大学，上海的。"

你瞅了我一眼，狠狠地将上海的宣传册拍在桌子上，径直在键盘上敲下济南学校的代码，趾高气扬地按了确认键。

我暗自开心，从那时起，你的爱情命运就被我操控了。后来你知道的时候，已经在大学的校园里了，我一个人拉着行李箱来报道，你身后跟着七大姑八大姨，足足七八人，手里拿着大包小包，有说有笑。我跑过去打招呼，跟未来的丈母娘以及八竿子打不着的亲戚一一问好。

你看到我，一阵发愣，虽然对我勉强微笑，但心里一定恨透我了。从此以后你把我当瘟神，处处躲着我，可是你妈说：“这孩子不错啊，机灵，还是老乡，以后可以互相照顾。”你皮笑肉不笑，点点头。

你学的会计，我学的管理，我常跟你开玩笑说：“我俩都是管钱的，以后结婚了，肯定会理财，小日子过得甜甜蜜蜜。”

我们在学校的时候基本上没有什么交集，你在班里混得风生水起，还意外地被封为班花，你说：“不是意外，是天意，我只是顺承了天意而已。”后来济南高校组织“Bling Bling 校花大赛”，你提前半个月就在网上疯狂买衣服，几乎花光了整个月的生活费。为了减肥，你天天吃馒头喝凉水。

说起来我对你还有救命之恩，要不是我突然提出约会，恐怕你就饿死在宿舍等我收尸了。我还以为是我的人品爆发，你竟然一口答应。可是你不知道不以恋爱为目的的约会都是耍流氓吗？晚上我们去了一家烤鱼店，点了济南烤龙头，你想吃烧烤，我从隔壁烧烤摊上买回来的时候，整个鱼就剩下一个鱼头，那晚你就是饿死鬼投胎，你吃得越凶，我越心疼，最后都把我吃哭了。看你可怜的样子，生生地挤掉了两滴泪，从此以后你不再讨厌我，也不再追究我当年扼杀的那几分。

哈哈，眼泪有时候真管用。

你比赛那天我聚集了所有能认识的朋友去捧场，还做了一条红色长幅，上面写着“王大花，我要娶你！”明明是加油助威，生生变成求婚现场。你出场的时候，我们热情高涨，尽情欢呼，你踩着高跟鞋，露出浅浅的微笑，胸前两个大白兔有节奏地摇摆，真是童颜巨乳啊！

你光荣地夺冠了，功劳也有我们的呐喊一份，你拿了五千块的奖金，请我吃了一顿大餐。那顿饭吃得值，我阴差阳错地对你表了白，你不出所料地拒绝我，后来在餐厅的门口，有几个喝醉的流氓混混拦路，你吓得往我背后躲，我看情形不对，拉着你的手就往外跑。快到学校门口的时候我脚崴了，你吓哭了，后来一帮人赶过来一顿拳打脚踢，我紧紧地护住你没让你掉一根头发丝。

到宿舍门口，你突然抱住我，答应做我女朋友，这顿打真值，就是二狗下手忒重了些！

大学毕业后见家长，进门就"咱爸""咱妈"喊个不停，乐得咱爸妈合不拢嘴，一场酒下来，算是答应了咱俩的婚事。

在教堂里，那时你二十三岁，我二十四岁，我把戒指套在你手指上。

你没哭，我哭了。

·5·

没人能料到我俩能结婚，包括当年堵在餐厅门口的二狗，婚礼当天我特意让二狗化了装，生怕你看出异样。二狗在我敬酒的时候给我使了个眼色，一闭眼多干了半瓶干红，喝就喝了，反正喜欢喝，可二狗硬是要我陪，闭眼间，各喝一瓶。最后关头二狗喝大了，夺过司仪的话筒，站在台上喊："你们不知道，当年要不是我在餐厅门口……"

结婚以后度蜜月，海南三亚，我们在那里晒了一星期，回来的时候像非洲回来的华侨，我不得不花掉一个月的零花钱，送了你一套化妆品。那时我觉得送什么都值得。

一年后，我们的生活步入正轨，每天下班回家贴在你的肚皮上陪小花说话，你待在家里的那几个月，脾气从少女过渡到少妇，经常无故发脾气，埋怨我袜子不洗、内衣不换，有时回来晚你就趴在我身上闻香水味，我以为怀孕的女人都这样，身正不怕影子斜，应该给你多加关怀。

反正生完孩子傻三年，到时候会变得可爱。我想。

打从小花出生，我经常半夜笑醒，既期待又彷徨，期待未来的小花和妈妈一样漂亮，彷徨万一未来遇到坏男人怎么办，毕竟男人把女人追到手以后变坏的几率非常大，而你的遗传基因那么优良，将来一定得遇到我这样死皮赖脸的男人，起码未来几年能把你当作手心里的宝。可是一想到未来，亲手把她送到其他男人的手里，我就哭，你在一旁笑。

你没得产后抑郁，我得了。

小花还在咿呀学语的时候，我努力赚钱，想要给她最好的生活和爱，恨不得把世界上最好的礼物都买给她，恨不得把俄罗斯的克里姆林宫租下来给她住。“爸爸做你的车夫，你去哪儿，我一鞭子，咱就去哪儿。”小花在床上傻傻地看着我，还不知道时间这东西是会杀人的。

从此以后，甜蜜的二人世界多了一个小花，孩子就是父母之间的第三者，一点儿也不假。

小花断奶之后，两家老人抢着带，我们竟然过上了一段堪比初恋的二人世界，我搂着你的肩膀，你依偎在我的身上，人生太知足了。你问我当年分开的那一年有没有和其他女人有瓜葛，我又不傻，女人问这种问题，一般都是想听男人撒谎的，所以我也撒了慌，我说跟她们在一起的时候心里想的却是你，我一直觉得我生命里缺一个完美的女主角，每次看偶像剧的时候就想起你。可你摆脸色的时候真的挺凶的，你妈妈私下里都跟我说："俺家闺女脾气不好，以后要是无理取闹就多担待一点儿，夫妻嘛，关键是相互理解……"

我向咱妈保证，绝对不让你掉一滴泪，当年结婚的时候都发过誓的。很多看上去性格很好的人往往都是把臭脾气都传给了最亲近的人，咱爸妈的性格好啊，所以把臭脾气都传给了你，可你温柔的时候，洪水都能泛滥。

后来在小花选幼儿园的时候我们大吵了一架，本来孩子上小学不考特长，可你非要给小花报个美术班，说再穷不穷孩子，不能让孩子输在起跑线上，我说兴趣应该是慢慢培养的，等大了以后再问小花的意见，你说我执迷不悟，再严重些，说小花不是我亲生的。

·6·

生完孩子后你的身材恢复得很快，当年的紧身包臀裙还能穿得有模有样，真不愧是校花冠军。

小花最终还是上了美术班，每天上下学都是我一个人去接。而你奔波在你的社交圈，有数不清的同学聚会和单身 Party（聚会）。同学聚会就算了，你说你都三十了，孩子都会打酱油了，还天天浓妆艳抹地参加单身 Party，更可恨的是还有男人排队要你的联系方式，晚上打到家里来，被我痛骂一顿。可你的理由无比强悍，说，女人过了三十就没人要了，要抓紧时间留住年轻的影子。

我知道你想要一种优越感，可也不能拿婚姻开玩笑啊。

你埋怨当年跟错了人，大学的时候停在你宿舍门口的豪车不计其数，当年明明有签约当模特的机会，也因为爱情放弃了。我说，娱乐圈哪能说进就进，不知道潜规则上位的道理？

你躺在床上拍着小花的肩膀，潜规则？那也值。表面风光，背地肮脏，总比表面和背地都肮脏好。

我说你小点声，小花都睡着了！

·7·

婚后五年，生活失去激情，厨房的锅碗瓢盆半年都不用一次，落了一层灰尘，小花饿的时候都是我出去打包外卖，时间久了难免营养不良。你出去跟闺蜜聚会，那时候秦琴背地里跟我说："王大花对婚姻失去了信心。"我说我也是。秦琴摇头叹气，曾经再好的情侣也抵不过岁月的蹉跎，看来爱情也不可信。

秦琴一年前和老公赌气离婚，后来就一直单着，年龄和我相仿，可是没有儿女。可能离婚的女人都比较感性，所以对于婚姻更加敏感。她总劝我们一定要挺过这几年，眼看就要度过这个节点，不要因为自己一时冲动而失去幸福。

我觉得秦琴说的有道理，所以后来我每次和你吵架，就到对面的秦琴家坐一会，看着秦琴做饭沏茶温柔似水的样子，心情就会好很多。

所以在结婚纪念日那天晚上，小花已经睡去，我特意买了红酒，煎了牛排，布置了烛光晚餐，想好好地回忆一遍青春，从相遇到结婚，再到现在，失去了什么，又得到了什么。

你说："失去了青春，得到了皱纹。"

我说："失去了自由，得到了小花。"

你轻轻抿了一口红酒，鼓起腮帮子慢慢咽下，烛光下，你的眼睫毛闪着微光，承载着流光飞逝。就像第一次约会我们坐在红色的浪漫灯光下，我陶醉地看着你，我想眼睫毛是永远不会随时间流逝而苍老的，还是那么熠熠发光。

我说："王大花，和我在一起你后悔过吗？"

你毫不犹豫地说："后悔过，也许，和你在一起就是我最好的结果，这都是注定的。"

我说："人定胜天。"

我们沉默，然后对饮了一杯酒。

最后我们酒意微醺，就这样睡着了，那晚我以为我们将七年的恩怨彻底灌在酒里，一饮而尽。

可谁知一大早就听到你的吵闹，由于我睡得晚，小花上学要迟到，你大吼大叫埋怨我非要搞什么烛光晚餐。

我拖着小花出门，一路上近乎飞奔，在路口差点撞车。回来的路上我十分冷静，我决定要和你谈谈，奔到家门的那一刻，公司来了电话，要我去深圳出差。我回家收拾东西，你看都不看我一眼，走出房门的最后一句话，也是离婚前最温馨的一句话："路上小心。"

可我不过出差一星期，你就给我找了小三，秦琴打电话给我，说："你家男人味浓郁，汗腥味充满房间，我去借东西，感觉气氛似猛兽，似乎要发生什么。"

我立即从深圳飞了回来，秦琴在机场接我，劝我冷静，毕竟两个人走到一起不容易，得过且过，且行且珍惜。

不知道为什么，我第一次对你充满恨意，甚至杀意。我知道那是最愚蠢的表现，后来秦琴陪我飞奔回家，钥匙丢在机场，敲门许久你才穿着宽松的睡衣开门，我知道肯定是你那个三十未婚的男同学，只是来晚一步，房间没有人。

一股怒火上了头，不由分说地打了你一耳光，不知道是什么给了我勇气促使我抬起手，那是第一次，也是最后一次。那晚，秦琴拉着我，你疯狂地抡起胳膊打了回来。

我说："离婚！"

你说："离就离！"

"房子车子孩子都是你的，我走！"

"走之前把你所有的东西都带走，看着烦。"

那晚，我发疯地撕碎了所有送给你的东西，包括大学时候送你的照片，墙上的结婚照，抽屉里的结婚证，以及送你的衣服。

此时，你正气喘吁吁地躺在床上，一动不动地盯着我。

前几天在商场买的裙子被撕扯成碎片，落得满地。我攥着拳头在窗边来回踱步，时而看看楼下悠闲的情侣和宽松的街道，时而蠕动喉咙咽口唾沫，看似紧张，其实内心一片平和。

我知道你此时已经彻底绝望，脸色红润，胸前大大的 D 罩杯从衣服里挤出来一半，白嫩如水，还是以前那般风韵。昨晚真是疯狂的一夜，现在想起来忍不住打了个激灵，扪心自问，一点儿也不后悔，反正离就离了，七年的感情付诸一地的零碎而已。

阳光从窗户射进来，一切都是新的开始，我也想要小花，可是小花只有一个，所有的东西都能撕碎，小花是我们唯一的共同财产，希望我们一起珍惜。

走了，王大花！看在我们恩爱一场，走之前为你掩上门，希望你的未来比我幸福。

·8·

半个月后我从深圳回来，机场上有一个熟悉的身影，她漂亮风韵，跟我打招呼，对我微笑。是秦琴，我一回来就和她紧紧抱在一起，我顺手搂起她的腰，往家的方向走去。

秦琴挽着我的胳膊，小鸟依人："你们什么时候离婚？"

我叹口气说：“下个月吧，小花的事情还没解决好。”

秦琴稍有失望：“那么久啊，随便你了。”

“今天吃什么？”

“你想吃什么？我来做……”

·9·

机场亮起微光，雾色蒙蒙，下起了雨，这条路被雨水彻底冲刷了一遍，泛起的涟漪没有一点儿生气。我开着车，在路上漫漫前行，没有尽头，但不想停下。

王大花，你也清醒吧，原谅我的隐藏，也原谅岁月漫长。

七年时光，就像一场无声的厮杀，婚姻就是战争，充满着流言蜚语，你我终抵不过。

老文青的一生

谨以此文纪念我的爷爷。

·1·

老铁执意要将我送到火车站，我偷偷躲在柱子后面看他一步三回头，偷笑着回头给他打电话，我说："老铁你酸不酸啊，搞得像生离死别一样。"

老铁憨笑，声音哽咽："老子怕你跟你爸一样，都是白眼狼，大半年都不来看我一次。"

我说："你不是老说我在家给你折寿吗？您老七十高寿，经不起折腾。"

"滚滚滚……"

我知道老铁又要去抹泪了。

·2·

老铁当年养我爸的时候惹上一身病，讲给我听的时候，我惊讶地看着他，问："生我爸的时候你做啥贡献了？我奶奶还没报苦，你就在这提前委屈了。"老铁靠在门口将那顶洗脱了线的蓝帽子拿下来掸掸灰，干咳了两声，开始老生常谈。

当年穷苦日子过惯了，五个孩子一人一口都能吃穷。年轻的时候为了生计去窑洞里拉车子，闷热的夏天风扇里出来的都是热风，人在里面像水牛一样，每次拉完车子就去河里洗澡，可是自从二牛脱了衣服跳进去被水淹死后，老铁再也没敢下过水。

老铁胆小，怕死，也因为下水的那几年，得上了腰疼病。所以我从小记忆里就有老铁这样一句话："哪儿都能去，就是不能去河里洗澡。"

和所有农村长大的孩子一样，我的童年也是在水里泡大的，有次回家晚，光着膀子，头发湿漉漉的，刚进家门，老铁眼珠子就瞪过来，抓着扫把一顿敲，拉都拉不住。饭后，他一本正经地凑过来问我打疼了没有，我说疼，他说心疼，还说以后再也不打我了。我说："你们大人说话不算数，不像我们小孩说话都是一个唾沫一个钉。"

老铁严肃起来，拍拍胸脯说："绝不骗你。"

我说："行，够铁。"

我喊他老铁也是从那个时候开始的，因为我喊什么，他都不敢打我。

我后来故意在他跟前叫老铁，越叫声越大，我只是想听他骂我两句，可等了一辈子也没能等到。我奶奶说：“那老头脾气犟得很，比骡子还犟，认定的事抽几鞭子都不回头。”

那时家里有两头牛，从小我就觉得老铁看大花二花比我还珍贵，天不亮就赶到河口散步，吃最新鲜的河边草，沿路拉了一路屎。后来村里都说臭气熏天，老铁便拿着铲子去铲粪。

我问老铁：“我是不是你唯一的最爱的最好的孙？”

老铁头也不抬，继续铲粪：“不是。”

“还有谁？”

“你姐。”

“我姐不算。”

“那也不是。”

“还有谁？”

老铁看看我，哑口无言。

我认定老铁心里有鬼，年轻时候少不了风流账，不过就这死脾气还有谁能不开眼。

老铁出生的时候中华人民共和国还没成立，那个时代有知青，算是现在满怀梦想的文艺小青年，老铁说他也是，我不信。

因为无从考据，老铁又拿不出证据来证明，不过如果时光倒退四十年，老铁说不定还真能在文学圈里混混。为啥没成功，因为爱情耽误了啊。

老铁认真起来，回屋翻箱倒柜，在抽屉的夹层翻出来一个盒子，我知道此处有宝，老铁叹口气，吹吹上面的灰，双手颤巍巍地捧着盒子。盒子看上去有年代了，我知道这里面藏着一个老文青的悲伤故事。

老铁的样子让我心酸，我也从未怀疑他，只是有时候想看他那种认真的犟脾气，心里偷着乐。盒子里有几张看不清脸的老照片，几张泛黄的纸头，被老铁珍藏了半个世纪。

老铁把手一摊："看，这是啥？"

我摇头："啥啊？"

"证据啊，当年的胸章还有照片。"

"这能说明啥，当年的照片都一个样，黑白灰，拍什么都像遗照，连第四种颜色都找不到，那头像模糊成那样，怎么能看出来是你？"

只有那扎用皮筋捆起来的纸头吸引到我，我想看写的什么，老铁把盒子盖起来硬是不让，说："一些陈年旧账，看它干啥？"

我乖乖地放进去，老铁午饭过后去外面转了转，我蹑手蹑脚地潜回房间，取出那个盒子，不出所料，那是几张泛黄的情书，我心里麻了一下，都是什么"一日不见，如隔三秋"的穷酸文，多多少少十几张，老铁的陈年历史一览无遗，其中一张"一路顺风，来世经年"之后就再也没有了以后。我说老铁是个痴情种，可是对象不是我奶奶，因为她老人家大字不识一个，苦了老铁这壮志未酬的穷秀才。

某天老铁把我抱到牛背上，他戴着草帽，拉着绳子在前头走，我喊："老铁。"他回头看了一下，问："咋了，有屁快放。"

我说："你好歹也是个知识分子，说话没有一点儿当年的水准。"

老铁咧嘴笑："啥水准？还不是生活所迫，硬生生地把一个人的理想磨灭成灰烬，最后看着手头上的一亩三分地，春来播种，秋来收割。看着时代慢慢改变，我等都已老去啊。”

听得出来老铁满腹牢骚，不对，是满腹经纶最后被现实打败。

我问老铁：“你的理想是啥？”那时候莫言刚刚获奖，老铁知道后让我去搞一本《蛙》，后来我在收破烂的地方蹲守了三天才等到，花了两块大洋买下。老铁边看边思索，仿佛看到自己的影子。老铁说：“我的理想就是把你们养活大，等我死的时候给我挖个坑。”

“老铁你出息呢？”

“一起埋了吧。”

·3·

那年的夏天疯狂下了一个月的雨，像倒水一样，地里被水浇成了稀泥，经常听到谁家院墙坍塌的声音，一阵“轰隆”比打雷还可怕，生怕房子倒了砸到我们。

老铁家的房子还是土墙，我担心被雨冲成稀泥，然后砸到老铁。凌晨四点，天还没黑，雨声阵阵，我一个人跑去老铁家里，越跑越快，淋湿了衣服，跑湿了鞋子，脚下一滑摔倒在坑里，那年我十二岁。

老铁傻笑地坐在床上吃面条，说：“老子的房子结实呢，龙王发大水都冲不跑，快说，你是不是想吃我的面了？”

我使劲地点头，眼睛红红的，老铁没被水冲走。

后来房子漏水，我二叔爬梯子上房顶，连下了几场雨，瓦上长满了青苔，脚底打滑，二叔从屋顶上滑了下来，摔到了腿，这一摔就躺床上好几年。

那时庄稼还在水里泡着，没有医药费，后来老铁决定把家里工作了六年的两头牛卖掉。为此我还跟老铁发脾气，死活不让，每次想起大花驼着我在地里狂奔的画面就难受。其实老铁心里更难受，送大花二花去镇上卖的时候，给大花二花吃了珍藏了一个月的草料，老铁坐在旁边，看着不说话。就像后来送我到火车站一样，一步三回头，听着“哞哞”的叫声，就像针扎一样。

第一天老铁从镇上回来的时候，牛也回来了，慢悠悠地跟在后面，一副凯旋而归的样子，他说：“大花老了，没人要，小花还行，就是价格低了，再看吧。”

老铁嘴上这么说，心里压根就是不舍得。

后来二叔病情严重，腰部几乎变形，每到阴天下雨或者晚上就疼得厉害，比牛叫得还悲伤。老铁没办法，思来想去，还是把二花卖了。

那天，下着蒙蒙雨，老铁曲着身子，一手扶着门框，一手拉着牛绳，使劲往外拽。可是那天二花吃多了草，憋足了劲，死活不往前迈一步，鼻子里喘着粗气。

老铁咬着牙拿着鞭子往它身上抽，几乎在咆哮：“老子知道你的功劳，老子会记一辈子！”随之而来是“啪啪”的皮鞭声，我的记忆中，那是老铁第一次打二花，也是第一次发那么大的火，鞭子都抽断了。

二花从此淡出了我们的回忆。

后续的费用不够，无奈又把大花也卖了，价格便宜了很多，只当肉价卖。从此家里冷清了很多，老铁的生活也冷清了很多，不用早晨拉着牛去河边，也不用晚上给它们梳毛。

没过几年，老铁身体也不好了，常坐在院子里发呆，戴着一顶圆帽子，拿着一把蒲扇，胸前的衬衫敞开，一副神仙快活的样子。

我从后面将他的帽子摘下来，然后像飞镖一样扔好远。从那个时候开始，老铁学会了老生常谈，谈的对象自然是我，跟我谈理想，谈人生，谈学习，从解放战争谈到未来中国三十年。

老铁有见识，他这辈子预感了两件事都实现了，一是楼上楼下，电灯电话，二是自己种地，自己吃。

老铁看着我，又预感了一件事，说我将来要当大官。我鄙视老铁是官迷，年轻的时候就一心想当官，最后荣升生产队队长，那威风堪比“钦差大臣”，那段时间老铁最为忙碌，充分发挥了带头作用，别人干不了的活他干，别人休息他不休息，不到一年，咳嗽便很厉害了，又光荣地退休。

老铁心里从此有了铁疙瘩，非要自己的孩子往仕途发展。我爸爱喝酒，三天两头和警察局打交道，案底能写满一本日记。二叔腰好之后，志不在此，自学成才，颇有学问，后来被骗进某个组织，逐渐失联。得亏两个姑姑生得孝顺，隔三差五来看望老铁，每次拿来好吃的，他都藏在同一个地方，某天我问老铁：“你没发现你藏的吃的越来越少吗？”

老铁嘴角微翘，把帽檐放低，答道：“不知道被哪个老鼠偷吃了吧。”

我暗自偷笑，老铁也傻，明知道那里有老鼠，一直不换地方。

·4·

后来离开老铁去上大学，老铁弯着腰蹲在门口的凳子上不说话，嘴里嚼着一块冰糖，把腮帮子衬得鼓鼓的。那天有股风吹过来，把老铁的头发吹白了。

我说："老铁我走了，寒假的时候再回来。"

老铁喉咙蠕动，把冰糖咽了下去，抬头看我一眼，说："滚滚滚，打扰老子午休。"老铁又闭上了眼继续做美梦，梦里肯定是抱着我依依不舍地哭呢。

第一年在外面，隔三岔五想回家，吃不惯南方的白大米，满嘴是泡，特别想念老铁做的香椿面条，筋道。

期间老铁住了一次院，肺里有了毛病，戴着氧气罩躺在病床上，听我妈说，睡觉的时候都会叫我的名字。

我给家里打电话，问："老铁还好吧？"我妈说："好着呢，吃得多，一日三餐吃得多。"

那年寒假回家，雪落了一层，去往老铁家的那条泥泞路已经修成了柏油路，踩上去滑滑的，周围的几家邻居也翻盖了房子，也让老铁家的土墙在村里特别显眼。

这也是老铁一直坚持的，说土屋子冬暖夏凉，大家不想伤老铁的心，所以就这样保留着。他开始吃很多药，大大小小的药瓶在桌子上摆了好几行。

我在家的那几天，老铁一次都没吃香椿面条，以前他每次都会端着一碗飘香的面条在我面前戳来戳去，最后都是被我一把夺走，胡吃海塞。

老铁咧嘴一笑，我知道了原因，老铁这一年掉了很多牙，笑得厉害了才会看到里面仅有的几颗，平时吃惯了小米粥所以也淡忘了香椿的味道。

过年给老铁拜年，他坐在沙发上，桌子上摆满了给各路神仙的贡品，桌腿下还有一把烧纸，老铁小心翼翼地点上火。

“磕个头吧，保佑你能当个大官。”

我白了他一眼：“老子不当官，现在当官没意思。”

老铁也下来，按着我的头对着桌腿磕了个头。

我站起来伸出手：“老铁，压岁钱呢？”

老铁打了我手心一巴掌，力道很足：“多大的人了，还要压岁钱。”

那是老铁第一次没给我压岁钱，我总觉得少点什么。老铁心里肯定偷笑，这下省了一碗面钱。

·5·

正月十五，北方不吃汤圆，下了一锅饺子。老铁端着碗，嚼着韭菜馅。

我说：“老铁，明天我就走了，暑假回来。”

老铁当时就把碗往桌子上一摔，碗里的汤几乎都要溅出来：“这什么饺子，太咸了，不吃了，不吃了。”说完就往门口一蹲，也不说话。

老铁小气，我说：“暑假就回来了。”

我走之前给老铁买了一个手机，说：“隔三岔五就打电话给你唠嗑。”

老铁说：“花那钱干啥，听见你的声音就烦，趁早走远一些。”临走的时候他又老生常谈一番，最多的一句话就是让我当大官。

我说：“好。”

老铁为了等我的电话，天天把手机挂在腰上，电量从来没低过80%，总是怀疑手机有毛病，执意让我姑拿到镇上修，刚好那天我打来电话，老铁的声音很大，对着手机就吼：“喂……谁啊……是小格不是？”

一瞬间，眼睛蒙眬了几分。

后来我和老铁约好时间，每隔五天打一次电话，可是他仍然每天寸步不离手机，生怕错过每一次震铃。

直到有次通话，老铁接通不是对我吼的，而是气息微弱地问：“是小格吗？”

我突然对他吼了一句：“是啊，你谁啊！”

老铁笑了起来，接连几声咳嗽。

后来每次通话，老铁的声音一次比一次小，还能听到周围人劝他休息的声音，老铁则对他们吼着：“别说话，打电话呢！”

那年的五一劳动节，放假三天，我特意回了家，老铁蹲在门口，老远就能听到他的咳嗽声，有时候咳得厉害差点背过气去。

老铁的身体大不如前，很久都没出去走走了，吃完了睡，睡醒吃药，吃完药吃饭。过上了以吃药为生的晚年生活，他蹲在门口，凳子也不坐，掐指一算，问我："几岁了？"

我也掐指一算："从你打我屁股那天起，整整二十年了，至今我屁股上还有印记。"

没两天，一阵救护车的呼号便划破夜空，将老铁送进了医院，我坐在老铁身旁，看着他，想起以前铲粪的日子，如今越走越远，再也找不回从前。后来在医院打了几天针，老铁执意要回家，说医院坑钱，一天一千多，花钱比烧纸还快。他的犟脾气谁也拗不过，没办法，只好回家。

老铁说："还是家里好，过不了几天就能好起来。"我说："你这是心病，心病还需心药医，家就是引子。"

我回学校的那天，老铁执意撇开别人，将我送到了火车站。那天，他弯曲着身子，一百米走了二十分钟，有时刻意忍住咳嗽，把脸憋得通红，我偷偷躲在柱子后面看他一步三回头，我偷笑，回头给他打电话，我说："老铁你酸不酸啊，搞得像生离死别一样。"

老铁憨笑，声音哽咽："老子怕你跟你爸一样，都是白眼狼，大半年都不来看我一次。"

我说："你不是老说我在家给你折寿吗？您老七十高寿，经不起折腾。"

"滚滚滚……"

我知道老铁又要去抹泪了。

·6·

跟老铁通完电话，他说病情好转，一切都好。

其实那时他已经在医院躺了三天，从重症监护室出来，医生都已经放弃。

可老铁怕死啊，不停地叫着医生，闹着医生给自己看病，有气无力地折腾了自己两天，脸色苍白地吃了很多药，打了很多针，手肿得像块面包，直到第三天家人把老铁送回家。

他躺在床上，大把大把地把药往嘴里塞，他说："我不想死。"

后来我接到电话，连夜赶回家，我知道老铁是在等我，他舍不得死。

可是我迈进家门的时候，听到的是院子里的哭声，老铁走了，听说临走前折腾了两夜，最后没有力气才躺下来。

"你有没有想见的人？"

老铁眼珠子呆滞："没有。"

"你想小格吗？"

老铁重重地叹了口气："唉，想他干啥，他又来不了。"

最后老铁使劲把身子靠起来："扶我出去走走，帮我收拾收拾床。"

最后老铁还是妥协了，走的时候叹了一口气，老铁不是怕死，是没活够，没能看到我当上大官。